巴里《パリ》うたものがたり

Shion
MIZUHARA

水原紫苑

春陽堂書店

巴里うたものがたり…………目次

八月

九月

十月

十一月

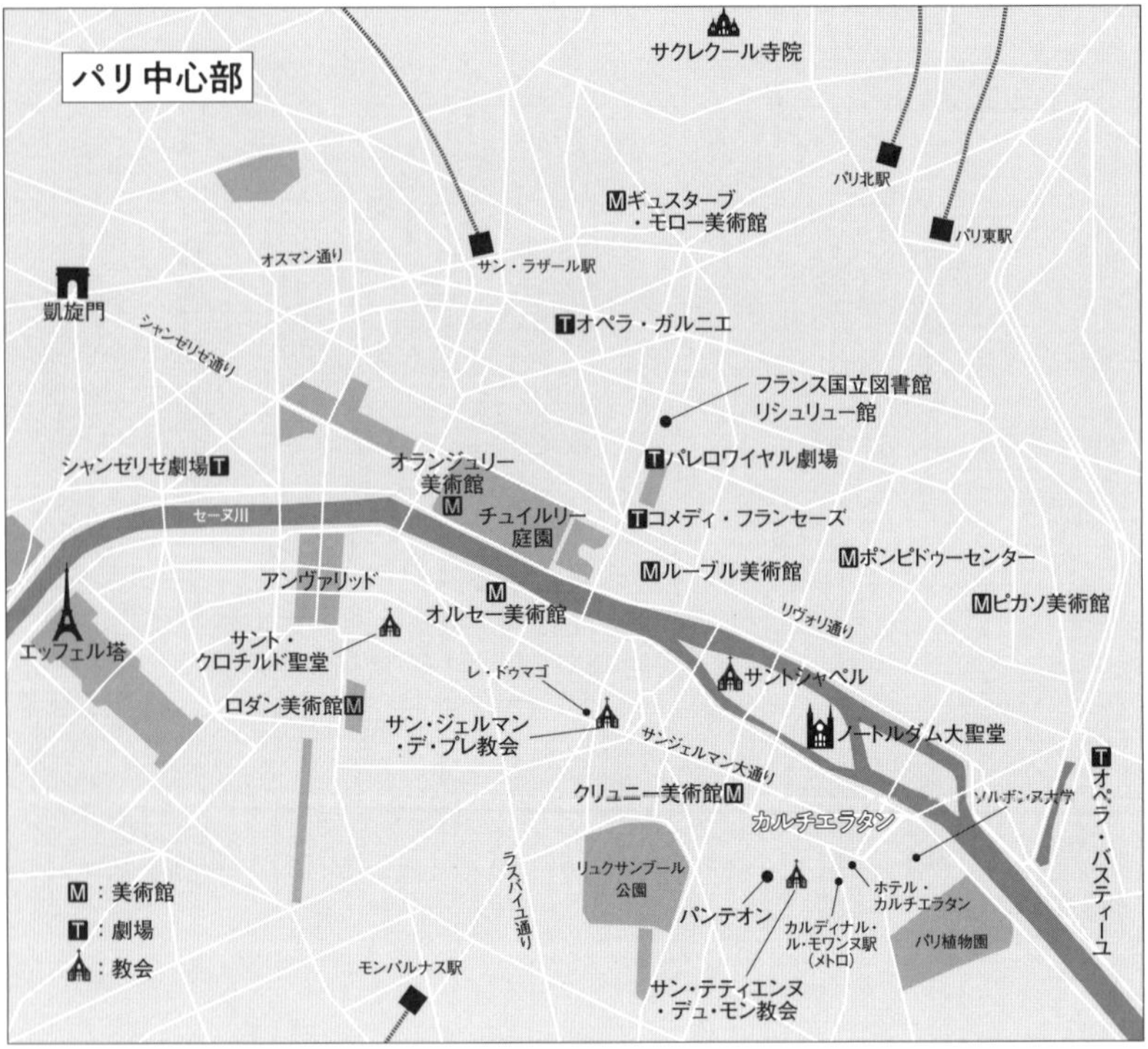
パリ中心部
サクレクール寺院
パリ北駅
パリ東駅
ギュスターブ・モロー美術館
サン・ラザール駅
オスマン通り
凱旋門
シャンゼリゼ通り
オペラ・ガルニエ
フランス国立図書館リシュリュー館
パレロワイヤル劇場
シャンゼリゼ劇場
オランジュリー美術館
セーヌ川
チュイルリー庭園
コメディ・フランセーズ
ルーブル美術館
ポンピドゥーセンター
ピカソ美術館
アンヴァリッド
オルセー美術館
リヴォリ通り
エッフェル塔
サント・クロチルド聖堂
レ・ドゥマゴ
サントシャペル
ロダン美術館
サン・ジェルマン・デ・プレ教会
ノートルダム大聖堂
サンジェルマン大通り
オペラ・バスティーユ
クリュニー美術館
カルチエラタン
ソルボンヌ大学
ラスパイユ通り
リュクサンブール公園
パンテオン
ホテル・カルチエラタン
カルディナル・ル・モワンヌ駅（メトロ）
パリ植物園
サン・テティエンヌ・デュ・モン教会
モンパルナス駅
M：美術館
T：劇場
：教会

写真――水原紫苑

ブックデザイン――髙林昭太

巴里うたものがたり

水原紫苑

本書は書き下ろしになります（春陽堂書店ＷＥＢにて、二〇二二年九月～十二月、一部掲載）

飛行機の窓から見た北極

八月 Août

パリへ

八月十一日　横浜

フランス渡航まで一週間を切った。今日はヤマトの空港便で重いスーツケースと着物ケースを送った。いよいよである。遠足前の子どものようにドキドキする。

十五日に出発して、八月中はカルチエラタンのホテルに泊まり、九月十月はホームステイをしながらソルボンヌの語学文明講座に通う予定になっている。

ホームステイ先はルヴァロワという地区の、私と同年代の日本が好きでお煎餅好きだというマダムである。どんな人なのか、会うのが楽しみだ。

私がこの前フランスに行ったのは実に三十年前、学生時代に初めて行った時からはもう四十年経っている。恐ろしい歳月だ。

パソコンやましてタブレットなど見たこともなかったし、まだEUもなく通貨はフランで、一方日本は日の出の勢いの経済大国でどこへ行っても円高だった。フランス人に、日本は金持ちで結構だと嫌味を言われたことも懐かしい思い出である。

両親と恋人を相次いで失った私が、最後の家族だった愛犬さくらを見送ったのは三年前である。その年フランスに行こうと思って計画したが、コロナ禍で果たせなかった。

今もまだ、パンデミックは終わっていないが、このまま待っていては、きっともう行かれなくなってしまう。生きていても、旅をする気力体力があるかどうかはわからない。親譲りの高血圧で、通院している主治医の許可が降りたので、思いきって決断した。ドタキャンが常の私だが、どんなことがあっても、この八月十五日にはパリへ発つ。

折りしも愛するジェラール・フィリップの生誕百年なので、生地《せいち》カンヌや活躍したアヴィニョンの教皇庁も見たい。パリで会う約束をしているツイッター仲間も、みなジェラール・フィリップのファンである。ジェラールもまた臆病で引っ込み思案な私の背中を押してくれた。

ずっと通っている横浜の語学学校エフィの個人レッスンのヴァンサン先生が、ジェラールに捧げた私の短歌のフランス語訳を添削してくださって、その朗読ビデオを十二月のジェラール・フィリップのコロックでも流していただくことになっている。ヴァンサンに感謝である。

学生時代の最初の旅は美しいフランス語が残っているというトゥールで八月、パリで九月十月を過ごした。特にパリでは、フランス演劇を勉強していたこともあって、遅く起きて昼間は街を彷徨《さまよいある》き、夜は劇場を巡って、芝居三昧の滞在だった。治安の良くないパリで、二十歳そこそこの女の子が夜歩きすることは危険だったと思うのだが、幸い危ない目にも遭わずに帰って来た。パリ市立劇場で、パトリス・シェロー演出の二夜連続の『ペール・ギュント』を観たのが忘れられない。ジェラール・フィリップともたびたび共演した大女優マリア・カザレスがお母さん役で出演し、舞台には一点の曇りもない白馬が登場した。

その代わり、パリのパリらしい名所はほとんど記憶にない。ルーヴルもヴェルサイユもチュイルリーももちろん行ったけれど、これという思い出がないからもったいない。ただ、ロータラクトというロータリークラブのジュニア組織のメンバーにお世話になって、一週間ずつ家に泊めていただき、帰国する前に、彼らとバトー・ムッシュという観光船でセーヌの河下りをしたのは楽しかった。あの時の恩人たちにも会ってお礼が言えるといいのだが。マリエル、アニック、ディディエ、ヴェロニック、フランソワ、みんな元気だろうか。

今度の旅は、もう少しのんびりと、名所旧跡を訪ねたいと思っている。劇場も行きたいが、美術館巡り、教会巡りも楽しみたい。

シャルトルもまだ行っていないし、ロワールのお城巡りも、昔行ったけれど、もう一度、新たな気持ちで味わってみたい。フランス最古のゴシック建築というブルゴーニュのサンス大聖堂もひそかな予定に入っている。代々のフランス王が眠るパリのサンドニ大聖堂も行ってみたいが、サンドニと言えば治安が良くないので知られている。現地の旅行会社の人に相談することになるだろう。

今回は乏しい老後資金を切り崩して行くのだが、学生時代は両親がなけなしのお金をはたいてくれた。それなのに、お土産を買って帰らなかったので、母がひどく怒ったのを覚えている。「お土産なんて要らないから、元気で帰って来なさい」という親の言葉を、額面通りに受け取った私が愚かだった。私はその通り、当時の愛犬ミーコに骨のおもちゃをフランスから送り、親には何も買わずに意気揚々と手ぶらで帰国した。しかももうパリジェンヌになったつもりで、最新流行だった、パリで買った黒のコンビネゾンつまりツナギに身を固めていた。度し難い馬鹿娘だった。

その時はまたすぐパリに行くつもりだった。しかし、何も知らずに仏文科の大学院に進んでみると、研究にはほとほと向いていないのがわかって悲しくなった。留学は到底無理である。かと言って、パリで働くというのも、私の実力と家庭環境ではむずかしいことだった。年老いた両親は、一人っ子の私が遠くに行くのを望まなかった。私の方にも、それを押し切るだけの膂力《りょりょく》がなかった。

結局、パリ生活は夢に終わり、私は親に死後も養われて老年に至る今までを生きて来た。一応歌人ということになっているけれど、歌で食べているわけでもなく、むしろ持ち出しだ。浮草のような儚い身の上である。

いっそこのままパリに住みついてしまいたいけれど、とりあえずは元気で帰って来たい。

白犬のさくらの骨が守りゐるわが家と共に飛びたきものを

八月十二日　横浜

今日は旅の支度をしていてびっくりした。オペラ座やコメディ・フランセーズに行くために、昔母が縫ってくれた黒地に水玉のシルクのドレスを着るつもりだったのだが、太ってしまって着られず、やむなく着物を持って行くことにした。母と一緒にパリに行きたかったのでとても残念だった。

そうしたら今日、洋服簞笥から使いかけのシャネルのオードトワレが出て来た。母にプレゼントしたものである。まだいい匂いがする。

「ママはどうしてもあたしとパリに行きたいのね」

その心がわかってオードトワレをバッグに入れた。まだここは日本。

巴里を生みし母もあらむか夕映の香りは孤獨なるココ・シャネル

八月十三日　横浜

今日は台風で凄い嵐。外に出られないので、近所に住む叔母に挨拶の電話をする。わざわざ挨拶に出向くと、昔気質《かたぎ》で気を遣ってお餞別でもくれたら申し訳ないという意味もあったのだが、叔母はまあ、この子ったら、いつ出かけるとも言わないで、という感じでちょっと不機嫌だったのが可笑しかった。母の末の妹だが、いつまでも私を小さい子どものように思っているのかも知れない。

パリで会うツイッター友達から、危ないからアクセサリーは付けて来ないように注意される。早速ネックレスを外した。

母が買ってくれた細い金のネックレス二つと、去年アマゾンで買った安いチップアメジストのネックレス。毎日付けていたものなので、取ると裸になったような気がする。

そして、万が一のために、遺言書を書いた。

金の鎖外してしまふ抽斗に十六歳のわれがねむらむ

八月十四日　横浜から成田

今日は成田のホテルに一泊して、明日がいよいよ出発である。遠足の前の日の子どものように、明け方目が覚めて起きてしまった。自分でもわからないほどうれしいのだろう。早速パスポートをうまく隠せるたっぷりしたボーダー柄のシャツを着て、迷った末これに決めたマゼンタピンクのパンツを履く。

仏様に良くご挨拶して、留守中の郵便物を預かってくださる、さくらのヘルパーさんだった仲良しの本多さんにお電話する。あとはご近所にご挨拶して出かけるだけだが、まだ八時前である。いくら何でも早い。

パリでもオンラインで受講する、東京古典学舎の西洋古典語講座の予習を少しやって、どうにか九時になった。

もう出かけたくてたまらない。旅など、いつ以来だろう。もちろん今の時期に海外渡航するからには、感染の危険は覚悟するほかないし、陽性反応で帰国が遅れても文句は言えない。でも、どうしても今年でなければならなかった。意識しなかったが、自分が行き詰まっていたのかも知れない。どうなろうとも、フランスで新しい自分を切り拓く旅である。

火の鳥のわれとなるべくかんかんと熱波にくるしむふらんすを抱く

八月十五日　成田からパリ

出発の日。敗戦の日である。本当の敗戦記念日は九月だと聞いているけれど、やっぱり、お盆の最中の霊が帰って来る日に、それはふさわしい。

朝五時に起きて、朝食もそこそこに、ホテルのバスで空港にやって来た。エールフランスの搭乗手続きもあっさり終わってしまい、敗戦とご先祖様と今回のフランス行きを三題噺のように考えている。はるばる十万億土からやって来た血縁の死者たちは、日本から逃げ出すようにフランスに向かう私をどう思っているだろうか。

沖縄戦で死んだ母の兄は、ハイカラ趣味でモダンなことが大好きだったらしい。だからきっと姪が憧れのフランスに行くことは喜んでくれるだろうが、今の滅茶苦茶な日本を離れて、自分だけ楽しい日々を過ごすことに少し後ろめたい思いもある。

安倍元首相の暗殺から、統一教会と自民党政治の癒着が明るみに出て、蜂の巣を突いたような騒ぎだが、そんなことがなければ、今頃は改憲にまっしぐらで、戦争ができる国へと変わって行ったに違いない。例の国葬が予定されている日も、私はパリにいる。楽しいヴァカンスだ。それで本当にいいのだろうか。

そんなことを思い詰めていたのに、いざ飛行機に乗った途端、羽衣を着せられた天人よろしく、すべて忘れてしまった。柔らかなフランス語が飛び交う空間、もうここはフランスだ。

客室乗務員のマダムもムッシュもにこやかである。だが、隣に座った若いフランス人女性にボンジュールと声をかけても、返事はなかった。アジア人への冷たい眼差しは本当なのだろうか。それともフランス人によくある気むずかしさなのだろうか。ところが前を通る時にごめんなさい、と言ったらとても優しい反応が返って来てほっとした。思い過ごしだったらしい。

気がつくとアイパッドに付けてあったアップルペンシルの頭が取れている。大変だ。これでは通電できない。手荷物検査の時に乱暴に扱われたのに違いない。歌作りにはもちろん、お絵描きやゲラ直しの強い味方なのに困ってしまう。幸いこのアイパッドはキーボード付きだし、アップルペンシル付きのアイパッドミニもあるので何とかなるが、旅とは予想外の出来事の連続だ。そのうちシャンゼリゼ通りのアップルストアに行ってみよう。

そして飛行機は大きく揺れながらいよいよ地上を離れた。ここはもう自由な空である。

機内のワイファイを使おうと思って乗務員のマダムにパスワードを聞いたら、なんとこの飛行機にはワイファイが無いという。我々の他の飛行機にはワイファイがありますが、これには残念ながらありません、このボーイングは古い型の飛行機でもうまもなく引退です、とベテランのマダムはにこやかに怖いことを言う。

食事の時間になって、メニューが回って来たので期待したが、私は高血圧のために減塩食を希望していたので、一人だけ特別メニューだった。前菜は茹《ゆ》でたサーモンと野菜サラダ。メインディッシュは蒸した鱈か何かのトマトソースとそのスープで煮たらしいじゃがいも、マッシュルーム、ズッキーニである。

正直なところ、前菜が来た時には、いくら健康のためとはいえ、よりによって美食の国フランス行きの飛行機で、何が悲しくてこんな味の無い物を食べるのだろうとがっかりした。ところがメインディッシュになると、舌が慣れたのか、さすがに素材の美味しさを生かした自然な味だと感心したのである。そして、食後には塩分の薄いチーズまで付いていた。そのあとさらにコーヒーとプチフールが出て、すっかりお腹がいっぱいになってしまった。

少し眠ろう。まだフランスに着いてもいないのに、フランス語とフランス人と減塩のフランス料理で満足した私、早くもフランス疲れがしたらしい私は考える。

今回は直行便だが、ロシア上空を通れないので、北極を回って十四時間以上の飛行である。なんという迷惑なロシア。だが、ウクライナの人たちのことを考えたら、迷惑どころの話ではない。また戦争に戻ると、大日本帝国もロシアと同じようなことをアジア諸国にやっていたのである。私の場合、父も伯父も陸軍将校だった。父は職業軍人で、伯父は召集されたのだが、戦争に関わったことはたしかだ。その二人の運命の狭間で、戦争の子、私は生まれた。このことについてはずっと語って来たので今はこれだけにする。

長い。長い。気が遠くなりそうな旅だ。時間をパリに合わせる。まだ朝の九時三十六分である。

だが、例の隣の女性が、窓の扉を開けて、「ご覧なさい、北極よ」と教えてくれた。視界の限り氷河が広がり、薄紅の雲の上の青い空に白い月が浮かんでいる。これこそロシアの暴虐の賜物《たまもの》とも言うべきものだろう。極点を見ると言うことが自分の一生にあるとは思わなかった。しかもその北極の氷河は、どうやら肉眼でも明らかに裂け目が入っているようである。これを見ただけでも良かったと思う。

だが、崇高な経験の一方で、成田空港で両替したお金が百ユーロも足りないことに気づいた。小さなウエストポーチにパスポートと一緒に入れて肌に付けてあったのだが、出国審査で中を見せるように言われて、その時落ちてしまったか、あるいはすられたのかも知れない。早くも盗難の洗礼である。

悲喜こもごもでシャルル・ド・ゴール空港に着いた。旅行会社ヴォワイヤージュ・アラカルトの松本さんが迎えに来て下さって、ホテルまで送っていただきながら、パリ在住四十年という経験からのお話をいろいろ伺って参考になった。たとえば着物は、いくらオペラ座でも目立ちすぎるらしい。普通にメトロに乗れるような服装がいいとアドバイスされた。

ホテルはごくこじんまりしたところで、カルチエラタンの真ん中なので、夜まで賑やかで歩くのも怖くない。早速近所のカフェに行って、搾りたてのオレンジジュースとクロックムッシュで夜食にした。トリコロールの警察の車がそばに停まっていたのも印象深い。

長い一日だったが、異国に来たという感じはしない。むしろ懐かしさを覚えるのはなぜなのだろう。友達にパリ到着のメールをして本当に眠る。

北極を見しのちはつか傷つかむまなことおもへ氷河のごとく
いきものの巴里はたはむれ月光をわれよりかくす雲ならなくに

四十年ぶりのパリ

八月十六日　パリ

学生時代の最初の滞在から数えると、実に四十年ぶりにパリに来たわけである。

六時ごろ、時差ボケもなく爽やかに目覚めたので、朝食を取ってどこか出かけることにする。まずルーヴルだと思い、こわごわメトロに乗ってみた。でも、思っていたほど雰囲気は悪くない。途中で口喧嘩が始まったが、これまた日本でもある情景だ。ただ、片方がアラブ系かなと思う男性で、もう一人が白人であるところが日本とは違うが。

ルーヴルに来てみたところ、妙に静かである。ガラスのピラミッドも森閑としている。おかしいなと思って、お掃除をしていた男性に聞くと、火曜日は定休日だという。ああ、これが私の人生だ。

昔、オペラ座に行くと工事中でお休みだったことを思い出す。とにかく間が悪いのである。気を取り直して、

チュイルリーの噴水の前の椅子に座って、今これを書いている。

噴水をかんがへしひと戀知らぬ詩人なるらむこころのしぶき

それからホテルに戻って、パリにアパルトマンをお持ちの日本の方にいろいろ面白いお話を伺ってから、午後の部が始まった。

まずお参りするのが念願だったサン・ジェルマン・デ・プレ教会に行く。ステンドグラスの色が鮮やかで時代を感じさせないのが不思議だった。神父様がいらしたら、お話を伺いたいと思ったが、観光客ばかりで神父様の影はなかった。いつまでもじっと座っていたいような空間だった。

サン・ジェルマン・デ・プレ教會にしらたまをゆだねむとしてみがくわがたま

そのあと、ホテルに戻ろうとしてメトロに乗ったら、乗り換えがわからなくなって、足も疲れたので、シャトレのカフェでしばらく休むことにした。生クリームがいっぱいで、上に日傘が差してある大きなパフェを食べた。

写真を撮ってツイッターにアップしたとお店のムッシュに言うと、笑って、今は商売が暇で楽だよと言っていた。今だって観光

客で満員なのだが、本当の繁忙期はそんなものではないらしい。もっともパフェのお味はかなり大味だった。

それからノートルダムの工事の風景を見て、もうくたくたになり、今回初めてタクシーに乗った。すぐ近くじゃないかと運転手さんが言うので、歩きすぎてもうくたくただと説明した。日本語の時はそうでもないのに、フランス語だと、言い返すのが普通だから面白い。言葉によって性格も変わるのか。

ホテルで夜まで休んで、今夜は近所のブラッスリーで、美味しそうなお肉とサラダを食べようと思っている。どんどん図々しくなる私だ。

ところがちょうど夕食の時間になって、滝のような雨が降り始めたのである。しかも雷が鳴っている。ホテルの受付の人もびっくりして、隣のカフェにサンドウィッチがあるから、それを買って来たらと言った。だが、私はどうしても少し先のカフェで昼間に見ておいたお肉が食べたかった。

雷雨の中を強行してカフェに向かった。食べているうちにどんどん雨が強くなる。車軸を流すようだとはこのことか。いつもの私なら怖がってどこにも行かないのに、こんな日に出て来るというのも、性格が変わっているのだろう。パリ人格かも知れない。

お肉は美味しいけれど硬くて、やっぱり日本のサシの入ったステーキがいいと思った。雨はますます凄いので、コーヒーもデザートも無しで出たが、帰りにお水を買いに寄ったために、海辺を歩いているような感じになり、買ったばかりの靴もパンツもびしょびしょになってしまった。

ジェラール・フィリップの映画で覚えた「私はびしょ濡れです」という台詞を、ホテルの受付の人に言ってみたが通じないようだった。

私は一応話すことは何とかできるけれど、発音が良くなくて聞き返されたり、ややこしい単語を言って失敗したりすることがある。

そして、みんなすぐに英語で話しかけて来るのには驚く。誇り高いフランス人もついに我を折ったのか。英語ができない私は困ってしまうが。

今日は一日動き通しだったので早く寝よう。


雷雨またあそびなるべしジュピテルの不埒《ふらち》おもへば神神は子ども

八月十七日　パリ

パリ滞在三日目。今日はツイッター仲間とのお食事会である。この日をずっと楽しみに待っていた。おしゃれしてみんなに会おうと思って、黒いワンピースを持って来たのだが、くるぶしまでの長さなので、メトロには乗れそうもないと断念する。代わりに選んだのは白いレースのトップスと同じく白いレースのカーディガンに、いつものマゼンタピンクのパンツ。

レースは野暮ったくて日本人とすぐわかるからいけないとか、赤系は目立つから駄目とか、ネットの事前情報はいろいろあったのだが、こちらに来てみると、そんなことよりも丈の長いワンピースの方が目立ちそうだ。

それにメトロの駅は作りが古くて、全部階段なのだから、裾が長いと苦労するだろう。パンツがいちばんである。

でも、今日ばかりは日本で買っておいた口紅を差す。シャネルのオードトワレも念入りに付ける。

朝からわくわくである。

午前中からひまだったので、早くホテルを出てしまい、方向も考えずにとにかく歩き始めた。目指す場所はシャトレ広場のブラッスリーである。ホテルはカルディナル・ル・モワンヌが最寄りだから、地理的には近いはずだが、生来方向音痴の上に、地図も見ないで歩くのだから無謀である。滅茶苦茶に歩いているうちにパンテオンに着いてしまった。どうも方向が逆らしいと気づいて、サンミッシェルまで戻ったところで、とうとう諦めてメトロに乗った。

サンミッシェルからシャトレはたった二駅。降りて長い長い通路を通って外に出ると、待ち合わせのブラッスリーはすぐ見つかった。

ベルエポックを彷彿とさせる重厚な美しい内装で、従業員もみな洗練されている。約束より一時間半も早かった。仕方ないので、フレッシュレモンのジュースをもらいひたすら待つ。そばに来てくれた従業員のムッシュが日本語で話しかけようとするので、フランス語でお願いしますと言ったら、何と日本語を学んでいたのだという。うれしくなって話す。

待ちに待った友人たちの到着。リヨンからアンリアンヌ、パリのエマニュエルとジェロームの夫妻、一人だけ若い学生のオーレリアン。みんなジェラール・フィリップの熱烈なファンである。作家のエマニュエルはジェラールについての大著を計画しているし、オーレリアンはまもなくジェラールをテーマとして修論を出すのだという。

日本からジェラール・フィリップの珍しい作品のDVDボックスをお土産に持って行ったら大変喜ばれた。みんな初めて会うのに、昔から知っているように懐かしい気持ちになるのはなぜなのだろう。パリの街そのものがそうなのだ。ずっと昔からここにいたような錯覚にとらわれる。

日本で人気のフランス人俳優は誰かという話題になって、アラン・ドロン、カトリーヌ・ドヌーヴ、イザベル・アジャーニ、ジュリエット・ビノシュなど、乏しい知識から知っている限り挙げて行く。ついでに作家や思想家にも及んで、プルースト、カミュ、デュラス、またデリダ、バルト、フーコーなどと言うと、みんな死者ばかりだということになり、フランス文化は凋落していると友人たちは嘆いた。

日本では文化だけではない国力の凋落が語られて久しいけれど、フランスもやはりそうなのだろうか。一応仏文科の卒業生としては何とも寂しいことだ。

一時から六時過ぎまで語り合って、やっとお開きになり、一足先にリヨンに帰ったアンリアンヌとも、エマニュエル、ジェローム夫妻とも再会を約束して別れた。

たましひは生きながらにして友を知る翼竝《なら》ぶる大空は秋

八月十八日　パリ

今日は西洋古典語のホメロスのオンライン講座だと思って張り切っていたのだが、日本はお盆休みだということに気づいた。

それではと朝からルーヴル美術館に出かける。物凄い人で、一時間以上行列してやっと入ったが、券売機でチケットを買って取り忘れてしまい、もう一度買い直すというへまをやった。受付の女性が親切だった。だが気になるのは、外の警備などの肉体労働は主に有色の人々が携わり、受付などはほとんど白人だということである。この点はもっと変わっていると思っていたが、まだあまり変わらないらしい。

アンスティテュフランセの肖像画の歴史の授業で習っていた、フランス国王たちの肖像画を真っ先に見に行く。ジャン善良王の横顔の肖像画が出迎えてくれた。ジャン・フーケ作のシャルル七世の肖像画がリアルで素晴らしい。早速デプレ先生にメールを書いた。それからフランソワ一世の肖像画を見て、お決まりのモナリザに向かう。

だがもう、三日間の強行軍で足が疲れてしまい、引きずりながら階段を上がった。観光客みんながモナリザを目指しているのだが、なかなか見つからない。

イタリア絵画の部屋で、レオナルド・ダ・ヴィンチのヨハネや岩窟の聖母や聖アンナと聖母子を見られたのは眼福だった。もうこれだけでもいいと思ったが、一応モナリザに会おうと探すと、隣の大きな部屋のずっと奥に飾られていて、人垣がいっぱいでそばに行くこともできない。遠くから拝んで写真を撮った。

リヴォリの通りに出て、カフェ・リュックという高そうな店に入ってしまった。お茶だけでは駄目だというので、牛肉のカルパッチョとサラダを頼んだ。いつもお肉など食べないのに、フランスではお肉ばかりだ。とても美味しかったので、気を良くして、アイスクリームとエスプレッソも頼む。クレジットカードの支払いが怖い。

とほきとほきジョコンダに群がる民草のかなしきかなや宇宙人もさなりや

ホテルに戻ってひと休みしてから、近所のコインランドリーに行く。コインランドリーを使うのは生まれて初めてだが、まるでパリの学生のようで楽しい。明日は雨の予報なので、今日やって来た。洗濯はうまく行ったのだが、乾燥機に入れてお金を入れると、お金が吸い込まれるばかりでちっとも動いてくれない。泣きそうになっていると、そばにいたマダムが他の機械を試してみたらと言ってくれて、やってみたらうまく行った。誠にありがたいのは人の情けである。

帰りに食料品店を見つけて入ると、浅黒い肌の可愛い男の子がまつわりついて離れない。子どもに好かれることはあまりないので、うれしく思って、奥から出て来たお母さんのマダムに、私は彼に好かれたようですと言った。年を訊くと二歳だという。ずいぶん大きいようだが、まだ生まれたばかりなのだ。坊やの言葉は何語なのかわからない。

坊やと遊びながら、サンドウィッチとりんごジュースを選んだ。これが今日の夕食である。またこの店に来よう。

　異星より來たりしわれと未生なる世を知る汝《なれ》と戀のごとしも

八月十九日　パリ

今日は午後から雨の予報で、あまり温度も上がらないようなので、出かけずにホテルの部屋で勉強しようかと思っていたが、目が覚めるとやっぱりシャルトルに行きたくなってしまった。モンパルナスから列車で一時間というからそう大変ではなさそうだ。

いそいそと朝食に行くと、まだテーブルにクロワッサンが配られていない。これが朝の最大の楽しみなので、じっと待っているが果たしてどうだろうか。三十分待ってようやく若い女性がクロワッサンを持って降りて来た。今朝の幸福である。

食べ終わると、少し迷ったが、やっぱりホテルを出た。最寄りのカルディナル・ル・モワンヌからメトロに乗って、オデオンで乗り換え、ＳＮＣＦのＴＥＲという列車に乗るためにモンパルナスビアンヴニュに向かう。

シャルトルまでの往復は36ユーロ余り。葛原妙子の名歌「寺院シャルトルの薔薇窓をみて死にたきはこころ虔《つつま》しきためにはあらず」に歌われた有名な大聖堂の薔薇窓を見に行くのである。

チケットは自動販売機で何とか買えたが、ホームがわからないので駅員さんに訊きまくった。基本的にフランスの人はきちんと訊けば親切なことが多い。観光立国のせいもあるだろう。販売機の前で、十代くらいの少年に、「どこで切符を買うのか教えて」と言われた。これで今買ったばかりだと言おうと思ったが、怪しいと困るので、「良く知らない」と答えてしまった。ちょっと気が咎めるが仕方がない。

列車は緑の中を走って行く。ところどころに童話に出て来るような家がある。

こうした地方に住むのも長閑《のどか》でいいが、私ならやはりパリ市内が活気があって楽しいと思う。ただ、パリはメトロの駅や古いアパルトマンがほとんどバリアフリーでないので、老後に暮らすのはかなり大変だろう。それは今回痛感した。学生時代には考えもしなかったことである。

ヴェルサイユ、ランブイエ、マントノン、歴史上に名高い場所の駅を通る。

日本は山と森がいっぱいで、旅をするとさまざまな緑の差異が楽しめるが、今眺めているフランスの森はあまり色の違いを感じない。むしろ広大な田園地帯が印象に残る。

面白いのが車内放送で、列車とホームが離れているのでお気をつけくださいとか、降りる方を先にしてくださいとか注意することだ。

日本では普通だが、まさか大人の国フランスでもこのような注意が必要とは考えもしなかった。日本にはフランス幻想があって、フランスではこんなことはないなどとよく言われるが、人間はどこでも大して変わらないのかも知れない。

シャルトルに着いた。大聖堂は意外に近い。左の塔がゴシック、右の塔がロマネスクという異なる様式で非対称なのも却って威厳を増している。さて中に入ると、一瞬拍子抜けのような思いにとらわれた。これが葛原妙子が生涯を賭けて見ようとした美なのか。薔薇窓はそれほど美しいようには思われなかった。

　だが、しばらく見つめているうちに、この美はカトリックの歴史あってのものなのだ、それゆえに葛原妙子は「寺院シャルトル」と明記したのだと気づいた。

　祈りの美であるがゆえに、永遠に近づくことのできない歌人は渇仰の思いで心に描いたのだろう。

　遠くから見ると、薔薇窓は曼陀羅のようでもあり、宇宙のようでもある。

　一旦外に出て、カフェで塩辛いオムレツを食べると正午の鐘が鳴った。もう一度入ることにする。今度は慄《ふる》えるほど美しい。

　創造主の泪《なみだ》のごときシャルトルのブルーは殺すわが言の葉を

　本当は帰りに、プルーストの作品の舞台になったイリエ・コンブレが近いのでそこにも寄るつもりだったが、パリ到着以来、毎日外出して疲れたのと、シャルトルの印象をそのままにしておきたいのでまっすぐパリに戻ることにした。

　帰りの列車には、白い衣装の修道女が、パンや果物を美味しそうに食べていた。やがて少し年齢の高いご夫婦がベビーカーの赤ちゃんを連れて乗って来た。席を譲ろうとしたが、パパの方が横に座ってママが隣に来た。機嫌のいい赤ちゃんで、ママはボンジュール・マダムと私に挨拶させようとしている。私もボンジュール・ムッシュと答えたのだが、ママが女の子だと言うので恐縮した。

しばらくホテルで休憩してから、毎日のように来る近所のカフェで夕食を取った。うさぎの腿肉《もも》が食べたいと思ったのだが、今日は売り切れだそうで、それではとステーキのつもりでフィレというのを頼んだら、案に相違して白身魚のグリルが出た。しかも人参と胡瓜のソテーがたっぷり付いて、あと注文のグリーンサラダも来たので、栄養満点である。この店は味付けが薄いので気に入っている。食後には林檎のタルトのアイスクリーム添えとエスプレッソ。どれも美味しかった。

フランスでは節約生活の予定だったのに、早くもこれではどうなることやら。パトカーがスピード違反間違い無しの凄い勢いで駆けて行き、雨が降り出した。

パリの夜五日目である。


逢魔ヶ刻のなからむ國か夏の夜は更けて明るしわれのごとくに

八月二十日　パリ

今日は朝からオルセー美術館に行くことに決めていた。夕方は日本のツイッター仲間とアペロ（夕食前の一杯）の約束。場所がホテルのラウンジなので、黒いワンピースを着る。

オルセーへのメトロの道順はよく確認したはずなのに、アウステルリッツ駅で降りたのが失敗で、さんざん迷った末にタクシーに乗ってしまった。パリの運転手さんは愛想がいい。京都とちょっと似ているかも知れない。観光で持っている古都という共通点があるのだろう。

オルセー美術館は九時半開館で、かなり待ったが、内容は期待以上で圧倒された。

何と言っても印象派が凄い。日本人は印象派が好きなので、軽く見られている感じがするが、とんでもないと思った。マネ、モネ、ゴッホをこれほど見たのはもちろん初めてで、もう他の画家は見たくなくなるほどだった。

どれか一枚なら、ゴッホの水色の自画像をもらいたいものだ。しかし、ゴッホを見ると、ゴーギャンがつまらなく思われてしまうから、芸術は怖い。私は美術は全然知識もないのだが、対峙した時の圧力が違うのである。

果たして歌はどうだろうか。

水色の自畫像たれを見つむるか知らざるままに一生《ひとよ》青かれ

館内のカフェでキッシュロレーヌとペリエの軽食を取って、今度はロダンを見た。ルーヴルと違って、座って休むところが沢山あるので助かる。この原稿もベンチで書いている。

ロダンの内面的な表現の力強さは良くわかるけれど、繊細な小品になると、もしかしてこれはカミーユ・クローデルが制作に加わったのではないかと想像してしまう。

だが、「地獄の門」の雄渾な迫力には言葉も無い。

地獄の門の眞中に坐る男ゐて永遠の鳥を夢想せりけり

お昼過ぎに美術館を出て、待ち合わせのレピュプリック広場に向かう。暑くてもう歩く気がしないので、またタクシーだ。

カフェに入ると、可愛いラブラドールレトリバーを連れたカップルがやって来た。しばらく我慢していたが、とうとう近づいて撫でさせてもらった。女の子だそうで、私にぴったり体をくっつけてくれて、とても優しい。

飼い主さんに感謝である。

本当にここは異国だろうか。私のさくらもきっとこの街にいる。あるいはもう犬ではなく、エレガントな人間の姿になっているかも知れない。

犬は橋、犬は鏡ぞしんじつをかくも求むるわが晩年のため

友人に会ってからホテルに戻って、また近所のカフェで夕食である。今日はコルドンブルーというのを頼んでみたが、鶏肉を揚げた凄いヴォリュームのお料理だった。すっかり肉食の日々である。

八月二十一日　パリ

今日はパリに来て一週間目なので、朝はゆっくり寝て、のんびりと出て来た。サントシャペルに行

く。ところが、例によってメトロがよくわからず、またタクシーに乗ってしまった。今日の運転手さんはアジア系で無口である。思い出せば昨日のアフリカ系の運転手さんも無口だった。

サントシャペルはもう行列ができている。荷物検査を受けてからチケットを買う。入った瞬間はえええ、これかと思った。シャルトルの方がずっと良かったなと感じたのだが、なぜかみんな脇の階段を上がって行く。後ろの女性にこれはトイレですかと訊くと、これこそサントシャペルだと教えてくれた。誠に先達はあらまほしきもので、一人旅の私は粗忽の連続である。

狭くて急な螺旋階段をこわごわ昇って開けた視界は、まさに奇跡的だった。一面の光、光、光。これがサントシャペルだったのか。何にというわけではなく、おのずと頭が垂れる。フランスに来て良かった。

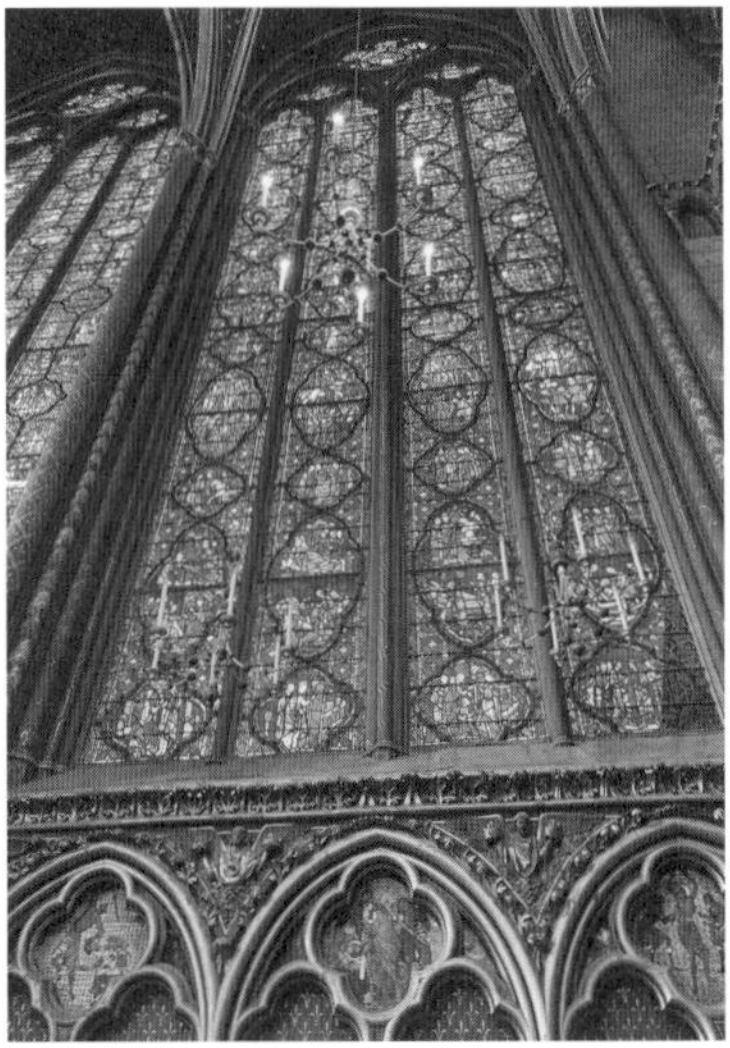

サントシャペル過ぎ去りゆけるいのちとはおもはれなくに光こそわれ

もうほかに何も見たくなくて、先日フランスの友人たちと会ったシャトレのブラッスリー le Zimmer

にまたやって来た。お店の日本語を話す男性が私を覚えていてくれた。

まずレモンを絞ったジュースを頼み、やがてお昼になったので、テリーヌとお魚のグリルのレモンクリームソース、そしてコーヒーと少しずつデザートを集めたカフェグルマンを注文した。どれも大変美味しく、特にレモンクリームソースはパンで全部拭《ぬぐ》っていただいてしまった。大満足である。またここに来ようと思う。

時々犬を連れた人が通るので写真を撮らせてもらう。なぜかさくらに似た純白のトイプードルに会わない。

食事のあとはシャトレからオデオン、カルディナル・ル・モワンヌとやっと覚えたメトロの道筋でホテルに戻る。今日は異教徒の私も安息日だ。

ルーヴル、オルセー、シャルトル、サントシャペルと、いちばん行きたかったところをまず回ったので、明日からは昔滞在した古都トゥールを再訪することに決めた。ガイドブックを見て、二つ星の可愛いホテルに電話をかけ、二泊三日の予約をする。大聖堂やロワール川の有名な古城巡りが楽しみだ。

お昼をたっぷり食べたせいでお腹が空かないけれどカフェに行ってみようと出てみると、いつものカフェはお休みだった。食べない方が健康にも美容にもいいに違いない。食料品店で炭酸水と葡萄を買って部屋に帰る。

明日よりは旅の中の旅いにしへの小《ち》さき都の夢に見られて

待っていてくれたトゥール

八月二十二日　パリからトゥール

夜中にＳＮＣＦの列車チケットをネットで予約して、朝の十時六分にモンパルナスから出発だ。可愛い犬たちも飼い主と一緒に旅行するらしい。トイレやごはんはどうするのか、他人事ながらちょっと心配である。

チケットの引き取りやら列車の出発ホームやら、わからないことだらけだが、何とか乗り切った。席は一等車の二階の窓側。たまたまだが、景色を眺めるのが楽しみだ。

すると隣に小さな女の子を連れた若いカップルが来て、席を交換してほしいと言うので、喜んで代わった。今度は一人の席で窓側なので余計都合がいい。

もう今月いっぱいは遊びまくることにきめた。東京古典学舎の堀尾耕一先生の西洋古典語のオンライン授業だけは出るけれど、始めたばかりの李優大先生のロシア語は先生にお願いして、九月から再開ということにしていただいた。自分でも全く予想していなかったことだけれど、とにかくフランスでは自然に身体が動いてしまう。

九月になれば、ホームステイ先に引っ越すし、ソルボンヌの語学講座も始まるから、そうそう遊んではかりはいられないだろう。でもまた、秋にはオペラ座やコメディ・フランセーズに行く楽しみがある。

この列車は直通ではなくて、次の駅で降りてトゥール行きに乗り換えなければならない。居眠りしてはいられない。と思う間に窓の向こうには豊かな農地が広がっている。どこまで行っても平らである。そしてところどころに立っているのは、風力発電の装置だろうか。パリでは、何も知らないのにいつもいる場所に帰って来たような不思議な安堵感があったが、地方に来ると、やはり異国である。パリはフランスではないというのもそのせいなのかも知れない。

今の速度は二百四十キロ。でも全然速いとは感じない。

ふらんすの野は他者として驅けゆけり君《トワ》にもあらずあなた《ヴー》にもあらず

四十年ぶりにトゥールにやって来た。もう覚えていないけれど、パリとは時間の流れ方が違うような静かな街である。中世には政治や文化の中心だったので、全体に気品があり、駅舎も美しい。学生時代の私はこの静謐に堪えられず、早くパリに行きたいと焦ったが、今回の小旅行はどうだろうか。

予約したホテルに行くと、年配の受付の女性が、私の日本の住所が打ち込めないから代わりにタイプしてくれと言う。重い荷物は置いて外出しなさい、見ているからと勧められて、リュックからアイパッドとアイフォンとお財布だけ袋に入れて、また街に出た。

まずカフェでお昼を食べる。今日の料理が鶏肉のマッシュルームソースにパスタ添えなので早速頼む。大食いの私には量もちょうど良く、味もまあまあ美味しい。デザートはと訊かれて、つい断れずまたもアイスクリームを食べる。ダイエットは日本に帰ってからだ。

最初に憧れの水上の城シュノンソーに行こうと、さんざん待って駅前からバスに乗ると、カードが使えず、細かいお金もなかったのですっかり困ってしまった。すると運転手さんはじゃあいいからと言って乗せてくれた。それではあまりに申し訳ないのであるだけの小銭を渡すと、受け取って、これであなたもチケットがあるんだからと微笑んでくれる。何と優しくスマートなのかと感謝を通り越して感嘆してしまった。運転も非常にうまく、ぶつかりそうなカーヴを鋭く切り抜けて行く。

素晴らしい運転手さんのおかげでやっと目的地に着いたのだが、それからがまた大変である。ヴァカンスなので物凄い人出で、お城に入る前に一時間余り待たなければならない。

そして、お庭からお城を垣間見ると、せっかく来たのに、思い描いていたほどの神秘的な美しさではなかった。中に入れば違うのかも知れないが、何とも気が揉《も》めることである。

シュノンソー水にうつそみゆだねしをうつくしからずといへば沈める

いざ入ってみると、ディアヌ・ド・ポワチエやカトリーヌ・ド・メディシスやフランソワ一世というフランス史の大立者にまつわるきらびやかな遺品でいっぱいだが、歴史に疎いのが残念である。貴婦人たちの天蓋付きの寝台がいくつもあって、寝てみたいと思った。面白かったのは厨房だった。壁に見事な銅鍋がずらりと並び、今も肉を焼いているかのように炉に電気の火が入っている。食べる者と食べられる者の闘いは、統治する者とされる者の闘いにも重なる。

けもの食む王侯の貌あかあかと照らす銅鍋の不老不死はも

そして人混みに疲れて出て来ると、ちょうどトゥール駅行きのバスが行ってしまったところだった。また二時間待って、軽い食事のあと、ホテルにやっと戻ったのは何と十時だった。離れのような可愛いツインルームに通されて、トゥールの夜が更けてゆく。

八月二十三日　トゥール

お花がいっぱいのテラスを通って朝食の小さなサロンに行く。マダムの心尽くしのジャムが美味しい。パンとコーヒー二杯に林檎ジュースやチーズまでいただいてしまった。
今日はどこへ行こうかと考えて駅に向かう。
シャンボールにしようとチケットを販売機で買おうとするが、故障らしくカードのお金だけ取られてしまった。身長二メートルくらいの駅員さんを呼び止めて話すと、同僚と話し合って、親切に振替のバス乗り場まで連れて行ってくれた。お礼の握手をして別れる。昨日もチケット無しでバスに乗せてもらったり、こちらの人たちは本当に親切だ。

さて、バスの行き先はロッシュである。シャンボール行きはなかったので、これも行きたかったロッシュ城に向かうことになった。シャルル七世の寵姫アニエス・ソレルが住んだ城である。アンスティテュフランセの授業で習ったばかりだ。

人の情けに会って、曇天の憂鬱が吹っ飛んだ。トゥールに感謝である。

うつむきて咲ける向日葵なにゆゑぞ愛されしひとの城に向かふに

いちめんのひまわり畑があったが、なぜか全部下を向いている。異常熱波で枯れてしまったのだろうか。

ロッシュ城の礼拝堂に入ると、授業で習った通りのアニエス・ソレルの横たわる像の墓に出会ってしまった。わずか二十八歳で若さと美貌の盛りのうちに世を去った彼女は、生前の姿そのままに美しい。衝撃にしばらく動くことができなかった。

アニエス・ソレルうつつながらの墓のまへたましひふるふ魚《うを》のごとくに

昨日のシュノンソーはトゥールに着いたばかりでもあり、物凄い人出にうんざりしてやっぱりパリがいいと生意気な感想を持ったが、今日のロッシュは素晴らしかった。知る人ぞ知るお城なので観光客も少なく、土地の人もみなおおらかで親切である。街並みは中世からほとんど変わっていない。今にも騎士たちや姫君が道の向こうから現れて来そうだ。

フランスの良さは地方にあると言われるのが、やっと少しわかったような気がした。

バスでまたトゥールに戻り、大聖堂へ。ゴシック建築の圧倒的な荘厳さに打たれる。そして内陣のステンドグラスと左右に薔薇窓。シャルトルに勝るとも劣らない美しさだ。古都にふさわしい。ずっとここに座って神様をお迎えしたくなる。四十年前には来ようとも思わなかった場所である。待っていて下さった。


　トゥール大聖堂佇羊のわれを待ちたまふその歳月にあまたの戀や

八月二十四日　トゥールからパリ

今日はレオナルド・ダ・ヴィンチが最後に暮らしたアンボワーズを訪ねてから、夕方パリに戻る。猛暑らしいが、フランス人よりは暑さ慣れしているだろう。パリは肌寒いかも知れないから上に羽織るものも要《い》る。

今回の小旅行の楽しさに味をしめて、ジェラール・フィリップゆかりのカンヌやアヴィニョン、それに先日会ったツイッター仲間が住んでいるリヨンも行くことにした。

日本にいる時はどこにも行かずにオンライン講座と友達との電話だけで暮らしていた私なのに、われながら変わり方に驚いている。

私にとってのフランスとは何なのだろう。

開け放せるテラスより來たる鳥のこゑここロワールのしづかなるふらんす語

藤棚にはところどころに小さな花房がある。返り花だろうか。トゥールは花がいっぱい咲く五月がいちばん美しいからまた来なさいと言われた。本当にまた来よう。

マダムの手作りジャムを揃えた美味しい朝食をいただいて、お別れにフランス式のビズ（抱擁）をするととても喜ばれた。お孫さんが日本人とのハーフだそうで、ちょうどヴァカンスでロンドンから来ているということで、ぜひ会いたかったが、ルイ少年はまだ眠っているので、残念ながら駅に向かった。マダムは日本語で「さよなら」と言ってくれた。

パリ・アウステルリッツ行きの特急で、アンボワーズで途中下車するはずが、車内で歌を作ったりメールをやりとりしたりする間にうっかり乗り過ごしてしまった。間抜けなことである。いっそこのままパリに戻るか、またはオルレアンに行ってみようかなどと迷うが、せっかくレオナルドのゆかりの土地にいるので、次のシャンボールで降りて、アンボワーズまで折り返すことにする。

駅の相談室のマダムがとても親切だった。こちらももっと丁寧にお礼を言わなければならないのに、要点を伝えるのに精一杯でついそこまでできないのが申し訳ない。

その一方で、自動販売機を使っている時など、後ろに人がいると気になって、「急いでいますか?」

と訊いてしまい、怪訝な顔をされたりする。しゃべっているのが一応フランス語でも、気の遣《つか》い方が日本的なのである。何だか可笑しい。でも、こちらの顔を見ると、明らかに態度が悪くなる人も中にはいて、この国でアジア人として暮らすことの厳しさが想像される。

レオナルドいかにねむらむふらんすは天才を容るる國か死後まで

ようやくアンボワーズに着いたが、今日はやはり予報通りの猛暑だった。暑さは慣れていると思ったのが甘く、湿気が無いだけに叩きつけるような陽光が直射する。愛用の麦藁帽子を持って来れば良かったが仕方がない。折りたたみ傘を開いて日傘の代わりにした。

　お城に着いて、見てまわる気力もなく、ロワール川の景色が見渡せるテラスで涼んでいると、トゥールにホームステイの経験があるフランス語仲間のたかこさんからメールが来た。暑くてもういやだとこぼすと、タピスリーや家具もあるし、少し離れたレオナルドの住まい、クロ・リュッセにはレオナルドが死ぬ時のベッドも飾ってあると教えてくれた。凄い記憶力である。

　私は甘えん坊で気力も体力も無いので、疲れるとすぐ愚痴が出る。励ましてくれる友達はありがたい限りだ。

　石の螺旋階段を上がるとフランス・ルネサンスの王家の世界が開

けていた。色褪せたタピスリーの数々、木肌の輝きを失わない椅子、そして、フランソワ一世の腕の中で死んでゆくレオナルドの絵とベッドがある。ずいぶん芝居がかった設定である。

臨終の彼を抱きけるフランソワ一世といふ星の物語銀河に投げよ

ところが、すっかり楽しくなってクロ・リュッセをゆっくりまわっているうちに、TGVの便をのがしてしまった。またしても失敗である。駅員さんに頼んで、オルレアン乗換でパリ・アウステルリッツに九時過ぎに着く列車の切符を買い直した。とにかくこれでパリのホテルに帰る。果てしない田園から都会の薄汚れた風景が見えてくると心底ほっとするのは、日本にいても同じである。私は横浜の郊外の生まれ育ちで都会人というわけでもないけれど、自然は苦手なのである。

パリのアウステルリッツ駅に着いて、タクシーでまずホテルに向かった。パリの夜は何と美しいのだろう。セーヌ川を渡る時のときめきは青春時代から変わらない。無理しても来て良かったと思う。

カルチエラタンはこれからが盛り上がるので、荷物を置くとすぐ近所のカフェに行く。

お肉が食べたいので、仔羊のグリルにする。

トゥールとパリでは、フランス語のスピードがまるで違う。お酒も入っているから、何を言っているのか全くわからないけれど、この空間にいるのが楽しい。

月末にはジェラール・フィリップゆかりのカンヌとアヴィニョンを訪ねようと思っていたが、暑さがぶり返したことでもあり、カルチエラタンのホテルという絶好の条件をみすみす手放して荷物置き場にするのはもったいない。もう少しパリの真ん中で遊ぼう。仔羊のグリルに青隠元《いんげん》のソテーはとても美味しかった。

だが、見えない、いや実は良く見える壁はある。私はアジア人で女で年寄りで一人である。疎外される条件が全部揃っている。ブラッスリーでも私のところにはなかなかギャルソンが来ないし、これは悪意ではないが、毎晩行っているのに必ず英語で話しかけられる。そばの食料品店の少年が音楽を聴いていたので、それは何？　と言ったら全然通じず、答えてもらえなかった。あとから、チュニジアのだよ、とつまらなそうに言ったのだが。

美しいパリの夜の中には絶対に入れない。それでもいいから今少し見つめていたい。

美しいものばかり

八月二十五日　パリ

今日はさすがにゆっくり寝てからホテルの地下食堂で、クロワッサンとカフェオレの朝食をとる。

毎週木曜日は東京古典学舎のギリシャ語のホメロスのオンライン授業があって、お盆明けで今日はパリから参加である。勉強はすっかり忘れていたが、堀尾先生もみなさんも久しぶりでなつかしい。

日本で少し予習した分があったので、早速訳がまわって来た。ギリシャ語はむずかしくていつまでも覚えられないけれど、この時間が私の救いだった。それはパリでも変わらない。『オデュッセイア』の十七巻をみんなで読み終わり、記念すべき日になった。

パリに讀むオデュッセイアに迫り來るゆふぐれありき肉の香ぞする

授業の後、今日は近くのお散歩をしようと外に出る。少し暑いが風が心地よい。シャトレまで歩いて、ポンピドゥセンターを見て、この間の美味しいブラッスリーに行きたい。

途中で教会に寄り、パンテオンの前に来た。国家に顕彰される偉人というものに興味がないので、中には入らず石段に座って今これを書いている。

さてと、シャトレに向かって歩き出すと、途中でクリュニー美術館に出会った。堀尾先生も勧めてくださったし、たかこさんの大好きな場所でもある。迷わず入り、古代の廃墟を活用した静謐な建物の中で、中世への時間を遡《さかのぼ》った。

私は仏様が好きなので、初期の素朴なキリスト像が仏像のように見えることがある。どこかで通い合うものはないのだろうか。

そしてこの美術館の最大の宝物である『貴婦人と一角獣』のタピスリーには絶句した。

日本にも来たことがあり、ゆっくり見たつもりだったが、この幽玄な空間で逢うと、あたかも美しい女性をシテとする能を見ているようである。『定家』や『楊貴妃』を連想した。

一角獣に鏡見せつる貴婦人のあはきまなこに神宿らめや

感激のあまり売店でタピスリー風のトートバッグまで買ってしまった。明日から使おう。

ポンピドゥセンターはまた後日ということにして、サン・ミッシェルのカフェでクロックマダムとペリエの昼食。パリはやっぱり楽しい。昨日書いたようないやな経験も始終で、今日は美術館のカフェのムッシュに返事をしてもらえなかったが。日本にいる欧米人以外の外国人もまた、こういう思いをしているのだと思う。とりあえず今日も良い日である。

と喜んでいたら、エスプレッソを持ってきたギャルソンが、手を滑らせて私の膝にコーヒーをぶちまけてしまった。向こうも慌てて、熱いお湯とタオルを持って来ては、「ごめんなさい、わざとやったんじゃないよ」と言うが当たり前である。しかも代わりのエスプレッソは持って来たが、お詫び代はないようだ。

日本ならば店主が出て来てクリーニング代弁償というところである。私は歌舞伎座で蕎麦つゆを麻の着物にかけられたことがあるが、その時はクリーニング代はくれたと思う。

それよりも心配なのがアイパッドで、仕事の必需品なのに、何か故障があったらどうしてくれるんだという気持ちになった。

やれやれ。思いもよらぬハルキ・ムラカミの決まり文句が口から出た。

だがまあ、デニムの方はタオルで何とかなって、アイパッドもこうして使えるようだ。しかし、お勘定の時にまたごめんなさいと言うので、あなたが悪いんじゃないのはわかってるけど、これが日本なら全部ただであなたが払うのよと言うと、じゃあ僕は日本では暮らさないよとしれっとしている。この愛嬌が曲者だ。

メトロでホテルに帰る。途中で葡萄と炭酸水を買ったので、今日はそれが夕食である。まだ五時だけれど一応おやすみなさい。

八月二十六日　パリ

早朝に電話が鳴り、日本のご近所の仲良しの奥様で、家に何かあったのかとあわてたが、最近お見かけしないけれどお元気？　という優しい言葉だった。パリに行くことをメールしたのだが、届かなかったらしい。電話料金が高いので恐縮するが、うれしかった。

今日こそポンピドゥセンターに行く。迷わないようにメトロでシャトレまで行くつもり。昨日は先日のコインランドリーに行こうとして迷子になり、とうとう諦めてやっとのことで帰って来た。

ポンピドゥセンターでは、学生時代にベケットの芝居を観た思い出がある。『クラップ最後のテープ』だった。素晴らしくて楽屋まで役者さんに会いに行き、つたないフランス語で感動を伝えた。

今日は芝居ではなく現代美術を見る。マティスが楽しみだ。

と張り切ってシャトレに着いたが、ポンピドゥセンターの場所がわからない。お上りさんはすりに狙われるからうっかり道も訊けないが、教会の前に警察の車が停まっていたので、お巡りさんなら大丈夫だろうと道を訊いたら親切に教えてくれた。だがそれらしいものがちっとも見当たらず、パリではお巡りさんも当てにならないのではという考えがちらっと頭をかすめたが、その時大きな鉄骨の建物が見えた。

一瞬でも疑ったことをお巡りさんにお詫びしたい。

だが、見ると開館は十一時である。あと二時間もある。そばのカフェに入ってカフェ・クレームを頼むと、漢方薬のような味がする。間違ったのではないかと思うが、まさかそんなはずはないだろう。しかし、昨日のような事件もあるので、とりあえず飲むのをやめて、ここで書きながら待つことにする。

ひまなので、いつも書けないことを書いてみよう。まず大好きな犬たちだが、さくらのような純白の可愛いトイプードルにはまだ出会っていない。プードルはフランス原産の犬だからとても多いのだが。

日本のようにお洋服を着た犬は今のところいないようだ。トゥールでは、猛暑のお城にも犬たちが連れて来られていて、動物虐待ではないかと思ったりした。

女性の服装については、ピンクや赤は日本人とわかって狙われるなどとネットで事前情報を得ていたが、たしかに黒い服が多いものの、派手な色だからどうということはなさそうである。気をつけることと言えばむしろアクセサリーかも知れない。

私もフランス人のツイッター仲間の忠告のおかげで愛用のネックレスを外しているが、本当にメトロでアクセサリーをつけた人は全くと言っていいほど見ない。そういう人は最初からメトロなど乗らないのだろう。

肌の露出には驚くが、それも似合えばいいということだろう。

フランスに来てから、大小実に多様な体型の人間を見て、自分の太りすぎを忘れた。毎日一万歩くらい歩いているが、お肉やアイスクリームをよく食べるので、顔も体もまるまるとしている。白髪も増えたかも知れないが、もういいと思っている。

メイクも結局していないが、唯一のおしゃれは母の形見となったシャネルのオードトワレで、これは毎日つけている。マリリン・モンローのように、シャネルの五番だけで眠れたらと思う。

十時四十分になったので、カフェを出て行ってみると、ポンピドゥセンター前にはもう長い行列ができている。しまったと思ったが、案外早く進んで、荷物検査のあとすぐチケットが買えた。

まずマティスがいた。黒い髪の目の吊り上がった若い女性の肖像画だ。惹きつけられて何度も戻ってみる。ブラマンク、ピカソ、ブラックと並んでいて、生きた美術史に圧倒されているうちに疲れを感じた。

十五日に着いてから動きどおしなので、引きこもりだった身体がびっくりしているのかも知れない。ベンチに座り、処方されている精神安定剤を飲むとしばらくして落ち着いた。

ルオーがとても好きだ。『パッション』を始め、どれもドストエフスキーの『白痴』のような深い宗教的な雰囲気が在る。

パッションは泥の色なる　いつまでも子どものイエス泥遊びせむ

シャガールは綺麗だけれどなぜかあまり好きになれない。

名前を知らなかった女性作家で素晴らしい作品もあった。

やがてお目当てのひとつだったカンディンスキーをたくさん見て、心がいっぱいになると、ちょうど出口である。先生に連れられてやって来た子どもたちの前を通って、長い空中のエスカレーターに乗る。

これでルーヴル、オルセー、ポンピドゥと三大国立美術館には来たけれど、もちろんこれから何度でも来るつもりだ。

帰ってホテルでお昼を食べようと、ハムとチーズとピクルスのバゲットサンドウィッチを買い、歩いているうちに、なぜかピカソ美術館の方に出てしまった。これもご縁である。

前をリード無しで歩いているレトリバーが可愛いので、飼い主さんに頼んで写真を撮らせてもらった。ムッシュと呼びかけたら振り向いた顔は繊細なマダムだった。訝しげだが、犬が大好きなのでと説明して二枚撮った。

さて、ピカソだ。チケットを買おうとすると、今は部分的にしか公開できないので割引だという。残念だが、今日は見られるところだけで良しとしよう。

しかし、凄さはわかるものの、ピカソが好きかどうかと言われれば、答えようがない。

ブラックやルオーやマティスのようにストレートに好きとは言いがたい。

上の階はピカソの娘から寄贈された彼女の肖像画ばかりが並んでいた。

ピカソの娘、ゼウスの娘にひとしきか世界を制す父の稲妻

私だったらピカソの娘には生まれたくない。

ホテルでひと休みしてからコインランドリーへ。今日はひたすら真っ直ぐ歩いてすぐ辿《たど》り着いた。早いもので、このホテルにいるのもあともう五日ほどである。九月からはパリの郊外ル・ヴァロワの町でホームステイ。ソルボンヌの授業も始まる。一年くらいこのカルチエラタンでこうして気ままに暮らしたいものだが。

いつものカフェでは、ギャルソンたちが顔を覚えて目で挨拶してくれるようになった。先日ステーキが食べたいと言ったのに無かったので、今日はメニュー用の黒板のステーキという文字を指差して笑っている。英語ではなくフランス語で話してほしいというのもわかってくれたようだ。

気を良くして、食後はエスプレッソと先日食べて美味しかったタルト・オ・ポムのアイスクリーム添えにした。

あと五日どう過ごすか、寝ながら考えよう。

八月二十七日　パリ

昨日は早く寝た上、夜中から目が覚めて歌の友達里子さんとメールしてそのまま起きた。新しいオレンジのブラウスを着る。真っ黒に日焼けしているので、ちょっと恥ずかしいが、木綿なので着心地

はいい。旅行の準備で買い漁った洋服の一枚だ。活用できて良かった。

アヴィニョンは当分暑そうなので、行くのは九月に延ばして、今月中はシャンティィ城やランスの大聖堂など、パリ近郊に行くことにする。

フランスの暑さはアンボワーズで懲りた。

朝九時から東京古典学舎のラテン語のオウィディウスの授業である。それまでに朝食を取って、ノートを見直さないと、もうすっかり頭から抜けている。まして始めたばかりのロシア語はもう全然駄目だろう。九月から勉強だと自分に言い聞かせる。

スペイン語を話す食堂担当の女性たちとも顔見知りである。クロワッサンとカフェオレとオレンジジュースで満足して部屋に上がって来た。

考えると今回の旅では、シャンゼリゼもエッフェル塔も凱旋門も見ていないし、ヴェルサイユにも行っていない。昔行ったとは言うものの、やはり一度は行ってみたいような気もする。セーヌ川の遊覧船バトー・ムッシュに乗ってみようかなと昨日から思っている。

堀尾先生のラテン語のオウィディウスの授業はいつも通り活気があって楽しかった。龍退治の少しコミカルな場面である。

そのあと、パリからTGVで四十五分というランスの大聖堂を見に行くことにした。パリの街中もいいが、今回の旅は教会に否応なく惹かれる。特に代々のフランス王が戴冠したランスは見ておきたい。ジョルジュ・バタイユもランスの大聖堂について書いていたはずだ。

パリ東駅は最寄り駅から連絡が良くて便利だった。機械でチケットを買う。不具合で印刷できず、データのままである。でも、そのままでいいから便利だ。

お昼に鶏肉とトマトのバゲットサンドウィッチを買って、ホームで食べ始めると、雀や鳩が足元にいっぱい寄って来て、私は鳥の巣のようになった。ランスまでの列車は朝早く起きたので眠くなったが、眠っては危険だし、大聖堂を見られる喜びが支えだった。

到着するとタクシーもなく、駅前の広場は閑散として風が吹いていて、どっちへ行ったらいいのかわからない。そばの事務所のマダムに訊くとまっすぐ歩いて十分だというので、元気を出して歩いた。大聖堂はすぐにわかった。

黒々と時代を感じさせる建物に荘厳な重さがある。天を突く尖塔、名高い微笑みの天使、聖母マリアの戴冠、そして、中に入ると二重になった薔薇窓が祈りの世界に誘う。

お寺巡りが好きだった私が、今こうして教会巡りをしているのは不思議は無いのだが、この空間に身を浸しているうちに、神様のもとに呼ばれそうである。それは死ぬという意味ではなくて、神を信じずにはいられなくなりそうだということだ。だが、私には守るべき先祖と仏様がある。さくらもいる。どうしたらいいのか。

考えながら内陣にまわると、後ろの礼拝堂はシャガールのステンドグラスが入っていた。

いかにもシャガールらしいセンスで見事である。しかし、このブルーはここにふさわしくないと思った。近代人にはもはや、中世のひたむきな濁りのある透明感が出せないのかも知れない。

微笑みの天使もときに疲るるを風吹けば風を共として遊ぶ

ランスからパリ東駅に戻ると、切符売り場が物凄い行列で、諦めてタクシーに乗った。ノートルダムの辺りがまた人の山で、どうしてこんなにいっぱいなのか運転手さんに訊くと、みんな観光客だよ、という答え。私も観光客だけどと言うと、いや、歩いている連中の九割は観光客だと明るく馬鹿にした感じだった。憎めないけれどちょっと意地悪。このまえのカフェのギャルソンとも共通するかも知れない。

ホテルに帰ってからいつものカフェに行くと、今日は、みんな笑顔で「元気?」と迎えてくれる。商売上のお愛想でも、これなら九月も来なければなるまい。

ここは特に美味しいわけでもなく、ありふれた街のカフェだが、異国で自分を覚えてくれる人や場所があるのはうれしい。

元々私はお料理の味がわかるというような人間ではないし、お気に入りの近所のローソンに通い詰めるような情に絆《ほだ》されやすいたちなので、このカルチエラタンのカフェは今回の旅行の鍵を握るスポットになるかも知れない。

今日は豚肉を頼んだら、もう品切れだと言うので、また昨日のステーキになったが、今日はポテトの代わりにサラダを付けてもらった。そして食後はいろいろなお菓子を並べたカフェ・グルマン。甘いが美味しい。パリの長い夜の始まりである。

ホームステイについていろいろ考えたが、カルチエラタンという絶好のロケーションがもったいないので、留学会社アフィニティ・ジャパンの親切なカウンセラー、レ・ホアンさんにお願いして、このままホテルで暮らすことに決めた。

ホテル・カルチエラタン。ここが私のパリの家だ。

八月二十八日　パリ

今日はさすがに疲れたので、ホテルで静養である。お掃除は要らないからと断って、部屋にこもり、フランス語仲間のたかこさんとメールでおしゃべりする。

たかこさんは獅子座でAB型でゴージャスな雰囲気だが、子年の真面目さがしっかり人生を引き締めている。一方私は、自由奔放な水瓶座だが、A型で亥年という猪突猛進が迷走に次ぐ迷走につながっている。たかこさんに言わせると、私を傍で見ているのははらはらすることらしくて申し訳ない。だが、なかなかいいコンビだろう。

午後からは短歌の友達の里子さんとZOOMだが、これまた私とは何から何まで対照的な人である。里子さんもAB型だ。私とは相性のいい血液型なのか。

だが、ずっと部屋にいるのもつまらないし、そろそろお昼なので外に出る。今日は日曜日でいつものカフェがお休みだ。まっすぐ歩いて行って、感じの良さそうなカフェを見つけた。

座って、クロックムッシュを頼むと、うちはやってない、クロックムッシュならあっちのカフェに行ってと、年配のギャルソンがにこやかに言った。こうなると、素直に引くのではなくて、逆に粘ってみたいのがイノシシの性分である。

じゃあお宅の名物は何ですかと訊くと、何やら聴き取れない長い名前を言う。まさか私が本気とは思っていないらしい。それ食べてみるわと言うと、今ほんとに食べるのか、分厚いよと言うが、こちらも乗りかかった船である。受けて立とうではないか。焼き方を訊かれたので、ようやくステーキの類だとわかった。

しばらくして運ばれて来たのは、大人の拳《こぶし》ほどの肉塊だったが、まだお昼だから寝るまでには消化するはずだ。一生分のお肉をこの旅で食べ尽くそうと挑戦して、途中何度も半分テイクアウトにしてもらおうかと迷ったが、ついに食べ終わった。

B級グルメという言葉があるが、グルメは仮にも美食家だから、単に大食いの私はC級グルマンドとも言うべきか。誰にも誉められないことは請け合いである。

さっきのギャルソンに、見て、全部食べたと言うと、こいつほんとに食べやがったという感じで、笑ってブラボーと答えた。

さて、近くのサン・テティエンヌ・デュ・モン教会に来たが、日曜の礼拝中らしいので、見事なファサッドだけを眺めて帰って来た。ここにはパスカルやラシーヌが眠っているので、ぜひとも今度は入ってみたい。

ホテルへの帰り道で、お散歩中の犬が道に這いつくばっているので、あら、お疲れ？　お年？　と声をかけると、女性の飼い主さんが、両方ともと言う。彼女は犬をお腹から支えて立たせると、一緒にゆっくり歩いて行った。

さくらの晩年を思い出して身につまされる。だが、このアイパッドやパソコンや、私のそばにあるすべてがさくらなのだと思うと、何も怖くない気持ちになれる。

パリにもう一度行くまでは死にたくないと思っていた念願が叶えられた今は、さくらと共に、風になってもいいのである。


秋のさくらそのもみぢばの切なさを知るひとぞなき巴里かさらじか

八月二十九日　パリ
パリの方の旅行会社ヴォワイヤージュ・アラカルトのアリスさんのおかげで、ホームステイのキャンセルととりあえずホテルの一週間の延長が決まった。良かった。
ここは簡素なホテルだが、場所がいいので、全期間滞在にすると銀行口座の残高が全部吹っ飛びそうだ。しかし、明日は明日の風が吹く、である。
朝食を取ると、今日はギュスターヴ・モロー美術館に行くことにする。メトロのトリニテ・サン・テティエンヌはホテルからちょっと遠い。

ノートルダム・デ・シャンだったか、乗って来た男性が大声で物乞いを始める。もうこの光景にも慣れっこになりつつある。

横搖れのはげしきメトロうたへるがごとき物乞ひわがふりむかず

モロー美術館に着いて、受付の女性に、私は六十三歳ですが、割引はありませんかと言うと、無いとにっこりして参観の道順を教えてくれた。

ここは十九世紀風の展示で、絵が壁一面を埋めるように飾られている。一点一点を見るというより、クリュニー美術館と同じように、この空間を共有するという形だ。

モローは古代神話に多く題材を採っているので、雷神として顕現するジュピテルと焼かれるセメレーや、トロイアの城壁に立つエレーヌ（ヘレネ）や、牡牛に惹かれるパジファエや、エウロップ（エウローペ）を連れ去る牡牛のジュピテルなどなど、堀尾先生の授業で習ったギリシャ・ローマの場面が満載で楽しい。

ギュスターヴ・モローとふたり地中海世界に飛ばむエウローぺわれは

しばらく我を忘れて座っていたが、螺旋階段を降りて二階に行くと、そこには今習っているホメロスの『オデュッセイア』から、ペネロペの求婚者たちが帰って来たオデュッセウスの弓矢に倒され、女神アテネが出現する場面が描かれていた。自分の親しんでいる物語がこのように視覚化されるのは感慨深い。

そして、ホメロスと並ぶ詩人ヘシオドスがミューズたちの前に跪く場面も見つけた。

どれも同じような茶色がかった薄暗い色調なので、見ている自分もこの世ながら古代神話世界に生きているようである。

じゅうぶん堪能して出ようとすると、女性のキュレーターさんが、ちょっと待って、あなたにあげるものがあると言って、そっとポスターをプレゼントしてくださった。

感激である。大事に持って、画家の私室を眺め、感謝しつつ外に出た。

疲れて喉も渇いたので、駅前のカフェに行って座っていると、威勢のいいマダムが来て、レモンジュースを頼んだところ、食事はしないの？　と言う。否《いな》やはなく応じると、今日のおすすめの黒板を持って来たので、もうお肉はたくさんだと思って、何だかわからないが鮭の料理にした。出て来たのは鮭とじゃがいものグラタンとサラダで、美味しいけれど量が多く苦労した。

だが全部食べて、エスプレッソを二杯飲み、お手洗いに行こうと中に入ると、マダムは席があるのかと年取ったギャルソンが厳しい表情で訊く。ただでお手洗いを借りると思われたのである。あとから例のマダムが来て、事なきを得た。戻るともう全部片付けられていて、お勘定をするしかないのだが、マダムにこのテラスはとても気持ちが良かったと言うと、じゃあまた来るわね、私にサービス料

をつけてくれない？　と言う。びっくりして訊き返したが、どうもそう言っている。まあいいかとあとで見ると、一ユーロついていた。クラブじゃあるまいしという感じだが、お店は何かと世知辛いパリなのであった。

ホテルに戻ってごろごろしてから、木曜日のホメロスをノートに写し、七時頃また近所のカフェに出かける。顔見知りのギャルソンにボンソワールと声をかけて、自分のテーブルと決めているところに座り、今夜は野菜をたっぷり食べたいと注文する。勧められたのは果物の入ったサラダで、西瓜やメロンの上に生ハムとチーズが載っていた。全部食べようとしたが、生ハムの塩が強いので少し残して、次はデザート。

普通のエスプレッソの倍量のカフェ・アロンジェとクレーム・ブリュレである。これはとても美味しかったが、カスタードクリームの表面に砂糖をかけて焼いてあるのが、血糖値が上がりそうだった。いつもならそこですぐ帰るのだが、今日はアイパッドを取り出して歌を作り始めると、だんだん若者でいっぱいになってしまった。当番が一人きりらしいギャルソンもてんてこまいで、お勘定ができないので帰るに帰れない。無粋ながら、とうとうカウンターまで行ってお勘定をしてもらった。

これからこのカフェ・コスモがホテル・カルチエラタンと共に私のパリ滞在の拠点になるわけだ。

八月三十日　パリ

昨日はドコモの海外パックがうまくいかなくて寝不足だったのだが、起きてみると意外に爽やかである。

食堂に行くと、いつも配膳してくれる女性が話しかけてくれた。観光なの？　仕事なの？　と訊かれて、観光が主だけれど、ソルボンヌの文明講座に通うと言うと、パリにはよく来るの？　と言われ、三十年ぶりだと正直に答えた。納得していたが、きっとびっくりしただろう。

最初にパリに来たのは、一九八一年だから、実は四十一年ぶりである。そこまではさすがに言えなかった。先日、食料品店で二十ユーロ札を出そうとして、思わず二十フランと言ってしまい、レジの青年に爆笑された。

今日は大人しく部屋でホメロスを勉強しようと思ったが、どうも外に行きたくてたまらないので、アンスティテュフランセの肖像画の歴史の授業で習った、ジャン・フーケ作のサン・テティエンヌの時禱書《じとうしょ》を見るために、パリ近郊のシャンティに行くことにした。

シャンティはパリ北駅から列車で二十五分。デプレ先生が懇切丁寧に講義してくださったのが、いよいよ実地で見られるのである。

ところがまたやってしまった。ガイドブックで秋までは休館日はないと調べて来たのだが、駅前でタクシーに乗ると運転手さんは火曜日はお休みだと言う。その通りお城は閉まっていて、美術館には入れなかった。

この近くに何かいいところはないかと訊いてみると、サンリスという町がとてもいいと言う。中世からの古い町で、立派なカテドラルがあり、フランスの王族が代々結婚式を挙げたところだそうだ。そこへ行くことに決めて、帰りの列車に間に合うようにタクシーに来てもらうことにした。

なるほど、古びているが、由緒ありげな町である。カテドラルではお葬式が行われていたので、終わるまで外の石のベンチに座って、北駅で買って来たサンドウィッチを食べた。

偶然の戯れを愛す　サンリスのカテドラル時におくれて咲けり

鄙《ひな》びた感じのいい建物の観光事務所を見つけて行ってみると、その先は王宮の廃墟で、カペー朝の王が選ばれたところだという。そして城壁はローマ時代だそうだ。

廃墟というのはすがすがしく美しい。能の『融《とおる》』で、左大臣源融の霊が自身の邸の廃墟で舞うことを思い出した。

そして、お葬式の終わったカテドラルに入ると、素朴ながら気品高い初期ゴシック建築が身に沁みるような優しさだった。ここに来て良かった。

ところが、お昼の鐘が鳴って誰もいなくなり、気がついたらどこからも出られないのである。大扉の閂《かんぬき》を外してみたが、私の力では押しても引いてもびくともしない。

大変だ、閉じ込められた、と私はパニックになり、まず観光事務所に電話したが留守番電話で、さっきの運転手さんに電話すると、それじゃあ警察がいいということになり、とうとうこの地方の警察に電話してしまった。

待っていてくださいと無愛想に言われて電話を切ると、何と入って来る人がいるではないか。救助隊ではない。

扉は初めから開《あ》いていたのに、私が気が付かなかっただけだった。何というお騒がせ人間だろう。

やがてタクシーが迎えに来てくれて、何事もなかったように運転手さんとのおしゃべりが始まった。運転手さんは結婚式をこのカテドラルで挙げ、子どもたちもここで洗礼を受けたと言う。まあプリンスみたいと言うと、まんざらでもなさそうである。

娘さんが上海にいて、本場の素晴らしい料理を食べたそうだ。フランスにも中華料理はあるけれど、ヨーロッパに合わせた味になっているから、本場は調理場だって全然違うんだ、とすっかり感嘆した様子だった。

上海の街はどうだったか訊くと、全部は見ていないが、貧富の差が激しい感じだったと言う。そして二人で、世界中社会の格差がひどいと嘆き合った。

今日は当初の目的は果たせず、アクシデントもあったが、なかなか面白い半日だったと思う。

行きのメトロの中ではベビーカーの赤ちゃんと小さい子を連れたお母さんに席を譲ったのだが、降りる時会釈しようとしたら向こうは気づかず、男の子がお母さんをつついて教えてくれた。乗り換えると今度は小さな女の子とお父さんが乗って来たので、また譲ろうとしたが、お父さんが感じよく辞退した。

帰りはメトロの駅で、年配の女性にベンチを譲ろうとしたら、彼女は私の肩を抱いて、いいのよ、あなたはきっと一日働いて疲れているんでしょうと言う。えええ、幾つだと思っているのかな、と実はそんなになさそうな彼女と自分の年齢差を考えた。まさか六十過ぎだとは思っていないのかも知れない。

一本のレモン水を買ってホテルに帰る。

ホメロスの予習を始めたが、すぐ疲れてしまって、ベッドでごろりとする。まるで自分の家と同じだ。ここが永久に自分の家だったらどんなにいいだろう。

すると先日会ったリヨンの友達アンリアンヌからメールが来る。私がリヨンを訪ねたいと言ったことについて計画を練ってくれたのである。うれしいし、ありがたい。

映画を発明したリュミエール兄弟にちなむフェスティバル・リュミエールという映画祭がリヨンで十月にあるそうで、どうせならその時期に行きたいと思う。

アンリアンヌも私も大好きなジェラール・フィリップの映画も上映されるかも知れないらしい。ジェラール・フィリップの生誕百年祭がフランスに来るきっかけのひとつだったのだから、ジェラールに関わるイヴェントには参加したいものだ。明日の夜にアンリアンヌがホテルに電話をくれるので、直接ゆっくり相談することになった。友達から電話というのも楽しみである。

そしていつものカフェにやって来る。今日はまだ六時前なので、アペリティフ気分でレモンジュースをもらった。生のレモンを絞ったのだから酸っぱくてとても美味しい。

六時過ぎると、こちらの時間では早いけれど一応夕食ということで、鶏肉のきのこソース煮込みにお米を添えたものをもらった。これは昨日も黒板に出ていたお料理で、美味しそうだと思っていた。

頼むとお皿にいっぱいの煮込みと、型で固めたようなご飯が出て来た。煮込みは美味しいが少し塩が強く、お米は何だか抜けたような味である。こういうお米ではなくて、ソースで煮込んだような細長いお米が私は好きなのだがと思いながら、お米をソースに入れていただく。ご飯を食べたのは本当に久しぶりである。

今日はデザートは食べないつもりだったが、食事のバランスとして、どうしても甘いものがほしくなる。今日はカフェ風味のアイスクリームにして、コーヒーはまた大きなカフェ・アロンジェを頼んだ。

アイスクリームはとても美味しかった。

毎日のように食べているが、この店はメインはまあまあとしても、デザートは外れがない。甘さはともかく、これは美味しくないと思ったことはない。

七時を過ぎても明るいので、のんびりと向かいのカフェや通行人や犬たちを眺めている。

今朝お隣の奥さんがメッセージを下さったのだが、郵便物がさくらのヘルパーさんのお宅に転送されるように手続きをして行ったのに、全部私の家に配達されているらしい。

郵便屋さんが溢れるポストに困っているので、見かねた奥さんが預かってくださるとおっしゃった。これまた感謝の他はない。

いざ遠いところに長旅に出ると、実にいろいろな予期しないことが起きるものである。

ソルボンヌの文明講座から連絡が来て、B２の朝のクラスに入れられたそうだ。午前中だとホメロスの授業に出られなくなってしまうので、変更してもらわなければならない。ついでにレベルチェックのテストももう一度受けてみようかと思う。

カフェにはヴァカンスから新学期のために戻って来た学生たちがいっぱいで、凄い熱気である。日本の若者たちとはどう違うのだろう。一生懸命耳をそばだてているが、生の口語はむずかしくてよくわからない。若い空気だけでもいただくつもりだ。

調子外れのハッピーバースデーきこえくるカフェの四方は未來人なり

八月三十一日　パリ

とうとう八月も終わりだ。今日は母方の祖父の命日である。この祖父は能登の農家の出身だが、兄について大阪に出て、次いで東京横浜とやって来て、かまぼこの製造販売の商売を始めた。私が小学校一年の時に死んだが、おそうめんと桃が好きで、夏に遊びに行くとよく食べていた。この祖父につながる母の血が、私を家にとどめるものだったような気がする。

今日もホテルでクロワッサンとカフェオレの朝食を取りながら、パリに部屋を持ちたいなあと考えた。もちろん先立つものがないのだが、もう母もふわふわどこでも飛べる魂になったのだし、私が家にいなくても許してくれるのではないか。

地下食堂の配膳係の若いマダムとは毎朝必ず挨拶をするようになった。こんな人間関係ができるとは予想していなかった。うれしい。

明日のホメロスの単語だけを一応引くと、お散歩に出る。

まずは近くの不動産屋さんだ。ボンジュールと声をかけて、ホテル・カルチエラタンに滞在している旅行者だけれど、この街がすっかり気に入ってしまったので、どういう条件でアパルトマンが買えるか聞きに来ましたと言うと、笑いながらこの街は人気なので高いということを説明してくれた。買うなら一部屋でも平均二十万ユーロ、借りるなら一月千ユーロだという。

数字は苦手なので紙に書いてもらい、自分は日本に家があるので、完全にフランスに移住するのでない限り、借りるのは意味がないのだと説明した。それはそう、フランスと日本と両方家を持っておいた方がいい、と不動産屋さんも頷き、さようならとなった。

しかし私が本気だということを彼は知らない。

それからゆっくり歩いて、先日入れなかったサン・テティエンヌ・デュ・モン教会に入ってしばらく気持ちを落ち着けてから、堀尾先生の授業で言われたベルレットルのテキストを買うために、サン・ミッシェルのジベール・ジョゼフに行った。

ギリシャローマの古典のフランス語との対訳シリーズで、私は廉価版の文庫を持っているのだが、それでは注がないので、改めて買い直しに来たのである。

一階で訊くと二階か四階だと言われ、二階で訊くと四階だという。四階では二階だというので、二階にまた降りて探していると、赤い表紙のラテン語版は見つかった。ギリシャ語版がないかとお店のムッシュに訊くと親切に案内してくれた。

ホメロスとオウィディウスどちらも必要な巻が買えてとてもうれしいが、お値段もいい。

二冊で八十ユーロを超えるので、間違いかと思ったが、やはり合っていた。でも、ジベールの袋に入れてもらって、パリの学生になったような気分である。

今日は節約するつもりでスーパーに入り、サンドウィッチとレモン水と葡萄とお水を買って、メトロで帰る。ああ、ここに住みたい。

夢よりもうつつまぶしく夏の日を送るサン・ミッシェルの夕顔

部屋でお昼を食べて、お掃除の間、下のロビーで待っていると、見たことのない年配の、と言っても私くらいだろうが、男性が元気かいと声をかけて来た。ええ、と答えておいたが、フロントにはやはり見慣れない同年配の女性が座っている。これは主人夫婦なのかと気がついて、このホテルがとても気に入ってずっと泊まりたいことを話した。

そして、話のついでに、今朝の不動産屋のことを話すと、ここはパリでいちばん値段が高い、自分なら、もっといい物件をこの街で知っている、二十五万ユーロだが、八階でエレベーター付きで、内装はこれからすっかり直すところだよ、と男性が言う。よければ今日の午後にでも見せてあげると言うが、話が早すぎるので、まあまあと待ってもらった。

ドニと名乗ったホテルの主人は電話番号をくれて、いつでも相談に乗ると言った。どんな人だかわからないし、生き馬の目を抜く世界の都で、大きな買い物をするのは怖ろしい。でも、家がほしいという気持ちはたしかだ。商売上手で、何軒も家を建てた祖父の命日にこんな話に出会うのも運命なのだろうか。

とりあえず葡萄を食べてゆっくり休もう。

夕方になると、今日もいつものカフェに行った。今日は、少し年上のギャルソンがにこにこして来てくれた。最初はアジア人だから馬鹿にされていると僻《ひが》んでいたが、さすがに半月も通いつめれば人間は違うものだ。

まず生レモンを絞ったジュースを飲んでいると、食事はどうするかと言う。今なら手が空いてるよと言う。

持って来た黒板のお料理で、仔牛が気になったので訊いてみると、胸肉でかなり脂っこいらしい。それではと、今日もステーキになった。

ステーキと言っても、赤身だし、味もほとんど付いていないので、実は私にとってはこれがいちばん食べやすいのである。たっぷりのサラダを添えてもらった。

食後は倍量のエスプレッソとタルト・オ・ポムのアイスクリーム添え。ここで晩夏の風に吹かれていると、とても幸せだ。

しかし、カフェの内側にいた私は、テラス席の青年が、ビールを飲みながらノートに万年筆で何か書いているのに気がついた。作家なのだろうか。しかも、くるくると紙を巻いて、煙草に火をつけた。負けてはならじと、アイパッドに向かう夕暮れだった。


永遠のあまりもののごときゆふぐれをネックレスなき胸そらすなり

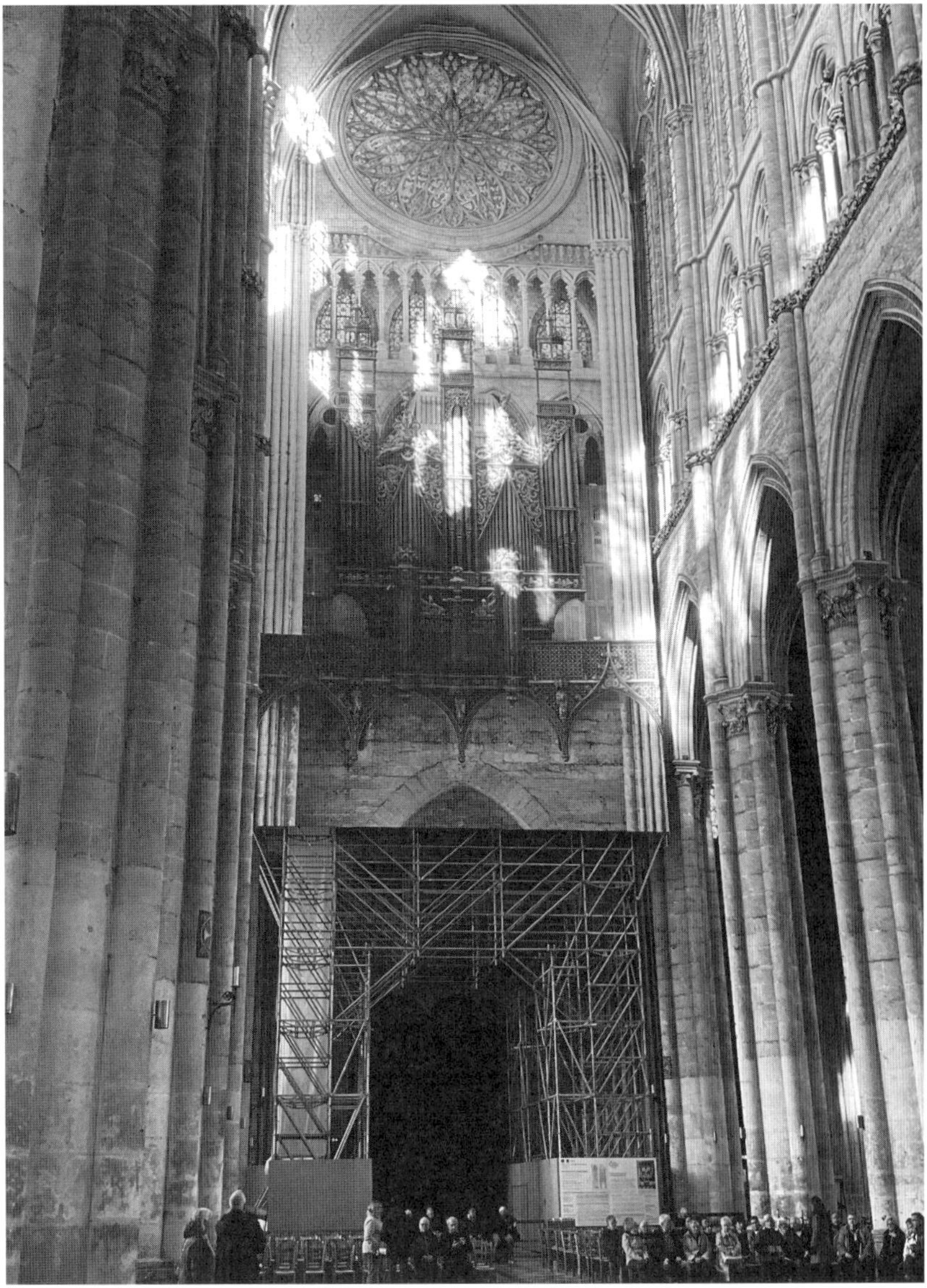
圧倒されたアミアン大聖堂

九月 Septembre

九月のパリはおしゃれ

九月一日　パリ

とうとう九月になった。夏は終わった。

クロワッサンとカフェオレ、それに果物とヨーグルトの朝食を済ませて部屋に戻って来ると、鐘の音が聞こえる。この鐘は、昨日行ったサン・テティエンヌ・デュ・モン教会だろうか。昨夜は、いつものことだが、真夜中までカフェで騒ぐ大声が窓の下に響いて大変だった。いざ住むとなったら、さすがにうるさいかも知れない。

昨日は、リヨンのアンリアンヌとゆっくり電話で話して楽しかった。パリにアパルトマンを買いたいと言うと、いい考えよと言う。パリに夢中なのと言う私に、パリは素敵だけど、リヨンもいいのよという返事を忘れなかったが。アンリアンヌが案内してくれるそうなので、十月のフェスティバル・リュミエールの折に、リヨンに二泊することになった。

彼女と私はツイッターの相互フォローというだけの友達で、先日初めて会ったのに、どうしてこんなに親しい気持ちになれるのか不思議である。

フランスで遊んでいる私を、相当なお金持ちだと思っていそうなので、これは冥土の土産ということを説明すると、吹き出して、そんなこと言わないで、今なら私たちはあと何十年も生きるわよと言う。私たちはほぼ同い年である。

日本にいる時、灼けつくように孤独だったのが、今は微塵も感じられないのはなぜだろう。パリの旅のかりそめの魔術にかかっているだけだろうか。

今日はギリシャ語のホメロスの授業である。辞書を引いただけでじゅうぶん準備しないままに受け持ちがまわって来てしまい、立往生を繰り返した。堀尾先生は、決して途中で介入することはなさらない。二千五百年前のテキストの前では教師も生徒もないと言うのが先生の持論で、こちらがおぼつかないテキスト解析をするのをじっと待っていらっしゃる。その沈黙が怖いが、また至福でもある。今日は『オデュッセイア』十八巻に入った。

ちょうどお昼になったので、アイパッドを持って街に出る。朝ごはんはホテル、そしてお昼ごはんはサンドウィッチと決めたので、美味しそうなパン屋さんに入り、ツナと野菜もバゲットサンドウィッチと炭酸水を買う。

本当はハムとチーズとピクルスのサンドウィッチがいいと思ったのだが、塩分が多そうなので、ツナにして実際塩分控えめだった。

十六世紀の薔薇の詩人、ロンサールの像の前のベンチで食べる。本当に薄紅の薔薇が咲いている。九月とはいえ、日差しは強い。木綿の夏のワンピースがぴったりだ。

夜はまたカフェに行くつもりだ。

サンドウィッチが十ユーロくらいなので、カフェで三十から四十ユーロの食事をしても大丈夫である。

芝生ではバグ風の犬が遊んでいる。パリで暮らして犬が飼えたら最高なのだが。

ロンサールの像を隔てて、向こう側のベンチには家がないらしい男性がお昼寝をしている。

すべてパリの薄青い空の下だ。


ロンサールのからべにとまる山鳩よ汝に告白すべきことひとつ在る

街がおしゃれになった。ヴァカンスに行っていたパリの人々がみんな帰って来たのだろう。きれいにメイクした女性やジャケットにネクタイの男性をたくさん見かける。いよいよパリの秋の始まりだ。

パリの女性はナチュラルメイクが中心だという話をネットで見たが、すれ違うパリジェンヌたちは必ずしもナチュラルメイクという感じはしない。

むしろきっちりアイメイクやチークを入れて、もともと彫りの深い顔にさらにメリハリをつけているようだ。

さっきバグ犬を連れていたのも素敵なマダムだった。私がとても可愛いと言うと、にこやかにお礼を言ってくれた。

さて、今日はソルボンヌの下見をしようと、ホテルの近くのソルボンヌ大学に行ってみると、文明講座は場所が七区に移転したとわかった。メトロで行こうとしたのだが、どうしても辿り着けずに今日は帰って来てしまった。これで本当に通えるのだろうか。

帰ってから原稿を少し書いてからいつものカフェへ。今日は何とギャルソンが握手をしてくれた。虚仮《こけ》の一念岩をも通す、であろうか。

昨日脂っこいと言われてやめておいた仔牛の胸肉に挑戦する。

お丼のようなお皿にいっぱいのパスタ、その上に脂のぎらぎらする仔牛の煮込みが乗っている。ああ、なるほどと思ったが、食べてみると肉は柔らかくて美味しい。塩分もそれなりに効いているのだろうが、さほど気にならない。

ただ、パスタは噂に聞いていた通り、茹で過ぎで、まるで好みに合わなかった。パリにはアルデンテという観念はないのだろう。残念ながら残してしまった。

しばらくしてギャルソンが来たので、お肉はとても美味しかったと言うと、じゃあパスタは量が多かったんだねと納得してくれた。

毎日甘いものをたくさん食べるのは心配なので、今日はデザートをやめて、大きなカップのカフェ・アロンジェだけ頼む。

これから十月末まで、旅行と定休日の日曜日以外は毎日ここに来るだろう。束の間のパリの居間である。

夜中は若者で溢れるが、夕方の早い時間はご年配のカップルや一人のお客さんも多い。顔の見える携帯電話で話しながら、画面にキスをしている男性にはびっくりした。

お散歩の犬たちもいて、あっちの犬がこっちの犬と口喧嘩というのも珍しくない。よくしつけられているが、日本の犬よりも野性が強いような気がするのはなぜだろう。お洋服を着ていないからかも知れない。

お洋服といえば近所でバーゲンがあるが、色もデザインもサイズも到底合いそうもないので諦めた。センスのいい黒のワンピースがあったら一枚ほしいけれど、きっと無理だろう。

オペラ座やコメディ・フランセーズに行くために着物も持って来たが、この街で着る勇気は無い。タクシーに乗るとしてもまるで見せ物だろう。目立たない格好でメトロで行こう。

今日は黒の木綿のワンピースに白いレースのカーディガンを着てちょうどいい感じだ。そろそろ引き揚げて部屋に戻ろう。おやすみ、私。

九月二日　パリ

カーテンを開けると雨が降っている。街はまだ目覚めていないけれど、わずかに通る人たちはみな長袖だ。日本で買った黒の革ジャンの出番はまだだろうか。人生初の革ジャンなので、実は着るのをとても楽しみにしている。

今日はどこも行かずに、部屋で明日のラテン語のオウィディウスと明後日のロシア語のレッスンの宿題をやる予定。でも、予定は未定なので、メトロに乗ってソルボンヌまで下見に行くかも知れない。

朝食後に勉強を始めるとすぐ飽きて、今朝のポートレートを撮って日本の叔母にメールし、革ジャンを出して着てみた。もう今日から外出にはこれで良さそうである。コートは持って来なかったので、寒くなったら革ジャンの下にセーターを着るつもりだ。その上に巻く、大きな着物用のカシミアのストールも持って来たが、そんなに寒くならないように祈っている。

せっかくだからノートを持ってお散歩に行くことにする。本当に肌寒い。革ジャンでちょうどいい気候である。

お店には華やかな洋服が並んでいる。無理とは思っても気になるところだ。好きなワインレッドの花柄のワンピースがあった。

九月になって街が変わった。端的におしゃれな人が増えた。お化粧もお洋服も素敵なマダムがたくさんいる。本物のパリジェンヌがヴァカンスから帰って来たのである。実に眼福の至りだ。

早速たかこさん、里子さん、日奈子さんと、毎日メールする友達に吹聴する。たかこさんは、見習っておしゃれになって帰るのよ、と言うので困った。

サン・ジェルマン・デ・プレのカフェに入ろうとして、通り道のコレージュ・ド・フランスに寄ってみた。ここは一切の資格に関係なく聴講できるフランス最高の教育機関だが、講義は十月からだという。受付のマダムが親切にプログラムを渡してくれた。

それから歩いていると、なぜかサン・ジェルマン・デ・プレではなく、パンテオンに出てしまった。一体私の方向感覚はどうなっているのか。いつもそうである。

ちょっと曲がってサン・テティエンヌ・デュ・モン教会に来て、前のベンチで書いている。扉が開いたので教会に入った。ここは本当に祈りの場の雰囲気があって、観光の対象ではない信仰を考えさせられる。

ゆっくりと歩いて、ラシーヌとパスカルのお墓はどこか訊いてみようと思っていると、目の前に、まさにその二人の魂の休息所があった。仏文の劣等生だった頃、それでも一生懸命に読んだものだ。

パスカルはともかく、ラシーヌは出世主義者で、恩人のモリエールは裏切り、愛人の役者デュパルクは毒殺の噂が立つというように、必ずしも偉大な魂とは言えないかも知れないが、とにかく今は神様のもとに在る。サン・ジェルマン・デ・プレでなく、ここに来て良かった。

雨が降って来たので、ホテルの向かいのパン屋さんでお昼ごはんのギリシャ風サラダとフランと炭酸水を買って帰る。

ラシーヌのたましひは銅、パスカルのたましひは銀、黄金の神よ

午後からラテン語の予習をしようとしているが、なかなかやる気が続かない。お菓子を食べたり、ベッドに寝転がったり、日本にいる時と変わらない。私は分不相応な向学心があるだけで、実は勉強は嫌いなのである。

歌やエッセイならいくらでも書くのだが。

また、ここでは窓から向かいのカフェのテラスが見えるので、カップルが楽しそうにお昼を食べて、折々に抱き合う情景とか、いかにもパリ左岸風のインテリらしい男性が、憂鬱そうにマックブックパソコンを広げて仕事をする場面とか、いちいち気になって会話や内心などを想像してしまう。

この男性にギャルソンが飲み物を運んで来た時、仕事中に飲むのか、さすがフランス、と思って見ていたら、赤いコカコーラの瓶だったので力が抜けた。そして、間も無く仕事仲間らしい男性がやって来て、二人でマックを開け、コーラを飲み、煙草を吸っている。古き良きフランス人らしくシャンパンでも派手に飲むか、あるいはアメリカのインテリよろしく煙草を我慢するか、どちらかにしてほしかった。全く大きなお世話である。

さてさて、ラテン語ラテン語。なぜ私がむずかしい語学にいくつも手を出しているのか、不思議に思われるだろうが、ひとりぼっちの私には先生や仲間を含めた勉強の空間が、どうしても必要だったからとしか説明しようがない。そして、何よりも言葉が好きなのである。部屋にいるとお菓子ばかり食べるので、外に行ってやることにした。

ホテルのパトロン、ドニが教えてくれた、近くのコレージュ・デ・ベルナルダンに行く。素晴らしい中世の建物だと聞いた。

外から見るとよくわからないが、中に入るとゴシック式のアーチが天井一面にあって思わず感嘆した。

カフェに行って座ると、少し年配の女性も別のテーブルに来た。背の高い男性に訊くともうカフェは閉めたと言う。年配のマダムがミネラルウォーターだけでいいと言うので、私もそう頼んだ。

ところが、水は、現金払いしか駄目だった。現金は五十ユーロしか持っていないので、では払えないからと、ボトルと紙コップを返しに行くと、マダムが、私のを半分あげるわよと言ってくれた。とうとう背の高い男性も、カードでいいよ、ということになって、無事解決だった。

ここで勉強を始めたら、なぜか部屋より進むのである。ゴシック建築のアウラのおかげだろうか。

ゴシックのアーチの群れゆ流れくる中世の氣は變身物語へ

やっと半分予習が終わると、ホテルに寄ってから、いつものカフェに出発。今日はお魚のつもりである。今日はお気に入りの席に先客がいたのでテラスのいちばん前に座る。

折りよく白身魚のグリルがあった。まず絞りたてレモンのジュースから。もう私の顔を見ると、レモンだねと持って来てくれるので、日本に帰ってこれがなかったら寂しいと思う。

テーブルが小さいので、膝の上にアイパッドを載せて書いていると、ここに置いていいからと瓶とグラスをずらしてテーブルを空けてくれた。

今日のお魚はこの前食べたのと同じ白身魚だが、付け合わせのお米のココナッツミルク煮がとても美味しかった。ここで食べたヒット作のひとつだと思う。美味しかったと言うと、デザートにする？と言われ、コーヒー風味のアイスクリームにした。これも外れがなく美味しい。

前も言ったように私は食べ物の味などわかるような人間ではないのだが、ごく普通の庶民的なブラッスリーでもやはりまともに美味しいのは、京都や大阪で、何を食べても美味しいのと同じようなものだろうか。エスプレッソを頼む時に、美味しかったと言ったらにこっとしてくれた。

まだ七時で、明るい夕方だが、もう勉強する気はしないので、これでホテルに帰ったら寝るだけだろう。周囲の会話には、実は耳をそば立てているのだが、フランス人同士の会話は、なかなかわからない。今日は隣に座った若い女性二人連れの会話が少しだけわかったのでうれしかった。

パリでびっくりするのは、年齢性別関係なく、車が飛ばす中を、平気でスケートボードで走る人が多いことである。バイク以上に身体をさらしているので、見ていてかなり怖い。命知らずの心意気と言うべきか。

フランス人の死生観を知りたいと思う。


ふらんすに無明はありやあかときにめざめて永きうれひはありや

九月三日　パリ

今日は堀尾先生のラテン語のオウィディウスの授業を遠隔で受けたあと、メトロでロダン美術館に向かう。ロダン美術館はメトロの十三番線のヴァレンヌの駅にある。ホテルからは最寄りのル・モワンヌで十番線に乗ってデュロックまで行き、そこで乗り換えてすぐである。

途中、華やかなオレンジのジャケットを着た女性が乗って来て、よく見ると大きな金のイヤリングを付けて、ブランド物のバッグを堂々と開けているので驚いた。パリの住人ならそういうことができるのだろう。

駅に着くとロダン美術館という矢印が出ている。ところがその角度が曖昧なので、最初反対方向に行ってしまって引き返した。

ロダンが住んでいた館をそのまま美術館にしていて、薔薇の庭園があり、ところどころに彼の作品があるので、自由に散歩しながら眺められるという素晴らしい空間である。

パリに来てから、本当に芸術作品とそれを囲む空間を想う。この薔薇の花と庭の大気も含めてロダンなのである。

オルセーでも見た『地獄の門』の未完成の部分が展示されているので、それぞれの作品の関係をキュレーターさんに質問すると、どれもみなロダンの作品だが、彼自身の手で造られたものと彼の指示のもとに弟子たちや友人たちが作ったものがあると言い、ロダン自身の手で造られた作品を教えてくれた。それらは特別にガラスのケースの収められている。

ロダンといえば、弟子であり、愛人であり、おそらくはライヴァルともなり得たであろう、カミーユ・クローデルのことを考えないわけにはいかない。実際、カミーユを思わせる作品もいくつもあり、さらにカミーユ自身の作品も展示されている。

ロダンは人間の心身の強靭な構成力は及ぶものがないが、みずみずしい動きと情感の新鮮さはカミーユ独自の美質である。その分確かに不安定ではあるのだが、そこにこそ近代の固い構造を超えた現代の実存がある。ロダンがそのことに気づかなかったはずはない。欲望と嫉妬の入り混じった権力者ロダンの眼差しが見えるようだ。そしてそれに打ち克つにはカミーユ・クローデルは、その作品も含めて、あまりにシャープで繊細だったに違いない。

庭ぞよきロダンの館「かんがふるひと」のこころを知らぬ薔薇はや

ホテルに帰って来る途中、前から気になっていた近所のバーゲンのお店に入り、何とダウンジャケットを買ってしまった。光るファスナーが付いていておしゃれである。これで寒くなっても大丈夫だ。ご機嫌な夕方。

いつものカフェに行くと、今日は何も言わないのに生のレモンジュースが出た。まだ五時過ぎなので、ゆっくりアイパッドに向かう。

さあ、今日は何を食べる？　と言われて豚肉の蜂蜜ソースにしようかと思ったが、脂っこいらしいので、結局無難なステーキにした。

こんなにお馴染みになったからには、もしもパリに部屋を持つなら、高くてもこの街にして、また毎晩来たいものだが、どうなるだろうか。

来週からはソルボンヌが始まるので、忙しくなる。でも、ジェラール・フィリップゆかりのカンヌやアヴィニョンの旅にも行きたいし、アンリアンヌの住むリヨンにも行くので、学校は時々お休みしなければならないだろう。

もともと勉強したいというより、パリでひとりぼっちにならないために、学校も決めたので、正直なところ、そんなに意欲があるわけではないが、いろいろなクラスメートに出会うのは面白いだろう。きっとみんな私より若いだろうが、友達になれるかも知れない。

本当は昔お世話になったロータラクトの皆さんもお訪ねしたいが、長くご連絡していないので、どこにお住まいかわからない。

まだたっぷり時間はあるのだから、ロータリークラブに問い合わせてみたら何かわかるかも知れない。せっかくパリにいるのだから、できることはみんな試してみたい。

ステーキは胡椒入りのソースがとても美味しかったので、そう言ってほめるとギャルソン氏はうれしそうだったが、そこで注文したコーヒー風味のアイスクリームがいつまでも来ない。おかしいと思っていると、やがて来て、ごめんね、ちょっと忘れてたよ、と言う。

何と正直な。アイスクリームも美味しかった。

カフェのお客さんは、若者のグループもいるが、ほとんどが男女のカップルである。関係にかかわらず、こうして二人でお店に入るということが普通だと、全く一人の人間は居心地が悪いのではないだろうか。

私は外国人だし、若くもないので、一人でカフェに来てもみんな気にもとめない感じだが、フランス人女性だったらどうなのだろう。

離婚も多いフランスだが、個を確立しているからこそ、束の間、二人でいることに堪《た》えられるのだろうか。


グラスふたつ残して去れるたれもたれも神の似姿あるはけものの

九月四日　パリ
今日は日曜日だ。昨日カフェで、明日はどこで食べたらいいかわからないと言うと、俺たちはいるよと言ってくれたが、お店はお休みである。

本当に今日は何をしてどこでごはんを食べようか。起きてシャワーを浴びてメモを付けて考える。午後三時に久しぶりのロシア語のレッスンなので、それまでには帰って来なければならない。オンラインなので、どこかのカフェでレッスンをすることもできるが、ロシア語を発音するのはむずかしいかも知れない。

とりあえず朝食に行こう。

やっぱりシャンティだという考えが湧いて来た。先日はシャンティがお休みでサンリスに行ってとても良かったが、シャンティのお城で、アンスティテュのデプレ先生に習ったジャン・フーケ作の時禱書が見たい。

パリ北駅から国鉄に乗るのも少し慣れた。今日はオデオンからの12番線が閉まっていたので、アウステルリッツから五番線で回って北駅に行く。シャンティとの往復切符を買って、お昼のバゲットサンドと炭酸水も買い、画面に列車のホームが出るのを待って、乗り込む。乗り過ごさないように、車内ではアイパッドは開かない。

今日のシャンティは秋晴れで気持ちがいい。

青空に縦横の傷　シャンティの城はわれらを迎へむとして

飛行機雲のような白い線が空に走っているのは何なのだろう。だが、それも憂鬱ではなく、競馬場で名高いシャンティの森に沿ってお散歩気分で歩いて行く。

道に大きな馬糞らしいものが落ちているのも微笑ましい。

芝生のところで、きれいにお手入れされた犬と二人の女性がピクニックをしていて、犬があんまり可愛いので、写真を撮らせてくださいと言った。飼い主さんがわんちゃんに何か言うと、何とこの子は、こちらを向いてポーズを取ってくれたのである。人気者と見える。丁寧にお礼を言って撮ったが、間違えて画面を閉じてしまい、あとで見たら写っていなかった。せっかくのポーズが残念であった。

最初に行ったところで、エチエンヌ・シュヴァリエの時禱書と言うと、ここは大厩舎と馬の博物館なので、あちらのコンデ公のお城に行ってくださいと言われる。

暑くなって来て、革ジャンを脱いだ。

やっと辿り着いたお城は立派で美しい。壁一面にオマール公のコレクションが飾られている。今とは違う絵の飾り方だと、デプレ先生に教えていただいた通りだ。

だが、肝心のジャン・フーケ作のエチエンヌ・シュヴァリエの時禱書が無い。黒いスーツのムッシュに訊くと、それは図書室だとのことで、図書室に向かって行く途中で、薄暗い小部屋を見つけた。入って行くと、まさにこの一年近く、デプレ先生に懇切なご講義をいただいていたジャン・フーケの傑作の挿絵集に出会えたのである。

エチエンヌ・シュヴァリエという十五世紀フランスの高官の時

禱書に、時代を代表する画家が渾身の絵を入れたのだから、金やラピスラズリをふんだんに使う贅沢さと、ところどころに色や紋様や図像そのもので表す王家への恭順と、そして当時の三位一体の神学とが融合して、この上もなく興味深い芸術品になっている。

金の部分は紙が盛り上がっているのがわかるし、紙自体がゆるく波打っているのもわかる。葉書大ほどの極小の画面に、イエスキリストの生涯と初期キリスト教の聖人たちの殉教の場面が、当時のフランスを暗示しながら展開されているのである。

感激した私は、お城の一室で、ヴァカンス中のデプレ先生にすぐメールした。これで、二回にわたってシャンティまで来た目的は達したわけである。

ジャン・フーケの極小宇宙に膨れたる神の頭文字D在りにけり

お城には時代衣裳を着せてもらえるサービスがあって、可愛らしい少女たちがドレスを着ていて、本当にお姫様のようだった。

金色で装飾された広間の大きな鏡には、こんなお姫様が写っていたのだろうか。

ここでもう一時半頃になってしまった。これから急いでパリに戻ってホテルでロシア語のレッスンを受けるのは無理である。こんなこともあろうかと、アイパッドとテキスト持参なので、あとはオンラインの場所を確保するだけだ。

だが、駅までにカフェやレストランもいろいろあったが、フランス人たちの中で、アジア人の私が、大きな声でロシア語を発音するのはいかにも気がひける。

それではと、駅のホームに座り込んで、アイパッドを開いた。まわりのフランス語や汽笛やいろいろな物音が入るので、李先生はびっくりなさっていたようだ。申し訳ないことをした。ずいぶん忘れていると言われたので、また一から勉強しなければならない。

やっと着いたパリ北駅では、なかなかメトロの方に出られなくて、いろいろな人に訊いたが、親切な人も意地悪な人もいて、これも旅の味わいか。

ホテルに帰ると、受付の女性が、私の全滞在期間宿泊が決まったと言ってくれた。これでずっとカルチエラタンにいられる。ここがかりそめの私のお城だ。

今夜はどこで食べるか、さんざん迷ったが、結局まだ一度も入ったことのない、ホテルのすぐ向かいのカフェに入った。ちょっと緊張する。飲むだけか、と訊かれて、食事したいと言い、テラスのちょうど一人に向いた席に座った。ホテルが真正面から見えて気恥ずかしい。

いつもの店とは違って、生レモンの絞りたてジュースはなく、瓶入りのレモネードだった。変わったものと思って、牛タンのサラダと茄子の胡麻油ソースの二皿を頼む。牛タンは薄切りで、ごくさっぱりしていた。茄子の方は、味噌とチーズも使われていて、東洋風の面白い味だ。私の両側の英語で話すカップルは、どちらもステーキである。デザートは食べないらしい。

洒落たお店なのかしらと思いながら、デザートはチョコレートムースにした。これもいつもお店にはないものだ。昔、フランスの家庭でご馳走になって、お腹一杯になってから、たっぷりのチョコレートムースが出て来たことを思い出す。

これも程よく美味しかった。ここもいいが、やはり明日はいつものお店に行くだろう。パリの空にも傷が入っている。だが、空の色はシャンティより淡い。

巴里の空の淡き眸《ひとみ》は東洋の小《ち》さきをみなのひとみを映す

ソルボンヌ文明講座始まる

九月五日　パリ

今日からいよいよソルボンヌの文明講座が始まる。教会や美術館をまわるのが楽しくて、正直なところ、学校はあまり行きたくないなと思っていたのだが、まだ授業は受けていないものの、来てみたらやはり楽しかった。

まず、レベルチェックのやり直し。私は時間の都合で、Ｂ２の中級クラスになっていたのだが、テストをしてくださったマダムの判断で、午後のＣ１の上級クラスに替わった。やりがいもあるし、面白そうだ。これならサボらずに通わないとついて行かれないだろう。いろいろ勉強の秋である。今夜のメールを待って、明日から正式にクラスに合流する。十二時に始まって二時に授業が終わるので、朝も楽だし、授業のあとは美術館にも行かれそうだ。

日本の学校とは違って、雰囲気も自由だし、さまざまな国の人がいて、フランス語に混じって、そこここで英語が響いている。

ここは七区だが、近くに十九世紀建立のネオゴシック様式のサント・クロティルド教会があって、帰りに寄ると、白い軍服姿の男性が祈って跪いていた。

教会と軍隊とは、今もフランスという国を見えない網で絡め取っているのかも知れない。

日焼けせる軍服の人しなやかに跪きにけりいづこより還る

先日ダウンジャケットを買ったお店がまだバーゲンをやっていて、今日は黒地に細かい模様のジャージーのワンピースが目についた。ほしいけれど、まだまだ滞在は長いのだから、簡単にお金を使い果たすわけにはいかない。しばし我慢なのだ。

いつものカフェに行くには、まだ早いのでコインランドリーに行く。留学生気分である。しかし、留学はいつか帰るのが前提だ。もう帰りたくないと思う。それにはどうしたらいいだろうか。父母や先祖のお墓のこともあるし、家もある。日本の生活を捨てることはできないが、パリにも拠点を持ちたい。途方もない夢が揺れている。

いまだ見ぬ秋草多くたまきはるわが名の紫苑もまことは知らず

さて、カフェに行った。来たの？　というクールな感じ。自分だけ意識過剰だったのかも知れない。とはいえ、すぐに生のレモンジュースが出た。今夜はサーモンのグリルに緑色のエストラゴンのソースがかかったものに、炊き込みご飯のような、お茄子の入ったお米の付け合わせ。やはり夏から食べ慣れたこの店の味が好きだ。

後ろの男性のグループが、アジアで暮らした経験があるのか、中国人や日本人はどうのこうのと盛んに言っていて、どうやら悪口らしいのだが、肝心のところがよくわからない。いいのか悪いのか。奴らは真似はしているが、ヨーロッパ人とはまるで違うんだぜ、と言っているようなのだが、いったいどう違うのか。自分に向かって話しかけられればだいたいわかるが、フランス人同士の生の会話はむずかしい。

さっきもコインランドリーで、学生の男女が、プラトンからアリストテレスへの流れについて話していたので、必死に聴いていたが、なかなかむずかしかった。これが全部わかるようになりたいものだが。

書いているうちに大粒の雨が降って来た。テラスのいちばん前なので、大事なアイパッドに雨がかからないように、椅子を移ると、大事なアップルペンシルを落としてしまい、聞き耳を立てていた後ろのグループの男性が教えてくれた。メルシーボークーである。本当は何を話していたのだろう。

気になるが、お勘定をして帰ろう。雨は、やみそうもない。レモンジュース、ペリエ、サーモン、コーヒー風味のアイスクリームで二十九ユーロと六十サンチーム、これはかなりお手頃だと思う。一日一日が宝物だ。

夕立の巴里やまざらむ喧騒をケンタウロスの鼓動と聞くも

九月六日　パリ

今日から本当にソルボンヌの授業を受ける。どんな先生か、クラスか、わくわくしている。朝は食事を済ませて、ホメロスをほんの少し予習。乞食に化けたオデュッセウスともう一人の乞食の喧嘩の場面だ。

パリにはびっくりするほど物乞いが多い。社会の格差なのだろうか。日本でも、法律で禁じられていなければ、物乞いしたい人は少なからずいるのだろうが。私はまだ一度もお金をあげたことがない。旅行者なのでつけ込まれるのが怖いためだが、あげている人を見たことはある。

さて、出かけよう。昨日もソルボンヌに辿り着くまでさんざん迷って、ついにサン・ミッシェルからタクシーに乗ったのだから、早く出なければならない。マスクを忘れずにした。

行って来るよ、ママ。一緒に行こうね、さくら。

ソルフェリーノに着いたが、予想通りわけがわからなくなり、教会の名前を言って人に訊いたが教会もいっぱいあるのでわからず、ついにお巡りさんを見つけて教えてもらった。

銃を持った国家権力にすがるのは情けないが、とりあえずパリのお巡りさんなら騙されることはないだろう。国によってはお巡りさんこそ危ないらしいが。今日帰る時は、犬が電柱におしっこをかけて歩くように、道の写真を撮って行こう。束の間の学生生活はなかなか多難である。

でも、授業が始まると、それまでのいろいろを忘れるほど充実していた。

まず、ラボで発音の授業。発音矯正かと思っていたが、それだけではなくて、フランス語の子音の種類と特性を習って、最後に少し発音練習。

次のフランス語は、動詞の活用の練習問題をたっぷりやったあと、個人の発表で、今日はスペイン系らしい女性が、地球温暖化による異常熱波と水の枯渇の問題について話した。

クラスのメンバーは他に、韓国、中国、シリア、ブラジルそして日本の私とバラエティに富んでいて、みんなそれぞれの問題意識を持っているが、地球環境について具体的な対策がなく、夏になれば冷房に頼るしかない日本がしみじみ恥ずかしいと思った。だが、日本の温度と湿度で冷房しなかったら死んでしまうわけで、本当にどうしたらいいのだろう。

先生は、そうした問題について、政治家が役に立つかと思いますかと言われ、フランスではすでに政治家をあてにしない空気が高まっていると話された。

いきなり三時間続きで、相当大変だったが、予想外に実り多い学校生活になりそうだ。最初は遊び半分のごく軽い気持ちでソルボンヌを決めたのに、今となっては十二月の学期末までいられないのが残念なほどである。

中国と韓国とブラジルの三人は、学期末の試験について相談するらしく、早速連れ立ってどこかへ行った。でも、また明日ね、と声をかけると手を振ってくれた。

サン・ミッシェルのジベール・ジョゼフで問題集を買わなければならないが、とても疲れたので、学校のカフェで食事して、まっすぐホテルに帰って来た。

毎日新しい夢が生まれる。


東洋の三國のわれら漆黒のまなこ見交はし若からむとはに

ひと休みして、ジベールまで問題集を買いに行き、ついでにアンスティテュの秋学期のテキストのウェルベックの小説を買う。日本文学の大きな棚があるのに驚いた。現代短歌もあったらうれしいと思う。

そして、一万円をユーロに替えて、ずっと気になっていたバーゲンの黒地に細かい模様のワンピースを買ってしまった。かなり胸が深く開いているのだが、マダムはそんなに気にしなくても似合うから大丈夫と言う。たしかにパリなら全然気にならないだろう。オペラ座やコメディ・フランセーズに着て行くつもりである。

さて、今夜もカフェへ。

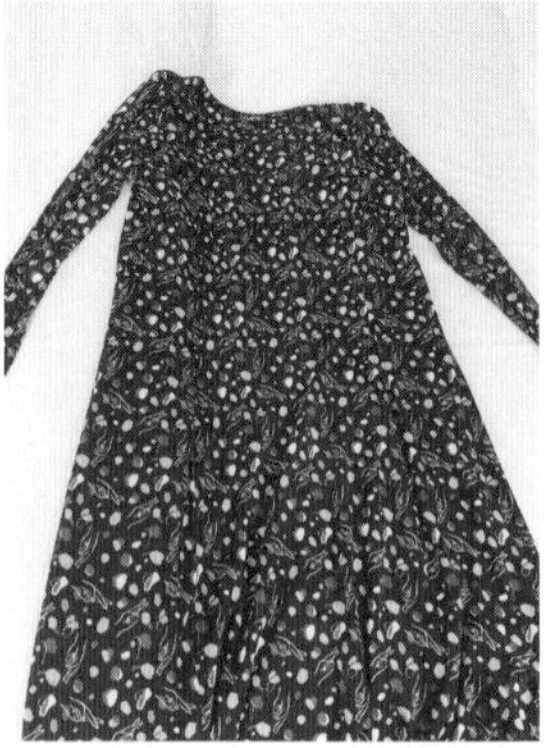

九月七日　パリ

昨日もホテルのオーナー、ドニが、自分の持っている物件はどう？　と言うが、きっと長逗留の私をお金持ちと誤解しているのだろう。

彼の物件はこの街の中で場所はいいが、予算に合わない上に、これから内装を工事しなければならないそうで、全く問題外である。

でも、面白い人だ。見るからに山っ気がありそうで、少なからず法螺《ほら》吹きのようだが、話している分には楽しい。バルザックの小説に出て来そうである。

今朝も食堂に降りて行ったら、ドニが台所の係の人に手順を教えていた。私が挨拶すると、日本語では何と言うのかと訊く。おはようございますを教えると、長いと言うのでおはようにする。すると、ボードレールは好きかと言うので、頷くと、食堂の壁に書かれている詩句を読み上げて、あなたにぴったりだよと言って奥に消えた。

びっくりしたことに、パリに来て私の両手の手相が変わってしまった。小指側の細かい線がすっかり消えているのである。これはいいのか悪いのか。とにかく、この旅は私の人生を変えるものなのだろう。願わくは良い方に変わってほしい。

私の方向音痴はパリに来ていっそうひどく、今日はソルフェリーノ駅でなく国会議事堂駅で降りたが、さっぱりわからず、迷いに迷った末、近くの教会の尖塔が見えたのでやっと救われた。折りしもパイプオルガンの音が響いていた。

肌寒くて革ジャンを着てちょうどいい気候である。湿度が低いので、日々の気温がそのまま肌にぶつかるような感じがする。

ソルボンヌの庭のベンチでは韓国人の女性のクラスメイトが勉強していた。ボンジュールだけ言ったが、あとでお話ししたいと思う。

早速中国人の男性と三人で、授業の前におしゃべりする。彼は経済が専攻でマスターに進むために語学を勉強しているそうだ。彼女はＤＡＬＦという語学試験のＣ１を目指している。二人とも学期末まで勉強するのである。うらやましい。一方で、彼らのおばあちゃんくらいの自分の年を思い出すと可笑しくなるが、夢には年は関係ない。

また今日もラボで発音から。今日はフランス語で非常に大切なリエゾンについてである。発音はいわゆる発音矯正くらいかと予想していて、これほど精密に規則を習ったりするとは思っていなかったので、緊張するがとても勉強になる。先生はユーモアたっぷりだ。

本当はリエゾンはフランス人でもよく間違えますが、みなさんはソルボンヌの生徒なので、できるようにしてください、自信がない時は間違えるよりとにかくリエゾンなしが無難です、とおっしゃる。私は耳が良くないので、時々聞き間違えることがある。若いクラスメイトに置いて行かれないようにがんばろう。

フランス語の方は文法の練習が正直なところ退屈だが、後半のディスカッションがとても面白い。上品で温厚そうな女性の先生は、マクロンがお嫌いらしく、彼はみんなに嫌われていますとはっきりおっしゃるので、笑いが広がった。先生の胸元には長いスカーフ、その下には金とダイヤのネックレスが輝いている。

大統領選で、もしもマリーヌ・ルペンが勝ったら、彼女は移民受け入れに反対なので、フランスに住みたいという自分の夢も叶わなくなると心配だったが、先生は、それはイスラム教徒が念頭にあるので、日本人は大丈夫と事もなげに返す。

今日の発表は中国人のクラスメイトで、専門の経済で、世界のインフレについて詳しい数字を挙げて話してくれた。無知な私は、中国は政府による統制経済だと思っていたので、普通の資本主義国のようなインフレーションがあることに驚いて質問したが、彼は、実は中国国内では発表されていないので、気がついていない人が大半だと答えてくれた。

シリア人でスペイン語を母語とする男性はフランス人のように会話がうまい。スペイン系の女性もそうだ。自然に話すことができたらいいなと思う。

カフェで軽食のあと、帰ろうとすると、銃を持ったお巡りさんがたくさんいたので、もしかしたら、噂をすれば影で、マクロン大統領がそこらに来ていたのかも知れない。どなたがいらしているんですかと訊いてみたかったが、怪しい人物と思われて、強制送還されると困るのでやめておいた。今日も結局道がわからず、国会議事堂駅から帰った。

秋雨のくらき巴里にて生きなほすうつつの手より消ゆる過去未來

ソルボンヌの宿題をやってから、明日のホメロスの予習を始めたが、お昼が軽くてお腹が空いたのでカフェへ。今日は寒いので温まるものがいいと思っていたら、鶏肉の煮込みにお米を添えたものをすすめてくれた。味つけは違うが、ちょうどカレーライスのような感じである。かなりのボリュームだったが、全部いただいた。きれいに食べるとギャルソンが片づけに来た時もうれしい。

猛スピードで飛ばす警察の車を見ながらデザートを考える。今日もコーヒー風味のアイスクリームとエスプレッソにしよう。こってりしたお料理のあとでは、口の中がさっぱりする。

この国で働いて生きて行くことはどんなにか大変だろう。たとえ私がここでずっと暮らすことができるようになっても、それは意味が全然違うのである。

だが、私は日本の社会にも特に関わることなく生きて来た。フランス系のファション学校の通訳アシスタントを三年やったきりで、両親が死ぬまで、いや死後もその庇護のもとに暮らしているようなものだ。どこにいても、一人前の社会人ではないわけだ。そういう中途半端な人間として生きて行くほかはない。

革ジャンの襟元を掻き合わせて、牡蠣が食べたいと不意に思った。来月になったら牡蠣が食べられる。ここのカフェにも生牡蠣が出るだろうか。生は怖くて長いこと食べていないが、乳色の肉にレモンを絞ってうっとりしてみたい。

わたくしもひとつぶの牡蠣するすると悪魔の喉に滑り込みたし

九月八日　パリ

今日も肌寒い感じなので、新しい革ジャンを持って来て本当に良かった。こちらの人たちは革ジャンやジャケットに細いパンツを履いていることが多い。

私はワイドパンツも持って来たのだが、そんなわけで、赤とデニムの細いパンツ二本とワンピースだけで今のところ過ごしている。

黒の革ジャンの下に黒の無地のシャツを着たら、ちょっと寂しいので、持って来たアメジストのネックレスをかけてみた。アンリアンヌはアクセサリーは危ないからつけないようにと言っていたが、これはどうだろうか。革ジャンに隠れるから大丈夫そうだが。とりあえず今日の堀尾先生のオンライン講座の時だけつけていよう。

パンツは赤、靴は渋いパープルである。靴はスニーカーの人がほとんどだが、私はわざわざ旅行用に履きやすい靴を二足買って来たので、このパープルともう一足の黒を交代で履いている。

円安がひどいので、ホテルやカフェやメトロ以外は緊縮財政である。ダウンジャケットとワンピースとトートバッグを買ったのでもうじゅうぶんだ。この上買うなら本とお土産くらいだろう。

パリに来てから、遊ぶのに忙しくてちっとも本を読んでいない。先日会ったエマニュエルの書いた歴史小説や、ジベール・ジョゼフで買ったウェルベックの小説を読んでみよう。

今回は日本語の本はお守りの意味で『万葉集』、『古今集』、『新古今集』と『李白詩選』しか持って来なかった。もっぱらフランス語に浸りたかったのである。もしここに長く住むならば、もちろんいろいろな本がほしいけれど。

ひさびさのネックレス頸につめたきは死を忘るるな頸より來む死を

結局、ネックレスはホメロスの前に外してしまった。堀尾先生が私の革ジャンを目ざとく見つけて、クリニャンクールで買ったのかと言われた。有名な蚤の市である。一人で行くのはちょっと怖い。円安だからお買い物はあまりできないこと、一万円が五十四ユーロにしかならなかったこと、場所がいいのでホテル代が高いことなどをお話しする。大変だねえと言われたので、いえ、でも冥土の土産ですからと笑った。ホメロスは今日も難しかったけれど楽しかった。

それからソルボンヌに向かう。今日は国会議事堂駅からで、教会の尖塔のおかげでなんとか辿り着いた。発音クラスは出られず、フランス語は途中からだが、ちょうど苦手な文法が終わったところで、ディスカッションと聴き取りテストの参加できて良かった。

学校のカフェで、スープとサラダ、それにレモンケーキとコーヒーでお昼。今日は旅行会社にホテル代を払いに行く。

旅行会社はオペラ座の近くにある。メトロのピラミッドで降りて、地上に出ると、日本語が氾濫しているのにびっくりする。お寿司屋さんもあるし、ラーメン屋さんでは食べているフランス人のお客さんも見える。

日本人は多いが、おのぼりさんと見て狙うすりもいそうで、少し慣れたカルチエラタンよりも怖い気がする。旅行会社はそうしたお店の奥の中庭の向こうにあった。

ホテルの支払いについて担当のアリスさんとお話ししたが、十一月一日までの全宿泊代をすぐに払ってほしいと言われているそうだ。

一応用意はあるけれど、カードの限度額があるので、一度に全部を払うことができない。

まず半額を払ったが、残りを一週間以内に払わなければならないので、明日は日本の銀行に電話をかけて、カードの限度額を上げてもらうように泣き落とさなければならない。

本当はネットバンキングで振り込みができれば一発なのだが、いろいろ面倒な条件があって証明用の書類が足りないのである。

浮かれた夢見心地から、急に現実に引き戻された感じである。パレロワイヤルの黒白の庭に四十年ぶりに寄ってみたが、子どもたちは屈託なく遊んでいる。

疲れたので帰りはタクシーに乗ると、エリザベス女王の病気のニュースが流れて来た。人間には限界がある。

今日はいつものカフェで、白身魚の唐辛子クリームにマッシュポテト添え。とても美味しかった。お皿を舐めたように食べたので、ギャルソンが笑っている。あとはコーヒーのアイスクリーム。

明日は明日の風が吹く。


黄昏のひかりに泛《う》かむひとびとの輪郭美《くは》し季節おとろへ

アヴィニョンの月

九月九日　パリからアヴィニョン

ホテルの支払いの問題はカードの限度額増額でなんとか解決しそうである。ありがたい。となると早速週末の旅を考えてしまう。ジェラール・フィリップゆかりのアヴィニョンとカンヌである。

ソルボンヌは二時に授業が終わるので、それからリヨン駅に行ってTGVでカンヌに行くことにした。アヴィニョンに二泊して、翌朝カンヌにまわって帰る。ホテルは素敵なマダムと会話して予約できた。

さてまず学校へ行こう。

恥ずかしいけれど、今日はソルフェリーノから行ったら、またまた迷ってしまった。だから一時間は見ておかないといけない。何食わぬ顔で学生証を作ってもらい、発音のラボに行くと、今日は三人だけだった。

韓国人の女性とブラジル人の男性と私である。他のみんなは忙しいらしい。

韓国人の女性とはすっかり仲良くなっていろいろ話した。つきあっている人と家を借りているのだと言う。うらやましい。私がホテル住まいだと言うと、凄い贅沢だと言われたが、どちらにしろ贅沢だろう。

授業は日増しに楽しくなって、先生もにこやかだし、発言もどんどんして、みんなと一緒に十二月の学期末まで残りたい気持ちが募って来る。それとも来年出直そうか。

少し慣れたせいかそれほどは疲れなかった。

カフェでキッシュとスープの軽食を済ませて出発である。

今回の旅でリヨン駅に行くのは初めてだ。でも、学生時代に来た時は、お昼まで寝て、カフェでゆっくりしてから夜はお芝居を観に行くという生活だったので、パリ以外の旅行など考えたこともなかったから、きっとリヨン駅にも来ていないだろう。今とは全然違うのが不思議である。今はフランスを隅々まで知りたい。

今日もまた旅の中の小さな旅をするわけだ。

カードの残高を心配しながら切符を買い、出発までおやつのブリオッシュを食べて待つ。

トゥールに行った時もTGVだったが、まだフランスに来たばかりなので、緊張して旅を味わうどころではなかった。今日はもう少し気楽だし、もしかしたらカンヌにも寄らないで、アヴィニョンだけのんびり観光しようと思う。カンヌはニースとセットでまたの機会でもいいだろう。

日本で旅行のために買ったのに一度も着ていないワンピースがあるので、ぜひホテルのお食事で着ようと持って来た。パリは雨で寒かったが、南仏のアヴィニョンは暑いくらいかも知れない。

列車に乗り込むと、奥の席はお行儀のいい大人ばかりで居心地がいい。小さな子どもが僕のパパはどこ？　緑のかばんを持っているんだよ、歌うようにみんなに聞いている。パパはすぐに見つかったらしい。

などとのんきにアイパッドを広げていたら、席を間違えていたとわかって、大あわてで発車した車内を移動することになった。とにかく失敗の多いことにはわれながら驚く。

でも、初めての南仏に心躍るのである。

トゥールに行った時も空いっぱいの雲に圧倒されたが、今日はまるで飛行機の窓から見るようならんらんとした超越的な雲が広がって怖いようだった。緑の色ももっと濃く、けものに近い感じがする。気温もどんどん上がって来るようだ。放牧されている羊たちや牛たちがおっとりと草を食べている。

私はいったいどんなところに行くのだろう。これから何が起きるのだろう。両手を開くと、先日も書いたように、てのひらの脇の細かい線がすっぽり抜けてなくなっている。きっと何かが私を待っていると思う。

産むひとのごとくに眉根寄せにけり南ふらんすわが身より出づ

二時間あまりでアヴィニョンに着いたが、さらに乗り換えて、アヴィニョン中央駅に行かなければ町には出られない。ＴＧＶはいわば新幹線だから、旧来の町とは違う駅に止まるということが起きるのだろう。

町には一見しただけでお城のような時代がかった立派な建物が多く、明日見て回るのが楽しみである。果たして明後日カンヌまで足を延ばせるだろうか。

ホテルはアヴィニョン中央駅からまっすぐ行った時計台広場にある。その名も時計台ホテルである。一応四つ星なので、おしゃれなところかと思っていたが、鄙びた作りで、静かで女性たちが親切なのがいい。

ホテルにはレストランが無いので、いいお店を教えてもらって出かけたが、例によって辿り着けない。お腹も空いているので、仕方なくそばのお店に入った。

海老の前菜と帆立貝のオリーブオイル炒めを頼み、お料理はまあまあだったが、混んでいるので応対がめちゃくちゃで、隣のテーブルのスコットランドの観光客の夫妻と何度も顔を見合わせ、しまいには仲良くなってしまった。

明日の夜はホテルの人たちが美味しいお店を予約してくれると言う。
部屋に上がると、なんとフランスに来て初めて月を見た。明日は中秋の名月だ。まさか阿倍仲麻呂ではないが、感慨一入《ひとしお》である。
テラスにアイパッドを持ち出し、月を見ながら書いていると、夜十時の教会の鐘が鳴った。これまでとこれからの人生を考えると、もちろん時間的にはこれまでの方がほとんどを占めるのだが、自分にとってはこれからの人生と引き換えでも惜しくないように思われるから不思議だ。

フランスとは私にとって何なのだろう。

アヴィニョンの月のおもては性超ゆるかがやきならむ　ラ・リュンヌ　ル・リュンヌ

九月十日　アヴィニョン

アヴィニョンも朝は涼しい。テラスの風を感じると秋だと思う。

こじんまりしたホテルだが、部屋はきれいに整っていて、浴室も掃除が行き届いているし、冷蔵庫には飲み物が揃っている。残念ながら直前に予約したので、今日は別の部屋に移らなければならない。荷物をまとめてロビーに降りる。荷物を預けて朝食へ。ここもきれいで気持ちがいい。

外国人観光客が多く、高齢者が大半だ。私もそうなのかしらとわが身を振り返って可笑しくなる。だが、私はソルボンヌの学生なので、明後日はＴＧＶの中で宿題をやらなければならないのだが。なんと『ホテル・カリフォルニア』が聞こえて来た。誰の趣味だろう。

今、午前八時。まず、教皇庁へ行こう。

ホテルからは近いようだ。標識に沿って歩き始めたが、フランスの標識はちょっとわかりにくいので、途中で犬を連れた女性に道を訊くと、もう教皇庁の裏側にいるのだった。

お礼に犬をほめたが、これはお世辞でなく可愛かった。

教皇庁前に出て、チケットを買おうとするが、まだ早すぎる。受付の男性があと四十五分もあると気の毒そうに言うので、カフェでコーヒーを飲んで待つことにした。

でも、私はいつものことなのだが、事前に想像をふくらませすぎるので、いざ実物に出会うと拍子抜けすることも多い。シャルトルも最初はそうだったし、教皇庁もこれだったのかという感じである。しかし、中に入ったら感動するだろう。

本当に今日もそうだった。無感覚だった先刻の自分を叱ってやりたい。

教皇庁の壮麗な外観もさることながら、内部を飾るフレスコ画や彫刻の数々が、時代を経て褪色や摩耗しながらも、なおいきいきと美しい。

特にアンスティテュのデプレ先生の授業で詳しく習った、傑物である教皇クレマンス六世の居室の貴族の遊びとしての狩と漁の風景は、色彩も鮮やかに残っていて、アヴィニョンの初期ルネッサンスの精華とも言えるものだった。ほとんど震えながら、街を見おろす屋上で早速デプレ先生にメールを書いた。

感動もおさまらないままにホテルに一旦戻って、昨日行かれなかったヴィンテージというレストランに行き、タルタルステーキを食べる。たしかに美味しかった。

今度はお目当てジェラール・フィリップの展覧会である。会場であるジャン・ヴィラールの家というのは、すぐ近くなのに、誰に訊いても知らないと言う。困り果てて映画館で尋ねると、ムッシュが丁寧に案内してくださった。ついに旅の目的のひとつだったここに来たのである。

日曜日はお休みで、月曜日から土曜日の二時から六時まで開館だというので、昨日から来ていて本当に良かった。今日パリから来たら、時間によっては見られなかった可能性もあるのだから。

二時まで待ち遠しかったし、心配だったが、開くとみなさん親切で感じが良く、また、わざわざジェラール・フィリップのために日本から来たと言うととても喜んでくれた。実を言えば、展示にも説明にも、知らなかったことはほとんどなかったが、ジェラール・フィリップのための旅という当初の目的が叶ってまずは良かった。

何と言っても、『ホンブルク公子』のジェラール・フィリップの舞台衣裳の展示が見られたことが収穫だった。白が基調で、白地に金色と黒をあしらった、長身で細いジェラールだからこそ着こなせたような気品のある華やかな衣裳だった。

あとは売店でジェラールの写真や舞台台本をいろいろ買った。ジェラールとマリア・カザレスのトートバッグもあったが、ジェラール一人がいいので買わなかった。それに、大事なジェラールの顔を汚してしまっては困るのである。

教皇庁とジェラール・フィリップの展覧会といういちばんの望みを達成して、さてどうしようと思ったが、アヴィニョンには中世美術の美術館もあり、また、ローヌ川の対岸にはもうひとつの見どころがある。悩んだ末、もう今日はだいぶ疲れたので、明日カンヌに行くのを諦めて、対岸には明日行くことにして、今日はアイスクリームを立ち食いしてから美術館に行った。

中世絵画が溢れるほど並んでいて、しかも日本から来たと言ったら無料だった。何というありがたいことか。

ホンブルク公子の衣裳眼前にかがやきにけり死も隔つなし

夕食はまたヴィンテージに行った。昼も行っているので、明らかに愛想がいい。夜はテリーヌとお魚の柑橘ソースにした。どちらも美味しかった。柑橘は柚子を使っているらしい。パリでもそうだけれど、日本の食材や調味料は意外なほど浸透している。

食後にコーヒーを頼んで、ペリエとサービス料を加えても、二十七ユーロ半である。昨日は三十四ユーロだった。安くて美味しい上にサービスもいいから、ホテルの人が薦めるわけだ。でも、そろそろいつものカフェがなつかしい。もっと美味しいお店はあるだろうが、顔馴染みは大切だ。

明日は対岸に渡って、これまたデプレ先生に習った、フィリップ美男王の塔や修道院がみられるといいのだが。そのあとなるべく早くパリに戻ろう。

何しろソルボンヌの宿題がいっぱいで、ホメロスの予習もあり、ロシア語もあるのだから。ロシア語の李先生は、遊んでばかりの私にしびれを切らして、向こうからレッスンの予定をくださった。申し訳ない。

中秋の名月は、この部屋からは見られないようである。昨日見たことにして、もう寝よう。おやすみなさいアヴィニョン、おやすみジェラール。

九月十一日　アヴィニョンからパリ

今日はアヴィニョン対岸に渡って、フィリップ美男王の塔や修道院を訪ねたいと思っていたが、ホテルの人に教えられた道を行っても例のごとくわからず、どこまで歩いても駄目なので、とうとう諦めて駅に向かった。途中で有名なアヴィニョンの橋も見たし、まあいいとしよう。

ジェラール・フィリップの生地カンヌに行こうかとも思ったが、朝から行ってもカンヌに着くのは午後になってしまう。それでは今日中にパリに帰れない。

結局、すっかり諦めてすぐにパリに帰ることにした。宿題と予習が待っているのでそれもいいかも知れない。真面目な学生の考えである。

これで見たかったところはだいたい行ったので、あとはアンリアンヌを訪ねるリヨンへの旅だけで、それは十月末の予定である。でも、旅の面白さに目覚めたので、またどこかへ小旅行するかも知れない。特に教会をたくさん見たい。

フランス語仲間のたかこさんに写真を送ると、すぐに喜んで感想を言ってくれたり、美術史の知識を教えてくれたりするので、一緒に旅をしているようでとても楽しい。

たかこさんだけでなく、短歌仲間の里子さん、長い友達の詩人の阿部日奈子さん、素敵な演劇評論家の村上湛《たたう》さんと、私には毎朝メールを書く友達が四人いて、今は夜中に書くわけだが、それぞれに、心のこもった返事が来るのがうれしい。

車掌さんがチケットを確認に来て、私の隣で居眠りしていた男性に、あなたの映画、おめでとうございますと言った。この人、映画監督なのだろうか？　だが、みんな知らんぷりをしているので、私もそうした。誰？

その向かい側の男性はルイ・ヴィトンの旅行バッグを足元に置いている。もしかして監督とアシスタントだろうか。それとも無関係なのか。これは二等車だったはずだが。

チケットを見直すと何と一等車だった。百三十六ユーロ。散財したものだ。道理で周囲の人たちの身なりがいいと思った。シートも行きの列車よりはずっと快適である。そうだったのか。

でも、こういう上品な人たちの中にいるのはちょっと息苦しい。何か大声で叫び出したくなる。

隣の人がこちらを向いた時、その瞳の深さを見て、やっぱり監督かも知れないと思った。やがて席を立つのに、通路側の私にごめんなさいと言ったら、その声がフランスのインテリ独特の発声で、ロラン・バルトみたいだった。こういう人が今でもいるのか。だが、あまり感じは良くなかった。上品だけれど尊大な空気がある。

本当はどんな人か知らないが、私にはやはり、毎日会うパリのホテルマンやカフェのギャルソンやソルボンヌの先生や学生のほうが親しみ安くて好きだ。

パリに着いて汚いメトロに乗ると、不思議な安心感がある。リヨン駅から二回乗り換えて無事帰って来た。楽しかったが、疲れた。

ひと休みして、食事に行って来たら、あとはお昼寝と勉強である。それにもうすっかり太ってしまったから、食事制限も考えなければ。

とりあえず今回の旅は終わった。

いつものカフェは日曜日がお休みなので、ヴェトナム料理店に行こうとしたが、そこもお休みだった。仕方なく、コンビニ風のお店で、フランスに来て初めてお寿司を買った。あとは炭酸水とトマトと葡萄。

試すつもりで食べてみたが、お味はそう悪くないものの、お米が完全に潰れているのでお寿司らしい食感が無い。もう買うのはやめようと思った。ちょっとお昼寝しよう。

疲れていたので、起きたら四時過ぎだった。かりそめにしても、自分の部屋というものはいい。未来は全くわからないけれど、きっとこうして一人で暮らしてゆくような気がする。しかもここはホテルなので、出入りするたびに人と会話することができる。私に最高の環境だと思う。

旅の荷物を整理し、ホメロスを少しノートに写してから、お腹も少し空いて来たので外に出た。今日はアメジストのネックレスをかけてみた。安物だから大丈夫だろう。

前の日曜日に行ったホテルの真向かいのカフェはやっぱり気がひけるので、角を曲がって、駅からすぐのカフェに入った。

何か軽いものをくださいと言うと、メニューをくれたので、オムレツを見つけて頼んだ。付け合わせはポテトフライをやめてサラダのみ。これがなかなか美味しかった。ハムとチーズ入りだがあまり塩辛くない。もう少し柔らかく流れるようだといいけれど、シャルトルのやたらに塩辛かったオムレツに比べればずっといい。

街を歩く人たちはもう秋の服装で、ジャケットやコートも珍しくないが、真夏のような肩を出したワンピースの人もまだいる。そうかと思えば、十代らしい少女が二人、ソワレのようなワンピースにレースの手袋をしていたのが可愛らしい。舞踏会というわけでもないだろうが、おしゃれしてどこへ行くのだろう。

私も来週の日曜日はオペラである。まずバスティーユでオペラ、そして、次の日曜日はいよいよガルニエで『シンデレラ』のオペラだ。この前買ったワンピースの出番である。

自轉車の前籠に犬を座らする少年とはに哭くことなかれ

九月十二日　パリ

早く寝て、夜中に何度も目が覚めたが、自分の部屋で心身が休まった。

朝食を取ると、ソルボンヌの宿題を片づける。これが山ほどあって、おまけにあなたの国の文化について語りなさいという筆記問題がある。『源氏物語』とプルーストなどを挙げて、日本文化の繊細さと曖昧さ、フランス文化との共通点と相違点などをごく簡単に書く。

それからロシア語の宿題。フランスに来て浮かれてすっかり忘れているので必死である。

何とか終わって学校へ。今日は国会議事堂駅にしようかと思ったが、やっぱりソルフェリーノで降りた。もう来るたびに迷っているので駄目かと思ったが、サンドミニック方面の出口から、上がってすぐの角を左、次のカフェの角をまた左に行くと、何とバジリックの尖塔が行く手に見えた。これさえ見えれば大丈夫だ。一週間迷い続けて、ついに道を覚えた瞬間である。文句なしにうれしい。

ホテルからは三十分もかからないほどである。便利なところにいて良かったと思う。

不動産屋さんを外から覗くと、パリの物件は賃貸でも月に千五百ユーロとか、とにかく高い。アパルトマンを買う夢は少し遠のいているが、せっかくの今回の滞在をこのままで終わらせたくはない。何かに繋げたい。

パリで短歌の講師をして働くすべはないものかなどと夢見るのである。

授業はいつものように密度が濃く、発音一時間のあと、休憩無しでフランス語二時間は相当疲れる。でも、今日はアヴィニョンの旅について発表したので、みんなにジェラール・フィリップの顔を見せることができて良かった。だが、事前の予想とは違って、みんな本当に大人しくてお行儀がいいので、おしゃべりな自分が浮き上がっていないか、ちょっと気になる。フランス人同士の会話はとても活発で、聴き取るのもむずかしく、到底中には入れない気がするのだが、ソルボンヌに集まる人たちはフランス人ではないし、気質もさまざまである。

こんなことも来てみないとわからないことだ。外国にいて、ずっと外国語で話していると、意外にも、母国語では隠されていた自分の無意識の差別意識やいろいろな欠点が表面に出て来そうで怖い。

授業のあとは毎日学校のカフェで身体に良さそうな軽食を取る。今日はキッシュとサラダとコーヒー。美味しいし、健康にも良さそうと言ったら、本当に自然食だそうだ。今回の旅は家庭料理を食べる機会が無いからありがたい。

そして、オペラ座近くの旅行会社にホテル代の残りを支払いに行く。今日は全く迷わずに行かれた。お金が飛んで行ったが、これも一生の夢だからとちょっと後ろめたい自分に言い聞かせる。学生時代のパリ滞在も当時で言えばとんでもないお金を使ったのだろう。毎日のようにお芝居に行って、夜は必ずタクシーに乗っていたのだから。パリの夜は女の一人歩きはできないので仕方ないとはいえ、親たちの苦労が今にしてわかる。それでお土産もなかったら、怒るに違いない。

ヴォワイヤージュ・アラカルトのアリスさんは、困ったら私たちがいますからと言ってくれた。困らないようにしたいものだが、お言葉は心強い。

ホテルに帰ってホメロスの予習を少し。とはいえ、アイパッドのお助けアプリから単語の意味を写しただけだ。それでは勉強にならないのはわかっているのだが、余裕のない時は頼ってしまう。

そして三日ぶりにいつものカフェに行く。ボンジュールと迎えてくれて、すぐにレモンジュースとペリエが出る。今日は豚肉の辛子味のソテーだ。

警察の車が飛ばして行く。ピラミッド駅でも尋問するお巡りさんを見た。ソルボンヌの先生はテロ以降のことだとおっしゃったが、やはり長い銃を下げたお巡りさんは衝撃である。これもフランス。

お勘定をしようと奥に入ったら、カードは使えないよと言われた。ワイファイが駄目になってコンピュータが一切使えないのだと言う。現金を持っていないと答えると、向かいにＡＴＭがあると言われた。かくて初めてキャッシングをする。旅は何があるかわからない。

くらやみはいづこに在らむ巴里に戀ふ眞の闇はも人のごとくに

貧乏旅行

九月十三日　パリ

昨夜リヨンのアンリアンヌからメールで、リヨンのフェスティバルリュミエール（リヨン出身のリュミエール兄弟のフェスティバル）で、ジェラール・フィリップの映画をやるから、その時二泊三日でリヨンに来ないかとお誘い。すぐに絶対行くと答えて電話をかける。ツイッターの相互フォローというだけだったのに、ジェラール・フィリップのおかげでこんなに仲良くなれるとは夢のようだ。リヨンの町も楽しみである。

朝食に行くと、いつもにこやかな配膳係の女性が出迎えてくれた。元気？　とお互いに言い合うが、彼女は決まって、元気よ、疲れるけど、と答える。言葉からも明らかにフランス人ではないし、移民労働者の一人なのだろう。

このホテルはオーナー夫妻以外はみなそうらしい。労働条件が厳しいのだろうか。日本の外国人労働者よりはずっといいのだろうが。

宿泊客の私も、回り回って、搾取に加担していることになるのかも知れない。彼女が取ってくれたクロワッサンを食べながら複雑な気持ちになった。

今日は、発音と総合フランス語とオンラインの中世美術史の三つのクラスに出た。フランス語のクラスでは、シリアの男性が、エリザベス女王の死によって旧植民地諸国が独立の機運を高めていることを発表した。

エリザベス女王というアイコンが、イギリスの帝国主義の残酷さを覆い隠して来たのはたしかだろう。私は、クラスで一人だけの王を持つ国の者として、王制に反対する意見を述べたいと思ったが、中国と韓国のクラスメイトがいるので、日本の天皇制帝国主義について語ることが、彼らの傷口を抉《えぐ》り出すような気がして黙っていた。逆に、彼らから求められたなら、絶対に答えなければいけないが。

中世美術史は全レベル向きなのでわかりやすかった。十世紀に、今と同じような異常気象があって、寒波と熱波が続けて襲来し、人々が森に逃れて修道院を作ったのだそうだ。だとすれば人間の開発による地球温暖化の影響はないのだろうか。

私はついついいっぱいしゃべってしまうので、ご迷惑だったかと反省した。先生のお話の途中にしゃべるのは失礼である。

友達ともいろいろしゃべった。彼らは学期末の試験を受けるので真剣なのである。私も最後まで残りたいが、仕事もあるし、自分にとっていちばん大事な歌集の出版も控えているし、ビザも無し、お金ももう無いのだからどうしようもない。

何年くらいフランス語をやっているのか、授業前に出会ったアラビアの医師だという男性にも訊かれたが、それは私の秘密と言って誤魔化した。若者にとってはどうでもいいことだろうが、年がわかって別物として見られるのはいやである。

温厚なブラジルの男性のクラスメイトとは、有名な太陽劇団の話になり、彼が観に行くなら一緒に行きたいと思ったが、上演時間も長いし、遠いヴァンセンヌなので、ちょっと無理かも知れない。

今日はジャン・リュック・ゴダールがなくなったことが衝撃だった。九十一歳なら無理もないが、安楽死という情報が飛び交っているのは本当だろうか。今度発表も順番が来たら、ゴダールのことを話そうか。

ホメロスの予習を少しだけして、いつものカフェへ。フランスはまだ煙草を吸う人が多い。ヴァカンスが明けて一層多くなったようだ。学生たちがやって来て、大騒ぎしては帰って行く。年配の女性が、テーブルのみんなにビズ（抱擁）をしている。

私にとっては長い長い夏休みに過ぎないのに、もうこの生活が普通のような気がする。今までどうやって生きて来たのか忘れてしまった。これからの時間をどう生きたらいいだろうか。


口笛を吹くムッシュゐるカフェの燈はいまだともらず安樂死といふ薔薇

九月十四日　パリ

パリに来てひと月だ。ソルボンヌが始まってからはやはり忙しいので、八月中にいろいろ見て回れて良かった。もうカードも残高が厳しいので、そうそう遊び歩くわけにもいかないし、リヨンのアンリアンヌのところに行くまではパリで節約生活である。サン・ミッシェルやサン・ジェルマン・デ・プレが歩いてすぐだし、物価は高いけれど美術館や劇場が安いのが助かる。

そう言いながら、ダウンジャケットとワンピースを買ったお店がまだバーゲンで、ラメの入った素敵なお出かけ用のニットを売っているのが気になっている。

もう少し若ければパリで働くのだけれど、今の私ではむずかしいだろう。それとも何か仕事があるだろうか。だが、まだ考える時間はじゅうぶんにある。焦ることはない。

今日もソルフェリーノ駅からソルボンヌに来た。学校のそばには大きな団地が建つそうで、無粋なクレーンが空に突き刺さっている。まわりは官庁街だから、霞ヶ関に団地を建てるようなものでびっくりする。社会主義的な区長の政策らしい。普通なら相当家賃の高い地域だろう。

授業では早速ゴダールの死について、とても話すのがうまいスペイン系の女性が発表した。安楽死を選んだという衝撃的な話題は世界を駆け巡っている。

スイスやベルギーでは安楽死が認められているが、フランスではまだである。カトリック教会の抵抗が強いだろうと予想されたが、カトリックのイタリア、スペインでも認める方向に進んでいるので、ヨーロッパの共通性を重んじるフランスも早晩そうなるだろうという先生のお話だった。

私は、将来自分が意志を失った状態になったら、安楽死を選択したいが、一方で悪用された場合、生きるべき命、死んでもいい命と、アウシュビッツにも通じる命の選別が行われる可能性があることを言った。先生も同意されたが、日本ほど世代間対立によって高齢者憎悪が高まっている風潮はないようだ。

失政のために若者が苦境に立たされているのを、一括りに老人の責任にするのは危険であると思う。

授業のあとは自然食のカフェで食事をしてホテルにまっすぐ帰る。帰りに洋品店を外から覗くと、ひそかに狙っていたラメのニットワンピースは売れたようだった。寂しいような、ほっとしたような。今日はロシア語のレッスン。だが、フランスに来てからすっかり忘れている上に、カード残高を使い果たしたことを李先生に爆笑されたのが何とも恥ずかしかった。やはり、とんでもない人間なのかも知れない。

これも冥土の土産ですと言うと、そんなことを言わないで、もっとロシア語をやってくださいと言われた。おっしゃる通りである。

先生も来週はロシアに出発される。モスクワとパリは一時間しか時差が無いので、予定を合わせるのがずっと楽になる。ちゃんと復習しなければ。

レッスンのあとコインランドリーに行ったら、どのカードを使っても機械が反応せず、なけなしの硬貨まで取られて返って来ない。苦情の電話をかけたが、荒っぽい男性の声がよく聞き取れないので相手にされない。

泣きたい気持ちになっているところに、一緒にいた女性が、向こうの通りにもう一軒コインランドリーがあると教えてくれた。ありがたい。すぐ行ってみると、カードは駄目だったが、硬貨は使えた。とりあえずこれでお洗濯はできる。何とスニーカーを機械で洗っている男の子がいるのには本当に驚いた。

今朝はメトロでドイツ人旅行者のグループに、先輩顔で切符販売機の使い方を教えてあげたのだが、パリ生活駆け出しにも届かない身では本当におぼつかない。

あはれあはれははのをしへぬふらんすごをさなごのごとわれは口にす

やっとお洗濯が終わっていつものカフェに行くと、顔馴染みのギャルソンがにこやかに迎えてくれたのはいいが、注文してから待てども待てどもさっぱりお料理が出て来ない。お魚のソテーなので、時間はかからないはずなのである。仕方がないので、ペリエを飲んで書いていると、若いギャルソンが注文したかと言う。待ってるのよと言うと、じゃあ今持って来ると言ってくれた。さらに待っていつものギャルソンがちょっと照れくさそうに持って来てくれたのは、鮭のソテーとマッシュルームソースのリゾットで、予想通りとても美味しかった。時間が少し遅めなので、テラスは若い観光客の集団に占領されてお祭り騒ぎである。

エスプレッソを飲みたいけれど、もうホテルに引き揚げた方がいいかも知れない。

星もまた若き日々にはうたへるが死後にひびけるカルチエラタン

九月十五日　パリ

今日は夜中に目は覚めたものの、珍しく朝の七時半まで眠れた。やはりたっぷり眠ると元気が違う。

朝食のあと、ソルボンヌの宿題をやって、ホメロスの見直し。ホメロスのクラスは三人だけなので、毎回回って来るのである。

ホメロスはとてもむずかしいけれどとても面白い。二千五百年前にどうしてこんなに現代的な物語が書けたのかと思うが、人間は進歩などしないのだろう。先生と一緒にひとつの単語を追いかけるのも楽しい。私は文法は大の苦手だけれども、ほんのわずかでも古代人の息吹にふれられるのは、しかも憧れのパリの地でそれができるのは何という幸せだろう。

私は音読が下手で今日も先生のご注意があった。イギリスの前首相のボリス・ジョンソンのイーリアスの朗読は実に上手だった。爪の垢でももらいたいものだ。

そのあとソルボンヌに行こうと駅に向かう途中、いつもの洋品店で、気に入っていたラメのセーターがやっぱり売れずにあるのを見つけてしまった。ためらわず入って試着させてもらうと、ますます気に入った。これはアンリアンヌに会う時に着て行こうと買う。マダムともすっかり親しくなってしまった。

ソルボンヌでは黄色いベスト運動の話が面白かった。エリートたちの反発し、既成政党には決して吸収されない中流の人々が、政権に抵抗して立ち上がった運動だという。

日本でも同じような社会格差に対する反発が起きており、既成政党を信じないところまでは同じだが、運動に立ち上がるかどうかが百八十度違う。いいのか悪いのか。私ははっきり声をあげたいと思うが、日本社会ではそのことは肯定的に評価されない。たとえばお隣の韓国ではそうではないのに、この違いはどこから来るのだろうか。

自然食カフェで昼食を済ませると、お天気もいいのでパリ散歩。今日はオランジュリーに行くつもり。

オランジュリー美術館はコンコルド駅が最寄である。降りると方向は出ているが、チュイルリー公園の方に行ってしまい、ベンチで話している上品なマダムたちに道を訊く。私の発音か発声が悪いらしく最初は通じなかったが、わかるとこの工事中の建物の向こうだと教えてくれた。

受付で前の人が二人とも学生割引にしてもらっているので、私もソルボンヌの学生ですと言ってみたが、何を勉強していますかと訊かれてフランス語だと言うと、駄目です、お金を払ってくださいと言われた。まあ別にいいけれど。

だが、入るとそんなことはどうでもよくなった。ピカソとモディリアーニとマティスを見ると、ローランサンはいかにも儚い。セザンヌもあって、さすがの迫力だったが、私はセザンヌはどうも好きになれない。ピカソなら怪物性に惹かれるのだが、セザンヌは何だか怖い。アンリ・ルソーも嫌い。モディリアーニは生きていたら凄かっただろう。ユトリロはちょっと好き。わからないくせにうるさいのである。

そしてモネの『睡蓮』の部屋。三百六十度『睡蓮』である。壁に直に描かれたもので、左から右に向かって四季の風景になっている。まさに『睡蓮』宇宙である。ここにずっと囚われていたくなる。だが、見物人がいっぱいで、絵の前に恋人を立たせて撮影する人やらいろいろ、やかましくなったので、キュレーターさんが何度も注意された。さっきのモネの四季の話はこのキュレーターさんに質問して教えていただいた。

モネといえばジャポニスムの影響もあるはずだが、円形の部屋の壁画に四季を表わすという発想は絵巻物のようで、東洋的な感じもする。本当はどうなのだろう。

睡蓮の宇宙に生るるみどりごのモネをおもへば抱きしめがたし

九月十六日　パリ

目が覚めると七時過ぎ。早朝から張り切って観光に出かけていた頃に比べて、だんだんゆっくり寝るようになっている。パリが日常に近づいたのか。

だが、能天気な旅行者の日常だから、本当にパリに暮らす人たちとは全然違う。ただ、わかるのはメトロの階段の急な傾斜くらいのものだ。よくお年寄りや身体の不自由な方々が元気に暮らして行かれると思うが、周囲も気遣いをするし、ご本人たちもタフである。チャンドラーではないが、強く、かつ優しくないとここでは暮らせないのかも知れない。

今日は発音のテストがある。みんなは卒業するために幾つもの試験を受けるので必死だが、残念ながら私にはどれも関係がない。こんなにソルボンヌの学生生活が楽しいと知っていたら、最初から計画を立てて学期末までいられるようにするのだったが。

今日は昨日と違って寒い。夏と秋の間を行ったり来たりするような今年のパリだが、もうきっとこれで本当に秋になるのだろう。

革ジャンに赤のシャツ、それに黒の木綿のワイドパンツ。ついでに持って来た他の黒のパンツを試着してみたら、どれもどうにか履けるのでほっとする。

昨日は買ったセーターの写真をたかこさんに送ったら、さすがパリでおしゃれ魂が目覚めたのね、と言われた。なるほどそうかも知れない。衣食住には関心がないと嘯いていた私が、毎日バーゲンを覗き、カフェのメニューを選んで楽しんでいる。何と単純なのだろう。

普通の授業のあとで文明講座があるが、今日は堀尾先生のラテン語のオウィディウスの予習があるので、どうするか迷っている。定期的に日本語の授業を受けることで、完全にフランス語だけでない言語感覚を保っていられるのがありがたい。

昨日、堀尾先生がごはんが食べたくないかとおっしゃったが、変なごはんを食べるより肉やパンの方がましだ。それにカフェで食べるお料理はお米を付け合わせにしていることもよくあるので、ごはんが恋しいということにはならないのである。

今日の発音の授業は子音の発音を直されてためになった。テストは聴き取りがむずかしくて意気消沈してしまった。

総合フランス語の方は、ウクライナ戦争が発表のテーマで、私は日本がこの戦争を口実に利用して憲法を変えて戦争ができるようにしていることなどを話したが、政治や歴史の話になると、文法や語彙の力が足りないのを痛感させられる。また、アメリカが中国を挑発しているが、万が一戦争となれば真っ先に火の粉を浴びるのは日本であることも言った。そして、日本は第二次世界大戦の責任者なので平和憲法を持っているが、実際には自衛隊という名の軍隊を持っていることも。クラスメイトがみな友達であるように、アジアの平和を願っていると結んだが、伝わったかどうか心もとない。

先日提出した作文はトレビアンの評価で返って来た。うれしいけれど、もっとここにいて勉強したくなる。ずっとパリにいて、できることなら、本家のソルボンヌ大学にも行きたいものだが。

三時間の授業に出るとお腹が空く。自然食の学食で、サラダとスープとコーヒーをいただく。今日のスープは南瓜で、野菜の味がやさしく、とても美味しかった。

帰ろうかとも思ったが、文明講座に出てみることにした。今日は文学の言語への影響。面白いテーマで、十六世紀のラブレーとモンテーニュから始まるのも良かったが、なぜかひどく眠くなって困った。全レベル向きの啓蒙講座という感じで、フランス語の勉強にはなるけれど、授業そのものは高校くらいのレベルかなと思った。

アンスティテュのデプレ先生やラウル先生の授業は大学レベルだったと改めて感じる。

ホテルに帰って、明日の予習をしようとしたが、どうもむずかしいので、金曜日の夜だからと自分に言い聞かせ、昨日買ったチュニックワンピースに着替えて、ちょっと早いけれどいつものカフェへ。膝が出るくらいのミニ丈なので、とても日本では着られないけれど、パリではタイツを履いて着てしまう。ちょうど今朝、発音の先生が同じようなワンピースを着ていらしたところを見たのである。

今日は昨日の考え通りオムレツにした。しょっちゅうギャルソンが入れ替わるので、私の顔馴染みの人がいず、いつものレモンジュースは出て来なかった。オムレツはチーズとハムのミックスで塩気が程よくとても美味しい。

でも軽いので、タルト・オ・ポムのアイスクリーム添えを頼んでしまった。持って来たタルトは今までとは盛り付けが変わって、大皿に半分くらいの量になっている。私がびっくりしていると、その意味を知らないギャルソンは、びっくりした？　俺たちは真面目なんだよ、やる時はやるんだなどと勢い良く言い立てた。

カフェのギャルソンというのは、ちょっと堅気ではない感じの小粋な人が多いが、現実には大変な仕事に違いない。忙しい時は何がどこのテーブルだったかわからなくなるだろう。注文したものが少しくらい遅くても仕方がない。

私がここの店に通い始めてちょうどひと月だが、覚えているだけでも、五、六人のギャルソンが次々に入れ替わった。ローテーションでヴァカンスを取っているのだろうか。

パリのホテルもカフェも一見華やかな職場だが、花の都の裏側は楽ではないだろう。

同じシェパードが女性の飼い主に連れられて行ったり来たりするのを見ていると、風が本当に冷たい。ミニスカートも限界かも知れない。文字通り年寄りの冷や水にならないように、すぐ近くのホテルに引き揚げようか。

新しきギャルソン勇み肌なるを微笑む黄昏のミネルヴァたらむ

ホテルに戻ってしばらく、パリで買ったワンピースなどのファッションショーを一人でやった。大きな鏡がエレベーターの前にあるので、誰もいないのを幸いにそこまで見に行くのである。

だが、こう寒くなって来ると、せっかくのワンピースもチュニックもあまり出番がないかも知れない。せめてブーツかロングコートがあればなどと思うが、カードの残高を考えれば図々しい。

諦めてラテン語を始めたが、さっぱりわからず、何だか寂しくなったので、ホテルの向かいのパン屋さんに飲み物を買いに行く。

温かい飲み物がほしかったが、見当たらなくて帰ろうとすると、パン屋さんが気を利かせて、コーヒーかと訊いてくれた。お言葉に甘えてコーヒーをお願いし、それだけでは悪いのでエクレアをひとつ買ってカードで払った。こんな夜の買い物も日本のわが家ではできないことだ。

夜のコーヒーもエクレアも禁断の味で美味しい。だが、パリの楽しい旅の暮らしは、木枯らしが吹くようになっては無理だろうか。ふと気弱になる秋の夜なのだった。

九月十七日　パリ

夜中に、アンリアンヌの調べてくれたリヨンのホテルを予約してから眠り、目が覚めたら八時。あわてて食事に行って、ラテン語のノートを見直すがむずかしい。ところが九時に授業が始まると、受け持ちの箇所をすっかり間違えて全くやっていないことに気づいた。もう真っ青である。

仕方がないので、自分の順番が来るまで、何食わぬ顔で単語を引きまくる。それでも到底追いつかず困っていたが、いい塩梅に前の箇所の議論が盛り上がって、私の時間がなかったので、何とか三行だけやって誤魔化した。紛れもない劣等生である。

堀尾先生にはそろそろ帰りたいかと訊かれたが、ずっといたいとお答えした。お金が続くものならば、である。

昨日のチュニックワンピースを着たが、タイツを履いてもいかにも寒いので、サン・ミッシェルにブーツを買いに行った。洋品店だけれどブーツも置いているところが見つかり、四十五ユーロで気に入ったのが買えた。ヒールがない頑丈そうな膝丈のブーツである。ブーツを買うのは何年振りだろう。安物だが、これでワンピースを着ても、足元は暖かく過ごせる。すぐ履き替えてホテルに帰る。

今日と明日は文化遺産の日だが、明日はバスティーユでオペラだから、今日はパリ市内をお散歩して、どこかいつも行かれないところを見学したい。

考えたが、名案も無いままにソルボンヌに近い国会議事堂駅に来てしまった。休日出勤のようで情けない。国会議事堂を見学したかったが、満員のようで、カフェでクロックムッシュとカフェ・グルマンを食べる。さて、どこへ行こうか。

ふらふら歩いているうちに文化遺産へどうぞという入り口を見つけて入ると、ドゴールの会館だった。集まっている人たちは、みんなものすごくドゴールとフランスが好きなのに違いない。何となく居心地が悪かったが、一緒に入ってどんどんくだらない質問をした。

これはドゴールの眼鏡ですかとか、この家具はどういう様式ですかとか、ドゴールが回想録を書いたことについて、シーザーみたいですねとか、余計なことをいっぱい言ったので、ドゴール崇拝者の群れの中では相当浮いていた感じがする。第二次世界大戦の終わり頃に、ドゴールがロンドンから檄を飛ばしたことが語られると、説明役の男性の目が心なしか私を咎めているような気がした。私は敵の枢軸国から来た人間だからである。愛国的なフランス人の中でたった一人の外国人、しかも元敵国の女という、なかなかに緊張を強いられる状況だった。

ドゴールの書斎の写真を撮ろうとする女性が、ちょっと退《ど》いてくださいと私に言ったのも、邪魔なところに立っていたからではあるが、あなたには関係ないのよねという感じがした。

そこを出て、今度はレジオン・ドヌール勲章の博物館に入ってしまった。どうしてこう次から次へとフランス帝国主義の根っこのようなところにばかりぶつかってしまうのか。ここが霞ヶ関か永田町のようなところなのだから、そもそも仕方がないのだが、それにしても面白くない。レジオン・ドヌールのところでは、何だかむずかしそうだから帰りますと入り口で引き返そうとしたら、むずかしくないから見て帰りなさいと言われてどうしようもなかった。美々しく着飾った女性の軍人さんの写真を撮らせてもらったことだけは良かったが。

オルセー美術館で口直しをして帰ろう。

美術館前に座ってアイパッドで書いていると、若い男性が近づいて来て、お願いがあるんだけど、と言う。何のことですかと言うと、携帯を忘れたから友達にメールをさせてもらえないかと言う。私が思いきり訝しい顔をすると、いや、構わないんだと言って、遠ざかって行った。まるっきりの嘘という感じでもなかったけれど、用心に越したことはない。

並んで中に入って、切符売り場で感じのいい若いムッシュに、ソルボンヌの文明講座の学生証があるんですがと言うと、申し訳なさそうに笑って、マダム、割引は三十歳以下ですというお返事だった。いろいろあっても、ここにいるだけで幸せだ。

今日は先日とは違う見方をしようと思って、一階のクールベやコローを一生懸命見た。それからモネの大聖堂。このルーアンの大聖堂は見たいものだが、もうちょっと日程が無理だろうか。

カフェで一息ついて、さてまたゴッホである。物凄い人なので、水色の自画像や星月夜や有名な絵は避けて、人が集まっていない教会の絵をゆっくり見た。だが、教会と言っても、モネの大聖堂とは全く違う。モネの大聖堂に神様が住んでいるとは思わないけれど、ゴッホの教会には狂った神様が住んでいるかも知れないと思わせる。

それからゴーギャンを見て、思いがけずこの前は見そびれたルドンに出会った。個人の邸宅のために描かれたもので、屛風画のようなシリーズである。さまざまな絵があって、さまざまな歌がある。帰ろう。

今日はいつものカフェでなく、昨日親切にしてもらったお向かいのパン屋さんでパンとサラダとお水を買って、軽くすませるつもりだった。美味しそうなサンドウィッチがあって、これくださいと言うと、温めてくれて、サラダを頼むと、明日はお休みだからただでもうひとつあげると言って、パンまで付けてくれた。ありがたくて言葉もない。

ホテルに帰って、もうひとつのサラダは、顔馴染みの受付の女性に差し上げた。びっくりして喜んでくれた。

早速部屋でサンドウィッチを食べると、温かいチーズと鶏肉とトマトが絡まり合ってとても美味しい。サラダは明日まで持ちそうなので、冷蔵庫に入れて置いて、明日、オペラに行く前のお昼ごはんにしよう。楽しい土曜日だった。

革長靴履きたるわれは猫ならず一直線に走る野豚ぞ

九月十八日　パリ

今日はバスティーユのオペラ座で『トスカ』である。私には猫に小判だけれど、先日買ったワンピースでしっかりおしゃれして見て来よう。

昨日パン屋さんにいただいたサラダをお昼に食べるために、食堂で配膳のマダムにお願いしてフォークを借りて来た。

帰りはサン・ミッシェルのジベール・ジョゼフでノートを買って、できればサン・ジェルマン・デ・プレ辺りで夕食の予定。

気軽なカフェやブラッスリーばかりで、いわゆる高級レストランで食事をすることはまずなさそうだが、あるとすればアンリアンヌを訪ねて美食の都リヨンに行く時だろうか。その時はダイエットを忘れて思いきり美味しいものを食べよう。それまではお財布と胃袋に相談して程々に。

今日も寒いので、ワンピースに革ジャンでいいか、パリで買ったダウンを着ようか迷ったが、ダウンは本当に冬向きなので、もう少し革ジャンでがんばることにする。

例の洋品店はまもなく閉店らしいので、来週また行って、何か素敵なものを見つけて来よう。たかこさんが言った通り、パリが私の乏しいおしゃれ心に火をつけたらしい。暮らす土地の影響力は想像する以上に大きいものだ。

ずっと本を読んでいないので、今朝はオペラまでの時間にエマニュエルの小説を少し読んで、ロシア語の復習をしよう。ドストエフスキーを原書で読みたいなどと大それた夢を見たことを決して忘れないように。

と言いながら、ふとアメジストのネックレスを思い出して、胸にかけてみる。今日はオペラだし、革ジャンの下なら目立たないだろう。せっかく持って来たのだからと自分に言い聞かせる。メトロの中では革ジャンの胸を合わせて隠していよう。アマゾンで三千円のチップアメジストだから心配はないと思うのだが。

そこではっと気がついて、日奈子さんにいただいた紫のストールと同じく紫のビーズのオペラバッグを出してみると、これがどちらもぴったりである。行き帰りはストールで胸元を暖かくして、劇場に着いたら、革ジャンと一緒に預けて、ビーズのバッグを持てばいい。うれしくなって読書も勉強も手につかない。誰のためでもない、自分のためのおしゃれ心は人間の救いである。

ちはやふる神もよそほふことありや巴里の曇天はつかほころぶ

パン屋さんお心尽くしのサラダをいただいて地下の食堂にフォークを返しに行き、係のマダムにチップの一ユーロを渡すと、硬貨にキスして喜んでくれた。礼儀とは言ってもやはりうれしい。

全く現金を持たないとこういう時に困るので、いつものカフェの向かいのATMで、三十ユーロをキャッシングした。そして何の気無しに向こうを見ると、日曜日はお休みのはずのカフェが営業している。しかも、ロワイヤルという名前だったのが、コスモに代わっている。まさか、閉店したのだろうか。せっかく顔馴染みになったのに、そんなことがあるのだろうか。洋品店といい、カフェといい、そんなに経営が苦しいのだろうか。物価の高騰は知っているが、ここまで及ぶとは思わなかった。呑気に遊んでいる極楽とんぼは私だけなのかも知れない。

バスティーユに着いたが、まだ十二時である。隣のカフェで休憩することにした。

お馴染みのカフェも代替わりしてしまったことだし、旅行もトゥールとアヴィニョンに行ったので、これからはせいぜい節約してパリの中をいろいろ散歩しよう。他の地方はまた次の機会ということで、お楽しみを先に取っておこう。パリに長逗留して、シャンゼリゼもモンマルトルもモンパルナスもろくに行っていないのはあんまりである。

今、目の前を柴犬系のミックス犬が通った。飼い主は普通のフランス人のようだ。どんな犬も好きだが、柴犬はいつか飼ってみたい犬種のひとつだった。だがもう飼うことはないだろう。パリでは相当な年配の飼い主さんが犬のお散歩をしているのを見かけるが、万が一の時はどうしているのだろう。

もしもパリに住んで、犬を飼うことができれば、この上ない幸せなのだが。

オペラを観に来たらしいよそゆきの人たちが次々にカフェに入って来る。テラスは吹きさらしで寒いので、私も中で食事をしようかと思っているうちに満員になった。食事をしたら、きっとオペラで寝てしまうだろう。

と、いったんはお勘定をして出たのだが、まだ一時間半以上もあるし、風が冷たいのでやっぱり食事をすることにした。店を切り回している小粋なマダムと言うより女将の風情の女性が、あと十五分待ってくださいと、私ともう一人のマダムに椅子を出してくれた。

フィッシュアンドチップスとか、ハンバーガーとか、さらにはコカコーラセットなどがメニューに並んでいて、少し不安になる。

お蕎麦と鰻とお子様ランチを一緒にやっているような感じかも知れない。短歌友達の里子さんは旅先でも美味しいお店に入る才能に恵まれているのだが、もとより食べ物の味に疎い私は、全然駄目なのである。だが、あたかも歌舞伎座や能楽堂前のような抜群の地の利で、オペラを観る前に入る人は引きも切らない。

ようやく順番が来て、鴨のコンフィと言うと、それだけはお出しできないと言われて、タルタルステーキにした。これなら牛肉が勝負だから、そんなに困ることはないだろう。

はたしてまあまあ美味しかったが、フライドポテトにはケチャップが添えてあった。

寝ないように大きなカップのコーヒーを飲んで、さて、オペラ座へ。マダムはオペラを楽しんで、と言ってくれたのである。

物見遊山気分で、大して期待もせずに、むしろおしゃれがしたくてやって来たオペラだったが、始まると予想外に面白かった。

私はあまりにも有名な『トスカ』自体初めての初心者なのだが、歌は文楽のように全部フランス語と英語の字幕が出るので、筋はだいたいわかる。そして当たり前なのだろうが、歌手の声が素晴らしくて寝るひまなどなかった。

まるで歌舞伎にそっくりな筋立てである。マリオという男は、歌舞伎の二枚目によくあるような、無能で女を振り回して犠牲にするタイプに見えるが、あっけなく死んでしまうのが拍子抜けである。スカルピアの方がトスカに刺される殺され方も凄いし、ずっと悪の魅力があって、歌舞伎で言うと『祇園祭礼信仰記』の「金閣寺」の松永大膳のような色気のあるいい役だ。

だが、オペラとしてはマリオが主役で、実力のある歌手が務めるらしいので、今回もたいそう身体の大きい迫力のあるテノール（ホセ・カレヤ）だった。『トスカ』も素晴らしくて、二人の主役がいずれも芸も身体も大きいので、どうしてもスカルピアは脇の感じになってしまう。（あとで演劇評論家である村上さんにマリア・カラスの『トスカ』の映像を送っていただいたら、スカルピア役者が傲然として立派だった。）

学生時代はオペラガルニエが修理中で、このバスティーユのオペラ座はまだなかったので、パレ・デュ・スポールという競技場で『カルメン』を観たのだが、眠くなってしまった記憶がある。それに比べれば、楽しめた今回は良かった。

だが、このオペラ座はあまりにも現代的な作りで、全く味わいが無い。ガルニエ宮で同じ舞台を観ていたら、余計感銘深かっただろう。

さすがにヨーロッパのお客さんは楽しみ方が身についていて、今日は誰が歌うのかねなどと言って笑っていた年配の男性もいたし、老若男女バランス良く来ているのもいい。

とても楽しい観劇だったが、幕間に場内が暗くて、席の段差が見えずに転びそうになって、通りがかりのこれまたご年配の男性に抱きついてしまった。幸いあちらは揺らぎもせずご無事だったが、申し訳ないことだった。そして私は左の足首をちょっと痛めてしまった。階段を降りる時が怖いので、手すりにつかまるようにして帰った。

ホテルに戻ってから、着替えてサン・ミッシェルにノートを買いに行ったのだが、ジベール・ジョゼフはお休みだった。駄目で元々と入った隣のモノポリ（スーパー）の二階にノートがあって、子ども用のようだったが、四冊買って来た。

お昼に大きなタルタルステーキを食べたのだから、食事は要らないが、何か一口ほしいと思って探しているうちにホテルのそばまで来てしまい、迷った末にテイクアウトのお店で、卵黄のクリームのお菓子のフランを一切れとペリエを買った。ところが、このフランがカスタードの出来が滑らかでなく、がっかりする仕上がりだった。この前食べたパン屋さんのフランは、ごく甘いけれど美味しかったのを思い出す。

だが、食べ物に文句を言うのは悪いし、今日は無事ワンピースを着てオペラを楽しめたのだから、とても良い一日だったと言える。このまま、何もせずに寝てしまおう。

トスカ死なずわれ死なずけり灰色の幕降りてより夕陽のオペラ

九月十九日　パリ

今日も寒い。最高気温が二十度に達しないようだ。薄紫のカシミアのセーターを着る。

昨日の足の怪我がまだ痛むので、ソルボンヌに行こうかどうか迷っている。

でも、元気だし、一日中ホテルにいるのも退屈なので、やっぱり出かけることにした。

今日はセーターの上からストールを巻いて革ジャンを着て、足元はデニムの上にブーツという完全防寒体勢である。さすがに全く寒くない。ブーツは安いせいか、ちょっと重いのだが、もうこの季節では手放せない。もっと寒くなったら上はいよいよダウンの出番だ。

あと厚手のセーターとできればワンピースがほしいのだが。

張り切り過ぎて、ずいぶん早くソルボンヌに着いてしまったので、ソルフェリーノの駅の方に戻ってカフェでコーヒーを飲む。大きなカップのカフェ・アロンジェだ。

目の前が工事現場だから、いささか不粋な環境ではあるが、これもパリである。

いつも思うのだが、私はシルヴプレをうまく言うことができない。フランス人の会話を聞いていると、カフェでも絶妙のタイミングでこれを言うのだが、私は注文で精一杯なので、なかなかすっと口から出ない。注文のカフェならカフェだけだと、不躾な感じである。

昨日のバスティーユのレストランでも、一緒に順番を待っていたご年配のマダムは、実にエレガントにお店のマダムすなわち女将との会話を楽しんでいた。まさかその域に達するのは無理でも、外国人なりに自然に上品に振る舞いたいものである。

さっき通ったバジリスク・サント・クロチルドの前では、さまざまな犬たちが連れられて来て、戯れたり吠えたりしていた。本当に羨ましい。昔来た時は、パリの犬はおしゃれだと思ったが、今は日本の犬たちもお洋服を着たり、ベビーカーに乗ったり、じゅうぶんおしゃれなので、むしろパリの犬の方が動物らしい感じがする。どちらがいいというわけでもないのだが。

それにしても、さくらをもっと大事にしてやりたかった。もっともっと可愛がってやりたかった。このパリ滞在はさくらの贈り物なのだから。

ベビーカーと言えば、昨日バスティーユから帰る時に、重そうなベビーカーを持って階段を降りるお母さんがいて、手伝いたいが足が痛くて何もできないでいると、すっと若い男性が来て、ベビーカーを前から支えて降りた。ああ、お父さんがいたのか、良かったと思っていたら、最後にメルシーボークーとマダムが言ったので、親切な行きずりの人だったとわかった。

パリは治安が悪いと言うけれど、老人や子どもに対しては、建前だけでもむしろ温かいと感じる。

少なくとも子どもが泣いて怒鳴られている光景はまだ見ていない。

今日も授業は楽しかった。ラ・フォンテーヌの風刺の効いた『ライオンのお妃の葬儀』を読んで、よくこんな危険な詩が絶対王政のもとで書けたとびっくりした。私だったら、とすぐ考えてしまう。

学食でお昼を食べて、今日は憧れのサン・ジェルマン・デ・プレに来た。駅を出たらすぐ例のドゥマゴで、お高い感じのギャルソンに、入ってもいいですか？　と訊いたら、中に案内してくれそうになったので、あわててテラスでいいんですと言い、クープ・デ・ドゥマゴというパフェをもらった。これはさすがに美味しかった。

このあと、以前来たサン・ジェルマン・デ・プレ教会に行って、それから靴屋さんを探すつもりである。というのも、どうも先日のブーツが安物で足に合わない感じなので、専門店で、多少高くてもいいブーツを買い直さないと危ないからなのである。日本の家の近所の靴屋さんで旅行用に買った靴は二足ともとてもいいので、やはり靴はお金をかけるべきなのだろう。

さて出発。靴屋さんを探したが、ルイ・ヴィトンとかアルマーニとか、目が眩《くら》むようなお店ばかりで、靴の専門店に出会わない。

やっと見つけて入った見るからに高級そうなお店で、到底無理だろうと思いながら、ブーツはありますかと言うと、私どもでは長い靴は置いておりませんとのお答え。ショートブーツならあるそうな

ので、見るだけ見せていただいたが、すぐ恐れ入って出た。

でも、もう帰りの足元が危ないので、何としても買わなければならない。

次にやはり敷居の高そうなお店で、先週パリで買ったこのブーツが足に合わないので来ましたと言うと、うちの商品でしょうかと訊かれ、とんでもない、これは言い方が悪かったとあやまって、とにかくブーツを見せてもらうことにする。

ロングブーツを履かせてくれたが、何しろ脚が太いので入らず、他にありませんかと言うと、まだ入荷しません、今のところあるのはヒールの高いものかショートブーツだけです、また来てくださいと言われた。そういうわけには行かないので、ではショートブーツでもいいですと言って履かせてもらい、さらにぴったりのサイズのものを頼んで夢中で買った。わけもわからず突然飛び込みで入ったので、向こうはさぞかし驚いて迷惑だっただろう。清水の舞台から飛び降りる感じだったが、履いてみると、足に吸いつくような感触が、今までのものとは全く違う。靴は贅沢品ではなく、文字通り命に関わるものなので、高くても文句は無い。

あとで調べると、日本でも人気のブランド、ジョナックだとわかった。

考えると、最初からサイズに合った靴を履いていたら、転びそうになることもなかっただろう。重くて足腰が疲れる靴など履いてはいけないのである。私を怪我させたブーツは、忌々しいので帰りにゴミ箱に捨ててしまった。

新しいブーツでしばらく街を歩く。サン・ジェルマン・デ・プレ教会にもう一度入って清々しい気持ちになった。今いるホテルの近所の学生街もいいが、やはりサン・ジェルマン・デ・プレは格が違う。ここに住むには人柄というものが要るだろう。いつもそわそわきょろきょろした私ではきっと無理である。

もっと上品で落ち着いた人間になりたいが、どうしたらいいのだろうか。

ホテルの近くに戻って、今まで通っていたカフェを覗くと、顔馴染みのギャルソンがいるようだった。代替わりではなかったのか。そろそろお腹が空いたけれど、今夜は行こうか、どうしようか。

ホテルにはヴァカンス中のアンリアンヌからの心のこもった絵葉書が届いていた。涙は出ないけれど、泣きたい。

鬼燈のごとくたましひ鳴らすかな何者にもなき巴里のゆふぐれ

結局カフェに行くと、別の顔馴染みのギャルソンが握手してくれた。いったい何だったのだろう。テラスでオニオングラタンスープとオムレツを食べたが、もう寒くてたまらない。帰ろうとお勘定を頼むと、現金払いと言うので、キャッシングをしに行って、ついでに暖かい店内に入ってコーヒーを飲んだ。ガラス一枚を隔てて大変な温度差である。

今からこんなに寒くて、真冬はどうなるのだろう。ずっとパリにいたいけれど、寒いのとお金が減るのが困る。当たり前である。

部屋に帰ろう。

九月二十日　パリ

今日も寒いのでピンクのセーターに革ジャンを着て、デニムのパンツの下にタイツを履く。これで万全だ。

ソルボンヌは試験があったり、発表をしたり、それなりに大変だが、だんだんクラスメイトとも仲良くなって楽しい。

演劇好きなブラジルの男性はサン・ジェルマン・デ・プレに住んでいると聞いて、昨日行ったけれど、とてもシックな街ねと言うと、僕は好きじゃないと憂鬱そうに言う。彼は控えめでシャイな感じである。舞台に立った経験もあるが、役者よりも演出やシナリオに興味があると言い、固定された映画よりも生で一回一回違う演劇が好きだと述べる。私もそうだった。ジェラール・フィリップに恋してからは、いささか映画にも傾いているが、ジェラールもまた演劇の活躍が大きかった。

発音の授業でラボ室に入ると、昨日はお休みだった中国の男性の声も後ろで聞こえる。たった六人のクラスで、最初は寂しい感じもしたが、慣れて来るとそれぞれの個性も良くわかっていい。

発表では日本の国葬問題を紹介した。アジアの人たちは別として、遠い日本の政治はあまり知られていないので、統一教会のスキャンダルにはみんな驚いたようだった。

また、現代の若者たちというテーマでもディスカッションして、私はフランスに来て、若者が高齢者や子ども連れに親切に行動するので、日本との違いを感じたことを話した。日本の若者たちも一人ひとりはとても優しいが、自分から積極的に行動に移すことは少ないような気がする。オペラの帰りにバスティーユの駅で出会った若者のような行動は、実は日本でもひそかにやっているのかも知れないが。

シリアの男性は鋭い政治風刺で知られる新聞『カナール・アンシェネ』を読んでいると言うので、現代口語がいっぱいでむずかしいのにと、先生も驚かれていた。この男性は会話が上手で、今日もあなたはフランスの若者のような言葉遣いをすると、先生が指摘されたのを面白いと思った。若いと言葉もすぐに染み込んでしまうのかも知れない。

ホテルの受付の男性の一人も、ブラジルから来て日が浅いそうだが、言われるまでフランス人だと思っていた。

授業のあと、食事をして、東京古典学舎の三嶋輝夫先生のプラトンの授業の最終回にオンラインで入り、先生とみなさまにご挨拶した。『クリトン』を読んでいたのだが、私はパリに来て以来お休みしていたのである。

オルセーで今日からムンク展なので、どうしようか迷ったが、洋服のバーゲンが気になるのでまっすぐ帰った。

ウィンドウを見ると、もうあらかた売れてしまっている。だが、黒地のウールに着物地のようなパッチワークをあしらった鮮やかなコートドレスが目に付いて、試着させてもらうとぴったりだった。これが文字通り最後のお買い物である。マダムは他のワンピースもいろいろ勧めてくれたが、生地が薄いし、愕然としたことに、私は太っているのでそもそも入らないのである。

コートドレスを大喜びで買って帰ってホテルで良く見ると、十ユーロ少なく払っていた。これは申し訳ないともう一度お店に行くと、いいのよ、私が間違えたんですからとマダムは鷹揚に言ってくれた。

実にこのお店では、ダウンジャケットにワンピース二枚と今度のコートと、四点も買ったのだから、マダムも親密な感じにしてくださるのだろう。たかこさんも言ってくれたが、閉店なので、これ以上お金を使うことは無いから安心である。しかし、お腹の肉はもう少し落としたいものだ。パリの女性は年配でも均整の取れた人が多いので、見習うべきだろう。

さて、夕方になった。食事に行って、帰ったらホメロスである。

もうカフェは変わっていないと安心したので、またちょっとだけキャッシングする。

今日は野菜のスープと白身魚のソテー、それにたっぷりの隠元の付け合わせ、胡麻風味。猫のようにきれいに食べると、デザートは取らずにカフェ・アロンジェ。そして今アイパッドミニで書いている。

窓から行き交う人が見えるが、今日は初めてお洋服を着た犬を見た。しかもカーキ色のダウンである。さすがに寒いと着せるのか。

ソルボンヌの近くでも、チワワを五匹連れたご年配の女性が、両手で抱っこしている一匹だけに毛糸の腹巻きを着せていた。あら、どうしてこの子だけ？　甘えん坊なんですかと訊くと、この子は弱くて毛も短いからとマダムは答えた。他の子たちは毛皮だけで元気に自分で歩いている。

人間もみなコートや革ジャンを着るのだから、犬だって我慢できないだろう。

しかし、秋の深まりと共に、喫煙者もどんどん増えて行くような気がする。昔の映画に良くあるような、エレガントな女性が歩きながら煙草をくわえて、ちょっと目を細めて火をつけ、上を向いて煙を吐き出すという光景が、まだパリでは日常茶飯事である。

お医者さんに動脈硬化になると言われて、一発で禁煙した臆病者の私は、もう二度と煙草を吸おうとは思わないけれど、時間の隙間を埋めるような一服の美味しさは知っているから気持ちはわかる。

もうそろそろ七時だ。部屋に引き揚げようか。その前にこれまた顔見知りの食料品屋さんで炭酸水を買わなければ。

パリというより、この街を離れるのはどんなに寂しいだろう。旅というものは本当にいつか終わるのだろうか。

戀ひ戀ひて來たりし巴里のそのうちに花芯のごときルモワンヌ驛よ

九月二十一日　パリ

今日は日奈子さんのお誕生日。顔文字いっぱいのお祝いメールを送る。

パリに持って来た傘も、ストールいろいろも、手袋も、オペラバッグも、みんな日奈子さんのお心入れの誕生日プレゼントなのである。どんな時も優しく答えてくれる日奈子さんと一緒に旅をしているようだ。

私は家族はいないけれど、お友達には本当に恵まれている。そのおかげで生きていられる。

いつも通り学校に行って、発音の授業でいろいろ直していただく。先生はベテランなので、これはスペイン語話者にむずかしい発音、中国語話者がつまずく発音、日本語と韓国語話者が必ず引っかかる発音など、それぞれの弱点に合わせて練習させてくださる。本当に、韓国人のミルさんと私は同じ発音で苦しんだ。スとズ、シュとジュなどである。そして、子音が何とか発音できても、今度はそのあとの母音が脱落したりしてしまう。

学生時代はアテネフランセで音声学の先生に発音の法則を厳しく教えられたので、自分で発音は得意なつもりだったが、実は発音が下手だと気がついたのが二十年くらい前に、プルースト講読のクラスに入った時である。それからずっと発音がコンプレックスになっている。

ただ、性格が図々しいので、意志の疎通は無理矢理でもできる。でも、自己主張も時には抑えるべきだろう。そういうバランスが壊れている生まれつきらしいので、どうしたらいいかわからない。

今日も、授業のあとで学食のカフェに行って、マダムと生徒さんが知らない言葉で話していたので、思わず何語ですか？　と尋ねてしまった。スウェーデン語でとてもきれいな言葉だったが、失礼だったろうか。気になり出すと果てしなく気になる。

パリの空が曇って寒くなって来たので鬱気味なのかも知れない。十月になったら、暇な週末に、陽光が燦々と差すニースやカンヌに行ってみようか。カンヌはジェラール・フィリップの生地だから、生誕百年の今、行かないで帰るときっと後悔するだろう。ちょっとお金はかかるけれど、地中海を見て元気を出して来よう。

しょんぼりしても、日本に帰りたいという気持ちにはならないから不思議である。帰ったところで、私を待っているさくらもいないのだから。今この瞬間を生きるほかはない。

明日のホメロスの予習が切羽詰まっているのだが、全く手につかないままに、ホテルの部屋から向かいのカフェを見ると、ちょっと怖そうな、だが格好のいい男性がサングラスをかけて葉巻を吸っている。何だろう、この人は。連れの若い女性もサングラスをかけていたが、やがて外して明るい目を見せた。もう一人アロハシャツを着た若い男性もいて、どういう三人なのだろう。映画の一場面のようだ。

だが、いざ三人が立ち上がって歩き出したら、ゴッドファーザーのようだった男性もそれほどの凄みはなく、普通の人のようだった。後ろ姿で凄みが出たら本物だが。

脈絡もなく、ブラジル人のクラスメイトの貧乏ゆすりを思い出す。大変気立《きだて》のいい人だが、どういうわけか、授業中ずっと貧乏ゆすりをしている。私はいちばん後ろの席なので気になって仕方がない。この現象は万国共通なのか。

中国人のクラスメイトとは上海や北京の物価が高いという話をした。この人は経済が専門のせいか、数字に強くて、話していると何かに付けて数字が出て来る。この間はたしか自分は一九九五年生まれだと言っていた。

いつ私の生まれた年を訊かれるかとどきどきしているのだが、幸いみんな興味がないらしくて何も言わない。これこそ典型的な自意識過剰である。

さあ、少しホメロスをやっていつものカフェに出かけるとしよう。

カフェに行く時くらいいいだろうと、アメジストのネックレスをつける。

いつものカフェでいつものギャルソンが来て、野菜スープと仔羊の腿肉のステーキとペリエを頼む。

今日のスープは南瓜の裏漉しだった。ボウルにいっぱいなので、量を減らしてもらうつもりだったが、熱々を少しずつ口に運ぶうちに、難なくお腹に入ってしまった。温まったと言うと、言葉はつたなくても意味は通じて童顔のギャルソンはにこりとする。私の息子くらいの年に違いない。

仔羊はニンニク入りのクリームソースがかかっていて、サイコロ切りのポテトのソテーが付いていた。ポテトは食べきれないことが多いのだが、塩気が薄いせいもあって、パン代わりに全部いただいた。

お皿を片付けに来たお店の主人にとても美味しかったと言うと、見てわかると笑っていた。カフェ・アロンジェを頼んでアイパッドを取り出す。

すると、何と、ジェラール・フィリップに捧げる歌を贈った相手のシンポジウムの先生から、来週の月曜日にセルジイのジェラールの家を案内してくださるとのメールが来たのである。工事中で立ち入り禁止だが、特別に許可を取ってくださったそうだ。願ってもない幸せで、これは学校を休んで是非とも駆けつけなければならない。

鬱気味だった気分が薔薇色になった。

お勘定をしに行って、牡蠣は入るかしらとギャルソンに訊くと、季節があるのでクリスマスの頃だと言う。その頃には私は日本にいると言うと、彼は黙った。

炭酸水を買って帰る。


仔羊を味はひにつつ不可視なる星をかぞふるわれもひとつぞ

九月二十二日　パリ

ホメロスの予習をやっていないので、心配で早く目が覚めた。シャワーを浴びて泥縄の勉強である。パリで初めて月を見た。白い有明の月。

巴里照らす有明の月　刃《やいば》なす三日月ならずこの世に近き

昨夜はリヨンのアンリアンヌが電話をくれて、心に沁みてうれしかった。ツイッターの相互フォローで一度会っただけなのに、どうしてこの人はこんなに私の心の隅々まで察して応じてくれるのだろう。甘えてはいけないけれど、どんどん心を開いてしまう。

真っ先にジェラール・フィリップの家に招かれたことを話すと、とても喜んでくれて、行ったらいろいろ話してねと言ってくれた。

リヨンに着いたら迎えに行ってホテルまで連れて行ってあげるから、とアンリアンヌは言う。そして町中好きなところに案内してあげる、何か見たいものがあるかしら、と訊かれて、教会が見たいと私は即答した。彼女はすぐに約束してくれた。私はリヨンに生まれて育ったけれど、あまり行かない場所もあるから、あなたと訪ねるのがうれしいわ、ジャンヌ、とさらに続ける。脚は丈夫？　と言われて、あまり丈夫ではないと答えた。

アンリアンヌ、着物を一枚差し上げたいから、紫と黒とどっちが好き？　と訊くと、あなたにはプレゼントもいただいたし、もう本当に何も要らないのよ、ジャンヌと言うアンリアンヌは、それでも紫の方が好きだと教えてくれた。尋ねて良かった、私は黒の絞りの方を差し上げるつもりだったが、そのまま着るわけではなくても、たしかに繊細なアンリアンヌにはもう一枚の薄紫の訪問着の方が似合うだろう。銀座のむら田のバーゲンで買った訪問着で、高価なものではないが、老舗のオリジナル商品だから、プレゼントしても安心である。華やかなピンクだったのを、やがて色をかけて薄紫にした。

いっぱい買い物をしたのね、スーツケースに入るの？　と笑いながら彼女が言い、私は前もって送ると言った。ヤマトの国際宅急便を頼むつもりである。

フランスに住みたいと言うと、この前家を買いたいと言っていたわね、と言われ、その後は進展せずペンディングだけれど、日本にいるよりもフランスの旅をしている方が孤独を感じずにいられる、幸せなのだと話すと、アンリアンヌはすぐわかってくれた。

もちろん、そんな気持ちは旅人の甘い感傷に過ぎないだろうが、日本の家で一人で暮らしている時の、灼けつくような孤独感はどうしようもないものだった。パリで一人暮らしたならまたさらに孤独だろうか。でも、暮らしてみたい。

そうした私の気持ちが、水が流れて行くように伝わるのがわかる。本当になぜだろう。

電話のあとで、改めて、先日会ったエマニュエルとアンリアンヌにメールする。ジェラール・フィリップ研究を進めているエマニュエルは、仕事が忙しくてお疲れのようだったが、ジェラール・フィリップの家を訪問するのは黄金の機会だからぜひ生かして、できれば写真を撮ってねと言ってくれた。

本当に、滝に打たれるように幸せがやって来る。

別の相互フォローのベティーナも、アメリカに住んでいるが、もしかして十月の末に夫君とパリに来るかも知れないと連絡をくれた。

リヨンの若い研究者の歌人百合絵さんにも連絡が取れてうれしい。

というのが昨日までの顚末である。

さて、勉強。

なかなか進まないうちに時間が来てしまった。ホメロスはいつも新鮮で面白いけれど、語彙や文法がとてもむずかしい。

今日は乞食の老人に変身しているオデュッセウスが、本物の乞食に喧嘩をふっかけられて、肌脱ぎに裾からげで下帯ひとつになる場面。戦場で鍛え抜いた逞しい腿や腕や胸が姿をあらわすと、相手の乞食は震え始める。

終わるともうすっかり疲れてしまい、血圧も上がったので、ソルボンヌの先生にメールを出して授業をお休みする。

メトロでサン・ジェルマン・デ・プレに出かける。お天気が良くて気持ちがいいが、カフェ・フローラでは鼻であしらわれ、サン・ジェルマン・デ・プレ教会の隣の公園のベンチに座る。ここでサンドウィッチやサラダのお昼ごはんをすませる人がたくさんいる。

中国人の店員さんがいる北欧の洋服や靴のお店で、可愛いケープを見つけたが、高い上に重い。エンポリオ・アルマーニのウィンドウのグレー地に大きなチェックのロングコートは素敵だったが、お値段もさることながら、あれを着てメトロには乗れないだろう。私が来たら、きっとコートが歩いているようになってしまう。

公園に来ると、デニムのシャツを着た純白のポメラニアンが走り回って飼い主が困っている。さくらと同じくらい美人だった。

駄目だろうと思って今度はドゥマゴに行くと、予想外にも陽の当たるテラスに座らせてもらえた。もうフローラは嫌いだ。

パリで見ていると、男性もパンツが細く脚のラインに添っている人が多いと思う。

昔、ロンドンでトランジットをしてパリに来た時、英国紳士とは違う、スーツの何とも言えない粋な着崩し方が目についたのを覚えている。フランス人の先生に話したら、もう今ではあまり変わらないよと言っていたが、やはり大英帝国とフランス共和国とは違っているだろう。

やがて注文を取りに来たので、パフェのつもりでカフェ・リエジョワを頼んだら、ウィンナコーヒーが来た。それも美味しかったけれど、この前食べたクープ・デ・ドゥマゴをもう一度頼んで食べた。今日はお天気が良くてテラスは暖かい。

心ゆくまで雰囲気を味わうと、ギャルソンが片づけにやって来た。お勘定を頼み、ほんのわずかながらチップを渡すと感じ良くお礼を言ってくれた。

今日は寝不足で体調がいまひとつなので、メトロですぐホテルに帰ってしばらくお昼寝する。夕方、コインランドリーに行ってからカフェに出かけようとふとドゥマゴのレシートを見ると、カフェ・ヴィエノワと書いてある。私の発音が悪いので、リエジョワがヴィエノワと間違えられたのである。恥ずかしい。発音の勉強も大事だと痛感する。

コインランドリーには小銭が必要なので、手持ちの五ユーロ紙幣を崩すためにお水を買う。今日はできるだけコインがほしいから炭酸抜きのいちばん安い水である。

モンターニュ・サント・ジュヌヴィエーヴ街のコインランドリーに行って、これまたいちばん安い機械を選ぶ。最初はコインを入れてもさっぱり動かず、またやられたかと思ったが、なぜかキャンセルを繰り返すうちに洗濯が始まった。ひねくれた洗濯機だが助かった。

洗濯が終わって帰る途中、ゴダール特集をやっている映画館を見つけた。ホテルのすぐ近くだし、今度の土曜日に来よう。

今日はカフェまで革ジャンを脱いで行かれるほど暖かい。野菜スープとよくわからない鶏肉のお料理を頼んだ。レモン味らしいのが頼りである。

野菜スープは昨日と同じ南瓜の裏漉しだったが、あっと驚いたのがメインディッシュの鶏肉である。ブロシェットだからよく考えれば串焼きなのだが、串に刺さってお醤油に良く煮たソースがかかっているところは、どう見ても焼鳥である。おまけに白いお米が付いていた。お味は良かったが、笑いそうだった。

すると顔見知りのベテランのギャルソンが来て、レモンのタルト食べる？　と言ってくれたので、ほしいです！　と答えた。これがレモンそのものの感じで酸っぱくて私好みだった。

最後の一切れだったらしく、次に来た人はもう無いと言われていた。

今日はエスプレッソを頼んで、のんびり過ごす。お隣のレストランのテラスでは、大きい犬と小さい犬が連れられて一緒に来ている。幸せそうだ。犬のいるパリが好きだ。

タルト・オ・シトロン死後も食むべしテーブルの下に座らむ白犬のわれ

九月二十三日　パリ

よく寝たので元気である。

今日はまたピンクのセーターにデニムのパンツ。マフラーで変化をつけるつもりだが、やっぱりセーターがもう一枚ほしい。できればカシミア。昨日はサン・ジェルマン・デ・プレで北欧の赤いセーターを見つけて気に入ったが、まだ他にも探してみよう。

パリジェンヌはほとんど黒ずくめだが、髪や目の色にくっきりした個性があるから際立つと思う。アジア人の黒髪と黒い目に黒はぴったりだが、それだけに一様に見えるような気がする。

パリ独特のファッションがどんどん気になるので、われながら驚く。遠い昔はファッション学校で働いていたけれど、全く興味はなかったのに、人間はわからない。

学校に着いた。昨日はお休みしたので、無事来られて良かった。

受付のマダムが、若い女子学生にマダム、マダムと呼びかけている。学生時代にはマドモワゼルという言葉が生きていたので、私はいつもマドモワゼルだった。

女性だけ未婚既婚で呼び分ける不平等な制度がなくなったのはいいが、王侯貴族の女性がみなマダムと呼ばれる十七世紀古典悲劇を勉強していた私には、学生たちが悲劇の登場人物のお姫様になったようでお芝居がかった微笑ましい感じがする。

発音の授業で先生に昨日のドゥマゴ事件を話したら、カフェ・リエジョワとカフェ・ヴィエノワはあまりに違うので、そのギャルソンの耳が悪いのに違いない、替えてもらえば良かったのに、と先生はおっしゃった。そうかしら。でも、天下のドゥマゴで、運ばれて来たウィンナコーヒーを突っ返す勇気は私にはない。対応も良かったし、美味しかったし、まあいいとしよう。

今日はむずかしいRの発音で、私が木曜日は出られないと言ったら、先生が金曜日に延ばしてくださったのである。最初は発音の勉強は面白くないと思っていたが、今は大好きだ。

フランス語の授業は筆記試験だった。これから試験が増えるらしく、月曜日はお休みしますと言ったら、先生はとても困った顔をなさった。でも、どっちにしても学期の途中で帰らなければいけないので、どうしようもないのである。学校も楽しいが、またすぐにフランスに来られる保証はないのだから、思い残すことがないようにしなければならない。

帰りたくない。帰らなければならない。授業中にこの悩みをメールで歌の友達の里子さんにぶつけてしまって、申し訳ないことをした。でも本当にどうすればいいのだろう。もう家であの寂しい暮しに戻るのはいやだ。フランスなら寂しくないわけではなく、むしろもっとずっと孤独だろう。でも、何かが違うのである。

カフェでランチのあと、オルセー美術館に向かって歩き出したつもりだったが、いつまで経っても辿り着かない。途中で親切そうなマダムに訊いてみたら全くの反対方向だった。教えられた通り歩いたらすぐ着いた。

三回目のオルセーである。今日はムンク展だけ見るつもりだが、チケット売場でムンク展一枚お願いしますと言ったら、十四ユーロで普通のチケットをくれたから関係ないらしい。

ムンク展は凄い人だった。と言っても、入口の方の代表作に偏っている。脚を固く閉じた少女の『思春期』とか、あまりにも有名な『叫び』とか、抱擁する男女の顔が溶けてひとつになっている『接吻』とか。

衝撃は本当に強いが、こうした一種の狂気の表出はそれが癒えた時どうなるのだろう。

後半のムンクの作品は、構成的に初期の作品を拡大再生産した感じで非常にうまくなっているが、奥に揺らめく生命のエネルギーはもはや涸《か》れているような気がする。

素人の見方に過ぎないが、絵の中に意味性を求めることの陥穽を知らされるようだ。絵画そのものの自律性に向かった人々はそう考えたのではないだろうか。

では、短歌はどうなのか。直接言語に拠っている短歌は、どんな作品でも意味性から自由ではない。そして、短歌のための短歌など、不毛なものになりがちだ。

オルセー美術館を出て駅に向かうと、メトロの階段の隣に、有名なアルバン・ミシェル書店があった。せっかくなので入ってみる。

もちろんフランス文学がいいのだが、もう家にたくさんあって読みきれないので、ふと思いついて、大好きなドストエフスキーの仏訳を探した。するとフォリオとバベルの二つの文庫があるので、書店のムッシュに違いを質問すると、フォリオは最初の仏訳で、バベルは最新のより原文に近い訳だと教えてくれた。岩波文庫や新潮文庫と光文社古典新訳文庫のようなわけか。ではバベルの方が読みやすいですかと訊くと、そう思うと言ってくれたので、『白痴』上下二冊と『カラマーゾフの兄弟』第一巻を買った。うれしい。早速読もう。

今日は暖かくて、セーターに革ジャンでは汗が出る。ホテルに帰ってカフェに行くために着替えた。パリで買ったラメ入りのストライプのチュニックに持って来たデニムパンツ。これはお気に入りの組み合わせだ。

今日は若いギャルソンとベテランのギャルソンと両方いて、若いギャルソンの方がサービスしてくれたのだが、ベテランのギャルソンはわざわざボンジュールと言いに来てくれた。南瓜のスープとステーキとコーヒーアイスクリーム。きれいに食べてお勘定をすると、調理場からシェフが出て来てありがとうございますと日本語で言ってくれた。ベテランのギャルソンは今日は三百四十五ユーロだよと言う。わかったと言うと笑って三十四ユーロだと教えてくれた。二人のギャルソンに、また明日ねと言って別れる。

毎日毎日、ひと月以上も通っていれば、お互いに人情が通うし、いつも家で一人でごはんを食べていた私にとっては天国である。一人という自由は確保したまま、みんなが見守ってくれるのだから。

たとえまたパリに来て暮らしても、こんな楽しい思いをするのはなかなかむずかしいかも知れない。期間限定の旅だからこそできるのだろう。毎晩カフェでごはんを食べるのは、ずっととなれば経済的にも大変である。でも、他をできるだけ切り詰めれば不可能ではないだろう。お店の主人と話すために時々杖をついてやって来る年配のマダムがいて、もうかなりのお年だが、店の誰もが優しく応対している。こういう感じが日本とは微妙に違う。このマダムこそ明日の私ではないか。

カフェの壁には、大きくコスモと書いてあった。ならば私の勘違いで、お店は全く変わっていなかったのか。謎である。

ポタージュのうちにひそみてわがために血を流す神、人參の神

九月二十四日　パリ

今日はゆっくり寝て、近所のシネマにゴダールを観に行く予定。起きてシャワーを浴びて、日本から持って来たお気に入りの黒の夏の半袖ワンピースにシャツを組み合わせて、朝食に行く。地下食堂からまっすぐ階段を上がると、受付は親しい女性で、映画に行くことを話すと、水曜日に展覧会に行くからどう？　と誘われた。

パリで初めてのお友達との外出だ。何の展覧会かわからないけれど、喜んで行くことにした。まだ名前も知らないが、一緒にお茶もできるだろう。うれしい。

勇んでシネマに行くと、まだ重いシャッターが下りていて、上映は午後二時からだった。『気狂いピエロ』『勝手にしやがれ』『軽蔑』の三本を続けて観るつもりだ。

いったんホテルに引き返して、寒いのでワンピースの下に白のタートルネックを着る。

少し昨日買ったドストエフスキーを読んで、ロシア語を復習して、いつものカフェでお昼を食べて、それからゴダールを観よう。

パリの休日である。

たかこさんは以前ニースに短期留学したので、ニースとカンヌの小旅行について相談する。十月の第二週に、できれば三泊四日くらいで行って来るつもりである。ニースはパリからTGVで六時間近くかかるので、一日目は観光できない。二泊して地中海や旧市街やマチス美術館、シャガール美術館などを見て、次の日にカンヌに行って一泊してパリに帰る。パリのホテルは全額前払いなので、もったいないけれど、自分の部屋をそのまま確保しておけるのは便利である。

たかこさんはホームステイ先のマダムや学校の友達とてもいい関係だったようで、それもまた人徳である。図々しいくせに神経質な私は、ホテルの居心地良さに慣れてしまったので無理だったが。

カフェは開店したばかりである。顔は知っているギャルソンに、クロックムッシュとペリエとカフェ・アロンジェを頼む。外は寒いが、テラスでビールとワインを飲んでいる二人がいる。体質的に耐性が違うのだろう。

食べ終わると、もう一杯カフェ・アロンジェを頼んで、映画に行くので二時までここで待たせてほしいとマダムに言う。このマダムには初めて会った。

土曜日のお昼なので子どもが親に連れられてやって来る。子どもの甲高い声のフランス語はたどたどしく聞こえるが、人称や数など文法を見事に使いこなしている。接続法はまだかも知れないが。

私は日本語をどうやって覚えたのだろう。おしゃべりでおしゃまな子どもだったらしい。

ロシア語の教科書とドストエフスキーを持って来たのだが、ロシア語はもうすっかり忘れている。「住む」と「待つ」が似ていてどうしても混同してしまう。自分も情けないし、真剣に教えてくださる李先生にも申し訳ない。

だが、ウクライナ戦争に行き詰まって、予備役に動員がかかったロシアの状況はいったいどうなるのだろう。今は何世紀なのか。

フランス語のドストエフスキーは、フランス文学より易しくて、辞書なしですいすい読める。日本語で読むよりも自然だが、フランス語という極度に文学的に洗練された言語と、ロシア語の関係はどうなのだろう。スラブの魂はフランス語で表わせるのだろうか。

さてゴダール。一時半頃にカフェを出て、ホテルと同じエコール街のシネクラブの前で待っていると、女性がやって来てシャッターを上げて中に入った。良かったと思う間もなく、シャッターはまた下ろされ、マダム、マダムと声をかけても気がつかない。

やっと二時前になって入れると思いきや、マダムは二時半始まりだと言う。それでも、三本観たいと言うと、一日中いるつもりなんですねと微笑んで入れてくれた。だが、最初は全然人が来なくて、さしものゴダールもたちまち忘れられてしまったかと思ったら、『気狂いピエロ』の開始時間が近づくと共にどんどん集まり、ついにはほとんど満席になった。

この映画は以前買ったゴダールのＤＶＤボックスに入っていたので、家で二回観たが、劇場で観るのは初めてなので、少し慣れた聴き取りも含めて楽しめた。マリアンヌのアンナ・カリーナに圧倒的な魅力がある。しかし、ジャン＝ポール・ベルモンドのフェルディナンを動かしてゆくマリアンヌも最後にフェルディナンの手で撃たれてしまうところに、どうしようもない男の欲望を感じる。むしろそれを自覚して表出するから、ゴダールは凄いのだろう。台詞の文学趣味はスノッブな感じであまり好きではないが、とにかく映像は美しい。

次は『勝手にしやがれ』。これは学生時代のアテネフランセを始め何度も観ているし、最後の『軽蔑』がお目当てだから、余力を残して気楽に観よう。

と言いながらも、やはり抜群に面白いので、夢中で観てしまった。ベルモンドが若くてエネルギーに溢れているし、ジーン・セバーグの水仙のような清冽な美しさも好きだ。

愛の不可能性と言うよりも、これは暴力的な愛だと思われて、その愛の在り方を相対化するような視線を感じた。

パトリシアがミッシェルを愛しているかどうかわからない、もうすぐわかると言うと、ミッシェルがいつわかるんだ、ひと月あとか一年あとか、と答えるが、これはラシーヌの『ベレニス』の有名な台詞であり、それを題名にしたフランソワーズ・サガンの小説をも同時に思い出させる。こうした本歌取りの手法もいかにもフランスで、良くも悪くもインテリの存在する世界だと思う。

そしていよいよ、ブリジット・バルドー主演の『軽蔑』が始まったのだが、目が疲れて頭が痛くなったので、とても残念だったが、引き揚げてカフェで夕食にした。明日はガルニエでオペラだし、明後日はジェラール・フィリップ邸にお招きにあずかったので、疲れては絶対困るのである。明日の夜も『軽蔑』があるが、ちょっと無理かも知れない。

カフェに入ってベテランのギャルソンに、お昼も来たと言うと、うちはホテルはやってないからね、と笑った。

スープが売り切れて、ハムとチーズ入りのオムレツと、デザートに初めてムース・オ・ショコラを頼んだ。ムースが小さな器なのに、食べると凄い量で大変だった。

もう八時なのですぐお勘定をして、明日はお休み？　と訊くと、次の金曜日がお休みだと言う。その日は僕のうちに来て食べればいいよ、と若いギャルソンが言ってくれて笑って別れる。

「輕蔑」のBB《べべ》の肉體ふらんすの山河のごときにくちづけて去る

九月二十五日　パリ

今日は憧れのガルニエ宮で『シンデレラ』のオペラを観る。この間買った大胆なコートドレスを着ようかと思ったが、パリで買った黒地のワンピースが一回しか着られないのも残念なので、今日はもう一回それを着ることにする。暖かい衣類は文字通り先のために温存しておきたい。

昨日映画を諦めたのが幸いして、今朝は元気である。実は『軽蔑』は今夜九時半からの上映もあるのだが、いくら危険の少ないカルチエラタンと言っても帰り道も怖いし、明日は大事なジェラール・フィリップ邸訪問だからやめておこう。そのために列車のチケットを予約しようとしていたのだが、なぜかどうしても進まない。きっとごく簡単なところでつまずいているに違いないのだが。

オペラ駅は、カルディナル・ル・モワンヌからだと、ラ・モトピックケで乗り換えて八番線でまっすぐである。ちょうどお昼なので、オペラ座のすぐそばの有名なカフェ・ドラ・ペに入って、今日はクロックマダムとペリエを頼む。本当は生牡蠣が食べたかったのだが、レストランは十二時半からだった。それに、万が一当たったら、明日行かれなくなってしまう。

このお店のクロックマダムは、クロックムッシュの上に丸い目玉焼きが載って、フライドポテトを付け合わせたシンプルなものだった。お味は普通。でも、案内してくれた若いマダムが、万事よろしいですか？　とにこやかに訊いてくれた。これはとても大事で、多少高くても、お味が普通でも、微笑みはすべてにまさる。食べ終わるとカフェ・アロンジェを頼んだ。

今、十二時を過ぎたところ。オペラが始まるまでに二時間あまりある。今日は二十度を越えて割合暖かいので、それまでこのテラスで過ごすのは悪くない。ワンピースを着て良かったと思う。向こうの席の若い女性は上着を脱いで、肩をあらわにしている。

ちょうど席の隣に鏡があって、自分の顔が映っている。お化粧をしない肌が青黒くて、縮緬皺がある。これでは、いくら年を隠しても無駄だなあと、しみじみ感慨に耽《ふけ》った。

ずっといるつもりだったが、お勘定がテーブルに置かれたので、コーヒーを飲んだら出て、ちょっとお散歩しよう。

向かい側には、バッグで有名なランセルがあった。入ると愛想良くボンジュールと言われるけれど、冷やかしは顔でわかるだろう。一目でブランドと知られるバッグなので、こんなものを持っていては怖くてメトロには乗れない。

その先には若者向きの洋服のお店ツァラがあって、お値段は手頃だが、これは若さのスタイルとパワーで着ないとみっともない。

今日のワンピースは、マダム向きの小さなお店の品だから、その意味では着ていてもそう浮いた感じではない。

そのうち思いついて、オペラ座のブティックに入ると、オペラやバレエのＤＶＤもたくさんある。できればオペラ座の舞台を映したものがほしいと思って、売り場のムッシュに尋ねると、わざわざ出て来てとても親切に教えてくれた。単にメルシーボークーでは気がすまないので、普通はヴーゼットトレジョンティ（あなたはとてもご親切です）と言うところだが、思い余って、ヴーゼットシャルマン（あなたは素敵です）と言ってしまった。いや、当たり前のことだから、とムッシュは照れていた。

日本にオペラ好きな友達がいると言うと、コロナで日本人は全然オペラ座に来なくなってしまったと嘆いていた。日本は厳しいと言う。そうだったのか。

少し待つといよいよオペラ座の中に入れてもらえた。演劇評論家の村上さんが憧れていた通り、壮麗な建物である。今は先日行ったバスティーユのオペラ座ができたので、ガルニエはバレエが中心らしいが、やはりオペラはここで観たいものである。

チケットのコピーを出すと、三階の左と言われたので、ここが三階かとマダムに訊くと、フランス式なのでもう一階上で、その階段を上がってくださいと切口上で言われてしまった。やっと席に着くと、この上が天井桟敷だが、シャガールが描いた天井画が

美しい。シャガールは好きではないけれど、やっぱりいい。
そしてオペラが始まると、歌の前に、オーケストラの音が何とも柔らかく優しい響きでこの三階席に届くので驚いてしまった。先週のバスティーユは一階席だったから、音がどう上がってゆくのかはわからなかったし、音楽は全く無知なので間違っているかも知れないが、昔のオペラ座の音はどことなく違うような気がする。
オペラは何度か行ってもなかなか馴染めないままなのだが、演劇としてよりも音楽の魅力にうっとりしたのは初めての経験だった。
何しろ、『シンデレラ』に『王子と乞食』を組み合わせたようなもので、物語は至って単純でコミカルなのである。シンデレラが召使に変装した王子と恋に落ちて、王子に渡したブレスレットからそれとわかり、お妃になって意地悪な姉たちや厳しい父を許すというだけのことなのだが、歌手の声が実に素晴らしくて陶酔した。

終わってからの歓声も、これはバスティーユの時もそうだったが、インテリの教養としてではなく、いかにも楽しんでブラヴォーと言っているのが羨ましかった。昔の歌舞伎の大向こうもそうだったはずである。

お隣のマダムはオペラ通らしく、笑ったり何か呟いたり、それだけでこちらも雰囲気に浸ることができた。それに、オペラには関係ないが、私と同じくらいか少し上くらいのお年とお見受けしたが、ウエストをマークした洋服がお似合いで、体型がきれいなのである。そこは何とか見習いたい。

終わってからもう一度売店に行ってほしいものを買い足し、メトロでまっすぐに帰ると、ルモワンヌの駅では小雨が降っていた。そのままカフェで食事をする。

今日サービスしてくれたギャルソンには、お客さんはヴァカンス？　どこの出身？　と訊かれた。お見通しなのである。旅行者でなければ、普通、毎日カフェでごはんは食べない。日本だと言うと、美味しい、と日本語で言ってから、パリのごはんは美味しいか、とフランス語で訊かれた。もちろん美味しいと答えたが、何となく寂しい感じがする。旅だということは忘れたいのに。

いつものギャルソン二人は興醒めなことは言わないから好きだ。微妙な感覚だが、そういうところで人の心は動いてゆく。

若いギャルソンはテーブルに来て、元気？　と言ってくれた。黙って聞いていると馴染みの客にはみんな言っているようだ。なるほどねと思う。帰りには、またね、と言ってから、お勘定がまだだね、またねじゃないよと笑った。パリのギャルソンは、役者に似ている。

オペラいでて抜き身の一人きらきらしローブに包むうつそみは銀

ジェラール・フィリップ邸へ

九月二十六日　パリ

今日は母の誕生日。生きていれば九十九である。まだ百歳にはならないのかと思うと、時間の流れが意外に遅いようで不思議だ。

ジェラール・フィリップ邸を訪ねる日である。今日こそ、この前買ったおしゃれなコートを着る。

たかこさんとメールすると日本は暑いそうだが、いったいどうなっているのだろう。日本の暑さもフランスの寒さも異常である。

里子さんはもうすぐイタリアである。旅好きな彼女は、旅している時がいちばん自分自身でいられると言う。

私は旅好きではないけれど、フランスでよくわからないフランス語の中にいると、母国語に縛られた自分が解き放たれるような気がする。母国語とは母との絆で、時に苦しく重いのである。

百舌鳥のごとく小さく猛きははそはの母よわれはもそを運ぶ風

だが、母の力を再認識させられる出来事があった。セルジイの駅に早く着いて、コーヒーを飲んでバゲットのサンドウィッチを食べ、約束のエスカレーターの下で、マダム・アンヌマリー・プチジャンを待てども待てどもやって来ない。ホームに入り直しても会えないし、電話をかけても全然つながらず、もう今日は駄目かと思ってまた来ると、雨の中に金髪に黒い服の女性が人待ち顔に立っている。すぐさま駆け寄るとやはりアンヌマリーだった。

神様と言うより、やっぱり今日が誕生日の母が念力で引き合わせてくれたに違いない。何しろ母は、満開の桜を全部散らす嵐と共に、私に見送られて灰になったのだから、並の念の人ではないのである。ありがとう、ママ！

アンヌマリーも私も傘を持たず、かなりの大雨の中をずんずん歩いて、まず彼女が教授を務めているすぐ近くのセルジイ大学に行き、私はトイレに行ってから彼女の車に乗せてもらった。

ジェラールは、わずらわしいジャーナリズムから逃れて、家族との生活を楽しむためにパリのアパルトマンと別に、まだ田舎だったセルジイに家を買ったそうだ。途中でその昔の村や教会も見せていただいた。

家に着くと、見渡す限りの敷地の広さに驚いた。ジェラールが大スターの時代で、それだけ稼いでもいたのだろうが、ハリウッドスターのビバリーヒルズの邸宅のような贅沢さではなく、あくまでも自然でシンプルなところがどこまでもジェラールである。すぐ向こうは川で、流れに沿って薔薇の生垣がある。今日も少し花が咲いていた。あとはたくさんの木々で、林檎の木があると言うので、私はプルーストに出て来る林檎の花の美しい情景を連想した。信頼する庭師の家も中にあって、やはり日本では想像のつかない暮らしぶりである。

家は現在セルジイ市が管理していて、工事中なので、ジェラールの使っていた家具類はなかったが、ここが暖炉のある家族の団欒の部屋、ここが寝室、ここが屋根裏部屋、と次々に見せていただくと、ジェラールの息遣いが今も感じられるようで、素晴らしい体験だった。工事の完成と一般公開は二〇二五年だそうで、今日案内していただいたのは、ひとえにアンヌマリーのご厚意と尽力のおかげなのである。

私たちは長年の知己のようにジェラールのことを語り合った。ヌーヴェルヴァーグのために一九五〇年代のフランス映画が一気に時代遅れなものとして片づけられたことを共に憤り、舞台の映像化を好まなかったジャン・ヴィラールのせいでジェラールの舞台をもはや誰も見ることができないのを共に嘆き、このままジェラールを忘却の彼方に追いやってはならない、多くの人にジェラールを知ってもらわなければならない、と意見が一致した。

彼女は発足してまもないジェラール・フィリップ協会のメンバーでもあり、私がパリで会ったジェラールファンの友人たちのことを話すと、ぜひ協会に入って協力してほしいと目が輝いた。

私もジェラールの生誕百年記念でフランスにやって来たのだから、これこそご縁というものである。アマリーとフランス式のビズをして、駅で再会を誓って別れた。

老ゆるなきジェラール・フィリップ純白の林檎の花とともはに咲くらむ

九月二十七日　パリ

昨夜は早く寝てしまった。カフェでは今日はずいぶん早いね、とベテランのギャルソンが腕時計を見て笑った。何か外と揉《も》め事があったらしくて、緊迫したフランス語が飛び交っているが、そうなるとさっぱりわからない。

どこに住んでるの？　とベテランのギャルソンに訊かれて、ホテル・カルチエラタンだと言い、何してるの？　と言われて観光だと答えると、長いヴァカンスだね！　と彼は驚いた。さすがに観光客の多いパリでも、こんな長期旅行者は少ないのかも知れない。今度訊かれたらもう少し詳しく話そう。

注文した鶏肉の煮込みがもう売り切れでオムレツとコーヒーアイスクリームにした。また明日ね、と若いギャルソンが普通に挨拶してくれる。

アンヌマリーにお礼のメールをしたのだが、Amarie と書かれたアンヌマリーをアマリーと勘違いして失礼なことをしてしまった。フランス語の勉強がまだまだ足りない。

アンリアンヌとエマニュエルの二人にジェラール・フィリップ邸のことを写真付きで報告し、ジェラール・フィリップ協会に入ってほしいというアンヌマリーの意向を伝えた。

興奮が収まらずアンリアンヌに電話もする。ニースとカンヌに行くと言うと、彼女はリヨンから続けて行けば、と言ってくれた。その方が交通費が安くて済むと言う。それも一案だ。だが、そうなるとせっかくお金を払ったホテルを続けて空けることになるし、第一大好きなギャルソンたちにずっと会えなくなる。私はやはり別々に行くことにした。

夜中に目が覚めて、パリからアミアンの往復チケットを予約した。今日は学校を休んでアミアンの大聖堂を見に行く。もうソルボンヌはずっと行かないかも知れない。もったいないけれど、勉強よりもっと大事なものがある。フランスそしてパリを生身で感じることだ。それだけは日本ではできない。

今日はパリで買ったラメ入りストライプのニットにデニムパンツで、これもパリで買ったダウンジャケットを初めて着る。今日も雨だし、きっと寒いだろう。

日本では国葬だ。厳戒態勢に違いない。ロシアや中国のような強権国家にならないといいが。

パリ北駅から列車に乗った。アミアンは一時間ほどである。ソルボンヌの先生方やクラスメイトにご挨拶のメールを送った。もう学校には行かないけれど、久しぶりの学生生活は文句無しに楽しかった。みんなの幸運を祈る。韓国人のミルとブラジル人のリュシアンがすぐに返事をくれた。

たかこさんといつものようにメールしているうちに、広大なフランスの田園地帯を通って、アミアンに着いた。

駅前にタクシーが並んでいる。先頭の車の運転手さんに、カテドラルは遠くですか？　と訊くと、歩いて五分だけど、乗せてあげてもいいですよ、と言う。申し訳ないが、お礼だけ言って歩き出した。道の案内には、歩いて九分と書いてある。どちらでもいいが、どの方向に行けばいいのか。

例によって迷っていると、目の前に地図があり、それを参考に行ったが、どうも逆方向にそれらしい尖塔が見える。そばに立っていた若い女性に、カテドラルはこちらですか？　と言うと、鼻をかんでいたその人はにっこりして、ええ、見えるでしょうと指差した。下手な考え休むに似たりであった。着くと驚くほど大きい。フランスでいちばん高いカテドラルらしい。入ると、中は美しいと言うよりは、ひたすら壮大である。神と一体になった教会の絶対的な権威を思わせる。

シャルトルやランスのカテドラルよりも言ってみれば大味だが、大仏殿にお参りしているようで、とにかく圧倒される。ぐるりと回って一面のステンドグラスの前に立った時、ちょうど正午の陽光がガラスの向こうから差し込み、神の顕現のようだった。中世の人々、いや現代でも、この光は人を祈りに向かわせるだろう。少なくとも私はそのように感じる。

なぜかその時、三島由紀夫の『豊饒の海』の第二巻『奔馬』の有名な最後の場面で、主人公が自分の腹に刃を突き立てた瞬間に昇った太陽を連想した。日本文学の古典に範を取りながら、極めて西欧的な構築性で、カテドラルでの連想にふさわしいのが三島由紀夫の面白いところである。

東洋人の女性が近づいて来て、写真を撮ってほしいと言うので、日本人ですか？　と訊いてみたら韓国人だと答えた。心を込めて三枚撮ってあげた。

アミアンの大聖堂を狂院となして囚はれの蝶が舞ふなり

向かいのレストランでサーモンマリネの昼食をすませて戻ったが、威圧するような天井を見あげているうちに怖くなって来る。狂え狂えと言われているようだ。それなのに、どうしてもここから逃げることができない。

ようやく出るとまた、壮麗天を突くファサードの前にしばらく石のベンチに座って動けない。この体験は何なのか。

雨上がり雲流れつつアミアンの大聖堂は進み來たるを

青空が輝き、流れる雲の動きで大聖堂は私に迫って来るように見える。あるいは本当に。

パリに戻ると、発音の先生があなたが来ないなんて寂しい、これからも発音の録音を送ってあげましょうかとメールをくださった。ありがたくお言葉に甘えて録音をいただくことにする。この先生は活発で明るくて大好きだった。苦手な発音の授業も先生のおかげでとても楽しかった。クラスメイトのジャスミンとハービンもメールをくれた。素直にうれしい。

昨日のアンヌマリーも優しいメールをくださり、お名前を間違えたことも寛大に許してくださった。良かった。

いつものカフェではエスカルゴが出ていたので早速食べてみた。エスカルゴはたぶん学生時代にフランスで食べて以来である。たしかカエルも食べた覚えがある。

エスカルゴはニンニクの効いたクリームソースでとても美味しかった。お昼がサーモンだったので、夜はステーキのつもりだったが、このクリームソースにパンを浸して食べたらすっかり満足してしまった。デザートに何か新しいものを食べようと、ミラベルのタルトといつものコーヒーアイスクリームの両方を頼んだ。それに、黙っていても、カフェ・アロンジェかな？　と若いギャルソンが言って、持って来てくれた。

タルトは日本のおからに似た面白い味だった。お勘定の時、若いギャルソンは、美味しかったでしょう、うちのシェフは腕がいいんだから、とてもこうは行かないよと、言っていたような気がするのだが、定かではない。打ち解けて話してくれるのはありがたいが、そうなると聴き取りがむずかしいのである。

さて、明日はどこに行こうか。

九月二十八日　パリ

最初はまだ行っていないサクレクールに行くつもりでメトロに乗ったのだが、オデオンとシャトレで乗り換えると、ちょうどルーヴルに行かれるので、このままルーヴルで一日遊んで、あとはシャンゼリゼに行ってみようかな、と考えを変えた。

ルーヴルは入場まで一時間ほど待つけれど、もう学校も行かないのだから、時間は大丈夫だ。今日はイタリア絵画をゆっくり見て、この前見逃したカラヴァッジョの『マリアの死』を見るつもりである。

ルネサンスのイタリア絵画は本当に面白い。

相変わらずレオナルド・ダ・ヴィンチの作品にはそこだけ暗い泉が湧いているようで惹きつけられるし、ラファエロもやっぱり美しさの中に強さがある。

ラファエロと言えば、有名なアテネの学堂の、プラトンとアリストテレスを描いた絵が見たいけれど、キュレーターさん数人に訊いてもわからず、最後に訊いたマダムは、それはここには無いと思うと教えてくれた。

ならば何としても、デプレ先生に習ったカラヴァッジョである。先日、「あなたももう元気で帰国されたことでしょう」とデプレ先生はメールをくださった。まだあとひと月パリにいますとお答えしたので、驚いておいでかも知れないが、オンラインのおかげでどこにいても授業が受けられる。

カラヴァッジョがリアルな貧しい農婦としてマリアの死を描き、教会から受け取りを拒否されたという曰《いわ》く付きの絵である。

あちこち探して、もう見つからないかも知れないと帰りかけた時、振り向くとその絵はあった。とても大きくて壁の高さいっぱいである。マリアの表象につきものの青い衣ではなく、赤い服で、太りじしの身体を横たえ、首を垂れ気味に、その女は死んでいる。神秘のかけらも無い姿だ。

その隣に別の画家の眠っている聖家族の絵もあって、そこではヨセフが下町の親父さんのようである。マリアも神聖な匂いはしない。

今見るとカラヴァッジョの天才が孤立していたようだが、きっと古典に生々しい人間の息吹を吹き込む気運は高まっていたのだろう。

みんな死んでしまうとわからなくなる。

そしてまだ、『ミロのヴィーナス』を見たことがなかったので、一階に降りて行った。これが驚嘆の体験だったのである。

『ミロのヴィーナス』はもちろん美しいのだが、並んでいるギリシャ彫刻の自然な気品と技術の卓越には、人間は本当に進歩などしないものだと思い知らされた。しなやかな身体、見事な衣服、そして大理石の肌の輝き。これがギリシャだったのか。

展示室のいちばん奥には、また一段と高貴なオーラをまとった彫像が立っていて、それこそがアテネ女神像なのだった。兜を被って凜とした少年のような姿は、どこかジェラール・フィリップにも似ているような気がする。

美という存在の姿を見た。

たまかぎるほのかに憂ひおはしますアテネ女神はふらんすの地に

これでサラダを食べて、帰ろうかと思ったが、待ち時間も大変なので、なるべくいっぱい見て行こうと思った。イスラム美術を見て館内のカフェに入り、名物だというモンブランとコーヒーで一息ついて、今度はフランス絵画を見た。

デプレ先生に習ったジャン・フーケ作のシャルル七世の肖像画はパリに来て真っ先に見たものだが、圧倒的に多い宗教画を見たあとで見直すと、それらとの違いや共通するところが良くわかっていっそう興味がつのる。

また次に習う予定のクルエ一族のフランソワ一世の肖像画は、王者の威風堂々とした姿と、聖ヨハネに扮したものと両方が描かれていて、宗教画と世俗画が渾然一体となっている。

そして今日は北方絵画の部屋にも行ってみた。するとだんだんに、ルーベンスのコレクション、ヴァン・ダイクのコレクションが現れて、もう帰りたくないほど夢中になってしまった。

イタリアと北方の絵画が融合したフランス絵画は、フランスという国の在り方そのもののようだ。ヨーロッパの中心であり、エッセンスなのである。

今日は一万歩以上歩いたが、石の階段は滑るので怖くて、必ず手すりに手を置いている。実はメトロでもそうなので、もっと足を鍛えないとパリ生活はむずかしいかも知れない。

でも、ありがたいことに、持病の高血圧はまあまあ安定しているし、精神安定剤も、頓服は全く服用せずに過ごしている。パリにいることが心身にいいのだろう。

いつものカフェでは、今日は迷わずにステーキを食べた。ステーキというのは、当たり外れが少なくていいお料理だと思う。日本では特別高いので全然食べないが、大好きだ。

少しゆっくりしたい気分なので、食後のカフェ・アロンジェの二杯目を頼む。今日はあまり寒くない。

ここでは何でも美味しいからパリに来てすっかり太った、とギャルソンに言うと、それは僕のせいじゃない、と彼は答えた。ごもっとも。

九月二十九日　パリ

九月もあと二日で終わりだ。今日も寒い。

例のブティックの閉店セールで、掘り出し物の赤いセーターをウィンドウから見たので今朝は勇んでそれを買いに行く。このお店には本当にお世話になった。

ところがちっともマダムが来ず、シャッターが上がらない。もう閉店間際なので今日は来ないのだろうか、残念だと思っていると、そこに一人ムッシュが来て、「コレットを待っているの？　電話してあげようか？」と言う。

ありがたくお言葉に甘えると、親切にも、固定電話、携帯電話と探してくれて、マダムがあと十五分で来ると教えてくれた。こういう実践的な親切さはあまり日本では経験したことがない。しかし、フランス人が十五分と言うなら、まず三十分だろう。

まさに、三十分くらいでマダムは家のムッシュとやって来た。親切なムッシュは隣人だと言う。お礼を伝えてもらえるようにお願いした。

このお店で買ったラメ入りストライプのチュニックにダウンジャケットを着て待っていたのでマダムはとても喜んだ。早速荷物を置くと、いろいろ出してくれた。

見てみると、セーターよりもその向かい側にあった赤いワンピースがほしくなり、マダムに言うとこれはウール百パーセントだからものが良くて素敵、きっとあなたに似合うわ、と両方試着させてくれた。

まずセーターを着てみると、サイズや色柄はいいのだが、生地が麻で涼しい感触である。でも、ものは良さそうだ。ワンピースは赤に大胆なアニマル柄で、袖山にギャザーが入ったおしゃれなデザインである。これもちょっと気がひけるけれど好きだ。するとマダムは、ちょっと待って、これもこれもお似合いよ、と合成スエードのスカートとベロアのトップを出してくれた。どちらも黒。たしかに合う。

もう思い切って全部買おうと、計算してもらい、キャッシングに出かけた。二百六十ユーロ。四点だからそう高くはない。ところが、金額が一日の限度額を超えたらしくお金が出て来ない。仕方がないので、これも神様の思し召しと諦めて、マダムにセーターはやめて残り三点を買うと言うと、お取り置きするか、カードでもいいと言ってくれたが、ここはひとまずやめておいた。

マダムは、あなたが大好き、あなたが買ってくださってうれしいわと言う。短い間にたくさん買ったのだからそれはそうだろうが、お金だけではない人情も感じられる。私たちはビズをして、名前を教え合った。私が覚えやすいようにジャンヌと言うと、日本の名前は？　と言われ、教えると、私はコレットよ、とマダムは言い、もう一度挨拶をして私たちは別れた。

それからは勉強するはずだったのに、今日買った洋服のファッションショーをやり、コインランドリーに行って、帰るともうカフェに行く時間になってしまった。と言うとまるで仕事のようだが、カフェも私の生活の欠かせない一部なのである。

今日は絶対エスカルゴを食べようと思っている。そのあとに食べられるお料理と言えばオムレツくらいだ。そこでいつものチーズとハムのオムレツにして、あとはコーヒーアイスクリームとカフェ・アロンジェ。好きなものはだいたい決まってしまう。

ベテランのギャルソンに、ツイッターにアップした写真を見せて、こうやってお料理の写真を載せているからレストランの名前を教えてと言うと、コスモと彼は答えた。最初からずっとコスモだったのである。私がロワイヤルと勘違いしていただけだ。

お勘定の時に、本当はパリに住みたいけれどアパルトマンが高くてと言うと、カウンターの向こうから、アパルトマンを持ってる男を見つければいいんだよ、という声が返って来た。にこにこしている。ああ、彼もおじさんなのだ。私と同じくらいの年だろうか。仕方がない。

人生後半で苦しまないことを祈る。

暮れがたきカルチエラタン暮れしかばまだらの犬は悪夢を語る

九月三十日　パリ

いよいよ九月も終わりだ。

昨日買ったスカートが気に入って今朝も手持ちのピンクのセーターと合わせて履いている。結局買わなかった赤いセーターをどうしようかちょっと考えている。デザインは可愛いが、麻ではこれから寒いだろうか。

たかこさんは、気に入ったなら来年の夏のために買っておいたらと言ってくれたが、そこまでの余裕はないのだから、やっぱり無理だろう。

母が生きていて、この怒濤の買い物を見たら、私はきっと叱られるに違いない。ママが死んだらもう着物は買っちゃ駄目よ、と母は言っていたが、母が死んだら寂しくて、着物をこのペースで買ってしまった私である。

もう閉店で良かった。勉強しよう。

近所の修道院の建物に来ている。レストランにもなっているが、物音や話し声が簡素な石組みのゴシック式の天井に響いて、日常から一歩抜け出た雰囲気である。ここに雇ってもらえないものか。居心地がいいので、ここでお昼を食べることにした。

レストランの若いマダムに訊くと、今日のメニューを親切に全部説明してくれた。野菜のテリーヌ、薄切り鶏肉のスペイン風、クレーム・ブリュレにする。鶏肉のメインディッシュは、ぜひそれになさいと勧めてくれたものだ。そしてこれが大当たりだった。パエリアのようなお米のお料理で、ヴォリュームもあったし、とても美味しかった。これでエスプレッソを頼んで十六ユーロ。素晴らしい。お昼はまたここに来よう。

ラテン語はむずかしくて頭に入らず、何とか自分の受け持ちだけフランス語訳と付き合わせると、お出かけがしたくなった。やっぱりサン・ジェルマン・デ・プレである。いろいろ洋服は買ったけれど、ロングコートがないと脚が寒くて駄目だ。

以前ウィンドウで素敵なコートを見つけたエンポリオ・アルマーニに行くと、そのコートはまだあった。だが、ドアを開けると、いかにも一流店といった雰囲気の店員さんたちが場違いな客を一斉に見つめる。こういう時、外国人なのはいっそ気楽かも知れない。

コートを探しているんですと言うと、四角い顔のムッシュがどうぞこちらへ、固い表情で案内してくれる。これが地下で、私は階段が苦手なので手すりを持ってゆっくり降りたが、ムッシュは後ろから来て追い抜き、先に立つ。

サイズは？　と訊かれて、三十八ですと答えると、ではこの辺りでしょうと連れられて行ったところのコートは、見るからに仕立てのいいテーラードスタイルで、カシミアのような手触りだった。

実はウィンドウのコートを見て来たんですけど、お高いんでしょうねと言うと、持って来ましょうとムッシュは去る。その間に最初のコートの値札を見ると、千五百ユーロ！　これは駄目だ、逃げようかと思ったが、ムッシュに失礼である。

まもなくムッシュは数点のコートを持って来た。これですか？　と言うので、いいえそちらです、でも、ごめんなさい、今お値段を見たら私には無理でした、と言うと、ムッシュの四角い顔が真っ赤になって眉が怒りにきりきりと動き、歌舞伎の悪役の仁木弾正のような怖い顔になって、わかりました、階段までご案内しますと言う。階段のところで、ではさようならと言われ、今度は気楽に一人で上がって行った。一階で、ありがとうございます、さようならと店員さんたちに言うと、冷たいさようならが返って来る。義理にもまたおいでくださいとは言えないものだろうか。

だが、こんな高飛車な応対は、かつて銀座の高級呉服店でいやと言うほど経験したので、実はそんなにショックではない。そういう店はバブルがはじけて全部潰れたのである。

そのままずっと歩いて行くと、今は亡きケンゾーのお店がある。だが、ウィンドウを覗くと、ジャケットが千五百ユーロくらいだった。サン・ジェルマン・デ・プレでお買い物をするような柄ではないのだから帰ろうとも思ったが、ロングコートが無いと本当に困るし、品質が良くないと後悔するのも事実である。

するとあるお店で黒いダウンのコートが目に止まった。一か八か入ってみる。ボンジュールと言ってちらとお値段を見ると、何と二百八十ユーロである。間違いではないかと思ったが、マダムに挨拶するとイタリア訛《なま》りでどうぞ試着してくださいと言う。着てみるとぶかぶかで体が泳ぐ。

店員さんにそう言うと、いいえとてもよくお似合いですよ、これはそういうラフなスタイルです、うちはすべて一点物だし、このお値段はあり得ませんと力強く言う。気になるならベルトをすれば全然違いますと、ベルトを持って来る。なるほどパリではウエストマークのスタイルも多いが、そういう訳なのか。ちらっと他のコートを見ると、千ユーロはする。これは買うしかないだろう。

店員さんは喜んで、でも私がお勧めしたからじゃなくて、あなたがお気に入らなければと一応予防線を張る。大丈夫私が決めましたと言って、マダムにお勘定してもらい、カードが切れなかったらどうしようと思ったが、無事だった。マダムも店員さんも私もご機嫌である。これで冬までいても大丈夫だ。

大好きなサン・ジェルマン・デ・プレ教会に寄って気分を落ち着けてから帰る。これも習慣になった。

パリにいる間、いろいろなことを習慣にして自分に染み込ませたい。ホテルやカフェが自分のかけがえのない場所になったように、犬のようにパリのいろいろな場所に自分の痕跡を残したいのである。

ホテルに帰ってコートを広げると、ボタンが花模様で可愛いのに気づいた。うれしい。こんなことがうれしくなるなんて、パリに来る前は思いもよらなかった。自分が変わったのである。

今日はコスモがお休みだからヴェトナム料理を食べようと出かけたが、以前見つけたはずの店がどうしても見つからない。この前のシネマでまだゴダールをやっているので、軽く食事をしてまた観ることにした。

カフェ・アネックスというところでオニオングラタンスープを食べて、映画に行く。シネマのマダムもこの前の人だ。ここもまた何度も来よう。

今日は『彼女について私が知っている二、三の事柄』で、私にはちっとも面白くなかったが、わかりやすいフランス語だった。次は見逃した『軽蔑』を見に来よう。もう九時だけれど歩いて五分くらいでホテルである。夜も学生がいっぱいなので、この時間なら大丈夫だ。

このまま時間が止まってほしい。

大いなるコートの中にうつそみは胎児のごとく宿れるか巴里

国立図書館の美しい閲覧室

十月 Octobre

お芝居の季節

十月一日　パリ

今日は仲良しの叔母の誕生日である。お祝いのメールを送ると、なかなか返事が来ないので心配したが、やがて八十歳なんて信じられないという元気なメールが来た。

それはそうだろう。私も六十三歳なんて信じられない。気分はいつも乙女である。

久しぶりの堀尾先生の授業でみなさんにオンラインで会うのはうれしいが、肝腎のラテン語はぼろぼろで大変だった。でも、オウィディウスは、言葉と想像力が驚くほど飛翔するので楽しい。人間の根源的な状況を浮かび上がらせるホメロスとは全く違う魅力である。

ホテルの受付のお友達と、火曜日の午後に展覧会に行く約束をした。

それから、土曜日なのでおしゃれがしたくなって、買ったばかりの赤いワンピースとロングコートを着て出かけることにする。

いつものブティックを覗くと、マダムはムッシュと片づけとお掃除をしていた。挨拶すると、赤いセーターは良かったの？　と訊かれ、いいえ、でも見てくださいとコートを開けて見せるとマダムはにっこりした。そして涙ぐんで、あなたが大好き、あなたに会えて良かった、あなたは私の想像する日本女性そのままと言ってくれた。そして私たちは最後のビズをして本当に別れた。

どこへ行こうかなと思ったが、とりあえずオデオンに出て、乗り換えてシャトレからパレロワイヤルに来た。やっぱりコメディ・フランセーズだ。

チケット売り場の男性はとても親切で、日本が大好きだし、もう数回行ったと言って、三十ユーロの席を見つけてくれた。赤いワンピースでコメディ・フランセーズである。

私はつくづく遊び好きだと思う。大学院に向いていなかったわけだ。ただ気分だけ、勉強に関わっているのが好きなのである。

始まる前に向かいのカフェ・リュックで、サーモンのタルタルソースとタルトとカフェ・アロンジェの軽食を取った。ここは美味しいがお値段も結構である。隣の席のご年配のマダムが、矍鑠《かくしゃく》としていろいろ意見を述べ、日本映画の『PLAN75』について辛辣な批評などが飛び出したので、私は夢中で聴いてしまった。最近だいぶフランス語に慣れたので、特にお年寄りのきちんとした会話はわかることが多い。向こうは私が聴いていても平気なのかそれともわからないと思っているのだろうか。向かいの女性は芸能関係者だったらしい。

いよいよ劇場に入ると、まず売店で舞台のDVDを買った。応対してくれた若いマダムに、日本から来たので、どうしても買いたいんですと説明する。彼女はにこやかに説明しながら、それはそうですねと

いう顔をする。お高いイメージとは違っていったん話すと親切だが、決して自分を卑下することは無い、というのが今までに経験したフランス人像である。深くつきあえば、また変わって来るだろうが。

席は一階奥で、仕切りの中に四人が座れるようになっている。オペラ座ほど豪華ではないが、伝統的なヨーロッパの劇場の作りである。私の席は後ろで、前に大人の男女、隣に学生さんのような若い男性が来た。この人は女友達と来たらしいのに、席が分かれてしまって気の毒な感じがした。もし良かったら席を替りましょうか？と言ったのだが、良く伝わらなかったので、お友達と別々でお寂しいと思って、と言うと、わかってありがとうと言ってくれたが、やがて向こうに席が空いたらしく移って行った。

始まりの合図は古風な呼び鈴のような音である。

面白いのが、ここでは開幕のご挨拶に、メダム、メドモワゼル、メッシュと言う。マダム、マドモワゼル、ムッシュの複数形だ。前にも言ったように、未婚の女性に対するマドモワゼルという呼び方は、私の学生時代には普通だったが、女性に既婚未婚の区別を強いるものなので、現在では廃止されている。女性全員がマダムである。だが、この古典劇の牙城ではいまだにマドモワゼルが使われているのだった。

今日はブレヒトの『ガリレオの生涯』で、もう別の日にチケットを買ってあるが、芝居好きは何回でも観るものだし、初めて観る芝居なので二回観れば勉強になるだろう。

最初はガリレオがお風呂に入っている場面。古代の哲学者が考えたように地球が世界の中心で太陽や星々が周りを回っているというのは間違いで、本当は地球が太陽の周りを回っているのだと、滔々《とうとう》と述べる。

そのあと、さまざまな段階を経て、ガリレオの認識は精度を増してゆく。だが、この理論は、神が世界を創ったという教会の立場と対立する。献身的に尽くす娘などに支えられて、自分の理論を貫こうとするガリレオだが、最終的に命と引き換えに表面上は転向する。それを裏切りだとして彼のもとから去ってゆく人々もいるが、彼は生き延びて自分の理論を守ることを選ぶのである。

群衆を使った演出などは特に目新しいわけではないが、実に力強く「現在」を感じさせる舞台だった。ガリレオの権力との葛藤は、ウクライナ戦争とロシアの人々をすぐに連想させるし、ペストの流行はコロナ禍を思わせる。二十世紀の戯曲だが、今なお新鮮である。

明日も観たいと思ったが、もう席がなく、ではオペラ座に行ってみようと向かう途中で、可愛いバッグが目についた。何も入らないようなミニバッグだが、私の好きな赤で、何と六十五ユーロである。そのまま蜂が花を求めるように吸い寄せられて中に入ると、他にも気に入ったバッグがあって、結局、二百五十五ユーロの赤いハンドバッグを買ってしまった。ランカスターというお手頃ブランドらしい。結局オペラ座の受付は閉まっていて、チケットは買えなかった。

バッグは、クリュニー美術館で買ったタピスリー生地のバッグが少しくたびれて来たので、よそゆき用にいいと思ったのだが、考えると出発前に日本で買ったバッグと良く似ている。それも赤で、目立つ色は危ないと、里子さんや、アフィニティ・ジャパンのレ・ホアンさんにアドバイスされて家に置いて来たのである。案の定、夜、リヨンのアンリアンヌに電話すると、パリにいる間はそのバッグはやめて、美術館で買った方を使っていなさいと言われた。自分では気がつかないが、少しパリに慣れて来た今くらいが、本当はいちばん危ないのかも知れない。

アンリアンヌには、マルセイユも治安が悪いからやめた方がいいと言われて、ニースとカンヌだけ行くことに決めた。買い物をし過ぎて、カードが使えなくなった話もして、母が生きていたらきっと叱られると言うと、もうお母さんはいないんだから、人生は楽しんだほうがいいわ、でも、次のカードが使えるまでごはんは食べられるの？　とアンリアンヌ。

キャッシングは普通にできるし、いざという時は、まだ日本円が少しあるので、ごはんは食べられる。しかし、何という極楽蜻蛉だろう。恥ずかしい。

コスモに行くと、パーティーをやっている人たちがいて、可愛い犬が来ていたので、そばに行って撫でさせてもらった。犬はすかさず私のストールを狙って来るが、ご主人がカウンターの中にいるので、気になってたまらないようだった。また別の犬も来ていて、声を出すのでご主人の女性は困っていたが、人懐こい子で、私にも優しくしてくれた。

今日は現金払いである。カードが使えるまで当分現金だ。

明日は、大人しくホテルの近所で遊ぼう。歩きなさい、私はたくさん歩くのよ、リヨンに来たらいっぱい歩かせるわよ、とアンリアンヌは笑っていた。

死んでもパリの街をずっと歩いていたい。


天國は如何なるカード使ふべきたましひ削るキャッシングはや

十月二日　パリ

昨夜、ニースのホテルを予約した。十月五日から八日までの三泊四日で、途中カンヌにも行くつもりである。ニースに行くとなるといよいよたかこさんとの話題が尽きない。予期しない出会いがあるかも知れないよ、と彼女が言うので、ニースはたかこさんと盛り上がるために行くのよ、恋愛より友情を重んじるのよ、と私は返した。

またコメディ・フランセーズのお芝居について、村上さんや日奈子さんと会話する。里子さんは健康診断が全身異常無しだったそうで、これで安心だ。

パリにいても日本にいる時と変わらず、友人たちのお世話になっている私である。

今日はオペラ座のバレエの安い席が空いていたら行くつもり。先日買ったベロアのカシュクールにスカート、そしてパッチワークのジャケットという組み合わせである。お能や歌舞伎もそうなのだが、席の良し悪しによっておしゃれの程度も変わって来る。一階桟敷なら華やかな訪問着だし、三階なら江戸小紋や紬が素敵だ。オペラ座やコメディ・フランセーズでも、天井桟敷で一張羅のおしゃれというのは苦しい気がする。それにしても、おしゃれなんて全く忘れていたのに、パリに来たらパリのおしゃれに染まる私は何と軽いのだろう。空を飛べるくらい軽ければいいのだが。

破れたるつばさを金もてつくろへりもはや生死も同じ巴里にて

ところが、今日の前半はなかなか多難だった。

まず、オペラ・ガルニエはチケット売場が開いていなくて駄目だった。それではと、今度はバスティーユのオペラ座に向かったが、ここは今日はお休みだった。

そして、もう階段昇り降りで脚が疲れてしまったので、タクシーに乗ろうと思ったのが間違いだったのである。ちょうど止まってくれたタクシーに、シャンゼリゼと言って、そのあとシャンゼリゼのロンポワン劇場と言ったのだが、最初は黙っていた運転手が途中から妙にしゃべり出したのである。お芝居は好きかと言うので、大好きだと言うと、自分は一度も観たことが無いと言う。それは別にいいのだが、いろいろ話しているうちに、普通の運転手さんのおしゃべりとはどうも違うことを言い始めたのである。

動物が好きかと訊くと好きだと言うので、私は犬が大好きだと言った。すると、向こうは雌猫が好きだと言う。変なことを言うと思った。そのまま猫一般のことにして話を続けたのだが、聞きもしないのに、動物も好きだし女性も好きだと言うのである。

あとで気がついたのだが、「雌猫」には女性器の意味もある。とんでもないことを言っていたのである。だが、その場では気がつかなかったので、旅行が好きかとか話を続けていると、あなたが自分を旅行に連れて行ってくれるかと言う。ここに至っていくら私でもわかった。すぐに降りようかとも思ったが、それも怖いので、適当に誤魔化して、あまり渋滞するならもう降りるとだけ言うと、あわてたらしく、もうすぐだと言って、シャンゼリゼ大通りに付けた。あなたとデートできなくて残念だと言ってこちらを見た表情の気味悪かったことを忘れない。

おまけに雨が降り出したので、ひと休みのつもりで入ったレストランが馬鹿馬鹿しく高かった。

今日はおしゃれをして意気揚々と出て来たのに、アンラッキーな前半だった。

これでホテルに帰るだけでは悔しいのでいったん帰ると、藤色のセーターに着替えて革ジャンを持って、いつものシネマに向かった。今日もゴダールをやっているが、その前にウッディ・アレンの『アニー・ホール』がある。私小説風の作りが面白いと言えば面白いが、ニューヨーカーの機知にもかつての新鮮さは無く、時の流れに色褪《あ》せて感じられた。

次がゴダールの『ウィークエンド』だったのだが、十八歳未満入場禁止なので、エロティックな映画かと思ったら、残酷な暴力シーンがいっぱいなのだった。白人の資本主義による世界支配、とりわけアフリカの植民地支配を驚くほどストレートに批判している。だが、一方で映像は極めて美しく、いつ終わるともわからず幻想的に続いてゆく。「FIN」の文字が出た時はほっとした。

しかし、アレンに比べると、成功作とは言えなくても、凄まじい問題作として今見ても問題意識は有効である。「私」というものの規定のしかたがポイントだろうか。

さてコスモへ。今日は迷いなくステーキとサラダ。お店の人のわんちゃんが喜んでお腹を出してくれたのがうれしい。だが、私だけではない。お客さんみんなにお腹を出している。

カフェの犬トビイは知るや博愛のほかなる愛をその禁色を

十月三日　パリ

今日は木曜日のホメロスの予習をして、午後から映画かオペラに行くつもり。でもオペラ座はこの前観た『シンデレラ』だから、今日はどうしようか。映画の方がいいかも知れない。

まず、勉強道具を持って修道院に行くが、レストランが予約でいっぱいだったので、コスモへ。声のきれいなマダムとトビイがにこやかに迎えてくれた。ここで半日過ごそう。

フランス人は人に干渉しないので、勉強や仕事をしていても気楽だ。

この前買った赤いバッグは、たかこさんのアドバイスで、トートバッグに隠してオペラ座やコメディ・フランセーズに持って行くことにした。そして劇場の中で持ち歩く。

ニースにも持って行こう。リヨンはアンリアンヌが心配するのでやめておく。

今日は寒くて、ダウンジャケットでちょうどいい。ロングコートはベルトを買ってから着よう。劇場に行く時に重宝しそうだ。

トビイが来てくれたので、喜んで撫でるが、しばらく私の相手をすると向こうに行ってしまった。犬の方が私よりも大人である。

今日のランチは南瓜のスープと鱈のソテー・トマトクリーム和え。この鱈がとても美味しく、リゾット風のお米が付いていて大満足だった。エスプレッソを頼んで飲み干すと、もうお客さんが増えて来たので、いったんホテルに帰る。

昨日の黒のカシュクールに着替えてロングコートを羽織り、食後の運動を兼ねてサン・ジェルマン・デ・プレにベルトを買いに行くことにする。とは言ってもメトロに乗るのだが。

ところが、高級そうなバッグ屋さんを見ても、手帳や財布はあってもベルトが置いてない。困ったなと思って、とりあえずコートを買ったお店に行ってみた。全くの偶然だが、ブーツを買ったジョナックの隣が、コートを買ったピシンヌなのだった。ここはアウトレット専門店らしい。

入ると、マダムはコートと私を覚えていて、良く似合うと喜んでくれた。あれから新しいベルトが入ったか訊いてみたが、まだだと言う。でも、あるだけ見せてもらうと、赤い細い革のベルトが目についた。試しにコートの上から締めてみると、ちょうどいい感じである。お値段も四十ユーロでお手頃である。もう一本スエード風の茶色も試してみたが、マダムが茶色と黒の組み合わせはあまりお勧めしないと言うし、自分でも赤が気に入っているので、すぐ赤を買って、そのまま締める。マダムもご機嫌で、またどうぞと言ってくれた。

さて、ドゥマゴでお茶にしようかとも思ったが、行列ができているし、お腹もいっぱいである。大好きなサン・ジェルマン・デ・プレ教会でしばらく休む。青い天井も優しくて抱きしめてくれるようだ。あともう一息、何かきっかけがあったら、この教会の魅力で信徒になるかも知れない。

だが、まだ今は仏教徒なので、合掌して帰る。たかこさんとのお買い物の報告のやりとりも、いつもながら楽しかった。

勉強がなかなか手につかないまま、夕方になった。今日二回目のコスモに行く前に、向かいのPAPという大きなショッピングセンターを覗く。食器や寝具や鞄や筆記用具など、日用品がいろいろあるお店である。ここでワンピースの下に着るVネックのTシャツを買おうと思ったが、そうした衣類はなかった。「マンガを描いてみよう」というコーナーがあったり、日本風の、あるいはアジア風のお茶碗や急須があったりする。お茶碗は、びっくりしたことに、お箸を差す穴が空いているのだった。

コスモに行くと、若い方のギャルソンがいたので、お昼も来たと言うと、僕はいなかったけど、妻がいたと言った。ほんと？　と思わず訊き返してしまったのは失礼だったたか。とてもエレガントね、と言うと彼はお子さんの写真を見せてくれた。

彼の方は、歌舞伎の荒事が似合いそうな野生的な色気のあるいい男で、奥さんは武家の奥方のような上品な女性である。彼が目が高いと言うべきか、よくわからないが、実にこういう縁は不思議なものだ。

じゃあ、トビイはあなたのおうちの犬なの？　と訊くと、トビイは店のご主人の犬だと言う。まだ四ヶ月で、仔犬というか赤ちゃんらしい。すぐみんなにお腹を出すのも赤ちゃんなら当たり前だ。そんなに小さいのに、お店で粗相もせず、立派でいい子だ。

お店の名前を勘違いしていたことに始まって、次々にヴェールが剝がれるように本当のことがわかるのは面白い。

今日はミックスオムレツにして、フライドポテトとレタスの両方を添えてもらい、デザートはタルト・オ・ポムのアイスクリーム添えにした。

気持ちのいい宵である。

ところがである。食事も終わったので、ホテルに引き揚げようと、店の主人、と思っていた男性にお勘定を頼んで、あなたの犬はおうちにいるんですか？　と訊くと、彼は微笑んで、トビイは私の犬ではなくて、新しい女主人の犬なんですよ、といろいろ経緯らしいことを説明してくれたが、私の頭には入らなかった。それではやっぱり、代替わりはして、いわゆる居抜きで、店の全員がそのまま雇われたということか。悪いことを訊いてしまった。

　パリも人生は複雑である。


　薔薇を挿す花瓶に氷入るるごとわが生涯に巴里を與へよ

十月四日　パリ
　明日からニースである。昨夜はやっとカードが使えるようになったので、ニースの往復、リヨンの往復、ガルニエとバスティーユのオペラなど、早速いろいろお金を使ってしまった。旅行と観劇とお買い物では、カードの残高がたちまち減るのも無理もない。日本に帰ったらひたすら節約。昨夜はネットにかかりっきりであまり眠れなかった。

　そして今日は、ホテルのお友達ロクサーヌとパリジャンの生活についての展覧会に行く。せっかくのニースで勉強するのも憂鬱なので、ホメロスの予習もしておかなければならない。お洗濯もである。なかなか大変だ。

　アンリアンヌに列車のチケットが取れたと電話すると安心してくれたが、リヨンの駅が二つあって、もう一つの方を取らないといけないことがわかった。また二時間ほど必死で取り組む。

　六十歳以上だと優待してもらえるので、その手続きもした。これは高齢者だけが優遇されているのではなく、若者にも大人にもそれぞれの割引がある。しかし、パソコンやスマホが無い人はどうするのだろう。

オペラやコメディ・フランセーズを含めた、すべての公共サービスでメールアドレスが求められるのもどうかと思う。幸い映画はまだふらりと行って見られるけれど、いずれ映画もそうなるのではないだろうか。

などと言っていたら、困ったことになった。コインランドリーに行ってから、どうも咳が出るので熱を測ってみると三十七度ちょっとあった。だからすぐコロナとは思わないけれど、ホテルのお友達ロクサーヌに電話して今日の約束を取り消した。無理をしないように、もし具合が悪いようならすぐ受付に言うように彼女は言ってくれた。ニース旅行も中止である。やっぱり地中海にはご縁がなかったのか。

アンリアンヌにも電話すると、お大事に、ゆっくり休んでねと言ってくれて、明日辺りコロナの検査をするといいと教えてくれた。パリで美しいものをいっぱい見るのよ、リヨン旅行までには治るでしょうから待っているわ、とアンリアンヌ。何という暖かい人なのだろう。本当にありがとう。

というわけで、今日はコスモにも行かず、お向かいの美味しいパン屋さんのパンと水で過ごす。


かりそめの病といへど白粥は戀しからずも罪あるわれは

十月五日　パリ

今日はまだ微熱があってだるいが、気分は元気なので、寝たままアイフォンでガルニエやバスティーユのオペラ座を予約する。それでも朝食は食堂では食べず、カフェオレとクロワッサンをもらって来て部屋で食べた。

薬局でコロナウィルス検査キットを買って、早速やってみたら陰性だった。二回やったが陰性である。これなら夜はコスモだ。

こうなると、もう遊びたい気持ちを抑えられない。やっぱりニースに行こうと、来週の月曜日からの二泊三日を予約した。途中でカンヌにも行って、ジェラール・フィリップの生地を見るつもりである。何という極楽蜻蛉であろうか。

本当ならまだ部屋で大人しくして、明日のホメロスの予習をしなければならないのだが、五時を過ぎると自然に外に向かってしまう。コスモに行ってもいいが、まだちょっと早い。となると映画である。

シネクラブではちょうどあと三十分ほどで、ゴダールとアンナ・カリーナコンビの『女は女である』が始まるところだった。一度アマゾンプライムで観たが、大画面はまた別だ。

これはコメディだが、舞台のパリにいて観ると、全く感覚が違う。日本で観ればおしゃれなイメージだが、これは日常そのものだ。だからこそ、そこから異常に浮き上がるシネマの空間が魅力的なのだろう。

映画のあとコスモに来ると、いつもの若いギャルソンは、板前さん風に剃りを入れていて、今日は奥さんも一緒だった。仔犬のトビイも私を覚えていてくれた。

景気付けに、スープと牛タンとコーヒーアイスクリームを頼む。

パリの街には灯りが良く似合う。はたしてこの街に住むことができるだろうか。

お勘定を頼むとギャルソンは、トビイも入れて百五十ユーロだよと言う。犬もおもてなし用員なのだ。いいわよと言うと、彼は三十四、五ユーロだと笑った。三品にペリエとカフェ・アロンジェが付いてこのお値段だから、お手頃である。

明日はホメロスのあと、またサン・ジェルマン・デ・プレに行こうか。それともサン・ミッシェルを歩こうか。今回の旅では決まった場所に数多く行くので、まだモンパルナスでもゆっくりしていないし、シャンゼリゼは先日の嫌なタクシーから凱旋門を拝んだだけ、モンマルトルは全然という偏り方である。その代わり、ここはお馴染みというところが幾つもある。

東京でも極端に言うと、歌舞伎座界隈と国立能楽堂、国立劇場の辺りしか行かないのだから、似たようなものか。

今度オペラ座のソワレに行ったら、まともなタクシーからパリの夜景を眺めたい。


たちまちに病抜けつるうつそみは不連續なるシネマのごとし

十月六日　パリ

コロナでなくて良かったと思っていたが、どうも咳がひどい。

ホメロスの授業のあと、サン・ミッシェルにTシャツを買いに行って、いったんホテルに戻ってから、今度はシネクラブでブリジット・バルドー、ジャン＝ルイ・トランティニャンの『そして神は女を創った』（邦題『素直な悪女』）を見て帰って来た。単純な映画である。ひたすら美しいべべもジャン＝ルイも生きていない。映画の途中も咳が出て、我慢すると涙が出て来る。風邪もつらいものだ。

旅に病む巴里に病む夢に病むならむ羊飼イエス羊のかたち

十月七日　パリ

フランスの作家アニー・エルノーがノーベル賞に決まったので、あとでサン・ミッシェルのジベール・ジョゼフに行って何か作品を買って来よう。日曜日から東京のアンスティテュフランセの授業も始まるので、テキストのプルーストやウェルベックも読まなければならない。

寒いのでロングコートを着て、歩いて行くと、途中で鐘の音が響いた。すぐ向かいに教会があった。いつも聞こえる鐘の音はここだったのか。サン・ニコラ・デュ・シャルドネ教会という名前だ。どうして今まで気がつかなかったのだろう。入ってみると、本当に地元の教会という感じで、ステンドグラスも修復中なのか外されているし、取り立てて美しいものは無い。それだけに身に迫る祈りの力を感じて、気圧《けお》されるようで外に出てしまった。

サン・ミッシェルのジベール・ジョゼフに着くと、売り場の店員さんたちが楽しそうに何か話している。みんなお店の名前入りのジャケットを着ているからすぐわかる。オレンジ色のベストの国鉄もそうだが、おしゃれなフランス人がお仕着せをちゃんと着るのは面白い。日本なら、さしずめ、紀伊國屋や三省堂という名前入りの半纏でも着るところだが、生真面目な日本人だとちょっと痛々しくて見ていられないかも知れない。

アニー・エルノーの本を探したが見つからない。ノーベル賞を獲ったというのに、平積みにもしていないのがさすがの見識なのか。そこで、恥ずかしかったけれど、アニー・エルノーの本はどこですか？　と訊くと、お仕着せの一人の小柄なムッシュがこれが最新作、いちばん有名なのは生憎《あいにく》今在庫がありませんが、どれも読みやすいですよ、と優しく教えてくれた。日本の書店員さんもそうだが、本が大好きだとわかる顔だった。

すぐ買って今度はパン屋さんである。サーモンとお米の美味しいサラダはまだ出ていなかったので、ツナのサラダとフランとフルーツサラダとペリエ二本を買う。二十ユーロと五十だった。一ユーロ硬貨を出すと、もう顔馴染みになった貫禄のあるマダムが、私の小銭入れを覗いて、それを全部貸しなさいと言う。差し出すと、計算して小銭をユーロ硬貨に替えてくれた。にこりともしないが、とても親切である。昔の下町の人情という感じだろうか。

オペラやバレエやお芝居のチケットを予約しようといろいろやってみるが、カードの方が警戒してなかなかうんと言ってくれない。こういう時に対人だと恥ずかしいが、相手は機械なので、何回失敗しても平気である。

シャンゼリゼ劇場で英国ナショナルバレエのジゼルがあるので、どうでしょうかと東京の村上さんにお伺いを立てると、ぜひご覧になってと言ってくれた。これもまだ取れないが、絶対行くつもりだ。

それから、千葉の里子さんがもうすぐイタリアに発つので、その前にZOOMで話そうと誘ったが、うまくいかないようなので、思いきって電話する。日本にいる時は毎日電話していたので、たちまちそのモードに戻るから不思議である。電話代が怖いが、いろいろしゃべって楽しかった。

老後の海外移住をお互いに夢見ているのだが、どうもむずかしそうという話も出た。フランスは階段だらけで全然バリアフリーじゃないと私が言うと、里子さんはイタリアは十四、五世紀の石段が残ってるから危ないのよ、と言う。それに、海外でこれといった仕事を持たずに暮らすには、先立つものはお金である。私とていつまでも遊んでいられるわけではない。日本に帰ったら火の車とまではいかないが、節約生活である。お互いにフランスとイタリアを旅するのに、所帯じみて夢の無い会話のようだが、元気そうで安心したと彼女は言ってくれた。

夕方になってお腹が空いてきたが、ちょっとお腹も怪しいので、ヴェトナム料理の鶏肉のフォーが食べたくなって外に出る。だが、サイゴンというヴェトナムレストランは夜は七時から営業だった。中華料理店も一軒は、ひどく油っこいお料理ばかり並んでいて、これは無理だと思った。変なお寿司はごめんだし、まさかコスモでスープとステーキの出前をしてもらうわけにもいかないし、と悩んでいると、もう一軒道の向こうの中華屋さんが見えた。外から見るとここも油っこいものが多そうだが、何となく心が向いて、入ってしまった。

中国人らしい若い女性がお店にいたので、テイクアウトをやっているかどうか訊いて見ると、頷いてすぐメニューを渡してくれた。ラーメンも美味しそうだが、やはり炒飯が持ち帰りやすいだろう。頼むと他にはいいですか？　と言われ、考えた末にそれだけにしてもらった。八ユーロ半である。とてもお安い。お箸かフォークが要るかと言われて、プラスチックの蓮華を入れてもらう。炒飯もタッパー入りである。便利だ。

パリで初めてのカレー味の炒飯は本当に美味しかった。私の人生で忘れられない炒飯になるかも知れない。残すつもりだったが、全部食べてしまった。

コスモスの揺るる野原に金髪のうつそみしづかたれもコスモス

十月八日　パリ

昨日買ったアニー・エルノーの最新作『若い男』を開くと、文章は易しくて読みやすいが、自我の固い芯のようなものにぶつかる感じがする。三十も年の若い男との出会いがどうなるのか、マルグリット・デュラスとヤン・アンドレアを思い出すが、デュラスにあったような官能や狂気は感じられない。でも、続けて読んでみよう。

オペラ座やコメディ・フランセーズやシャンゼリゼ、パレロワイヤルなど、いろいろな劇場とネットで繋がることができるが、カードの制限でなかなかチケット購入がうまくできない。私は本人ですよ、信じて、とカード会社に言いたいが、急にたくさん使われたら警戒するのが自然だし、その方が結局私にとってもいいわけだ。

ざっと今シーズン初めを眺めただけの感想だが、意外に硬派のストレートプレイが少ない。私が購入できたのはコメディ・フランセーズとテアトル・パレロワイヤルくらいである。

それもフランス古典劇はひとつもなく、『リア王』が満員売り切れになるような状態で、あとはいわゆるブールヴァールの大衆劇である。その一方で、オペラ、バレエ、ダンスの上演は盛んだ。ラシーヌの同時代のラモーやリュリもレパートリーに入っている。

一九八一年の学生時代には、オペラやバレエに興味がなかったせいもあるが、九月十月の同じ期間に夥《おびただ》しい芝居を観ていた。ラシーヌはもちろん、エウリピデスからベケット、ピンターまで、どれも充実した舞台だった。

これが意味するものは何なのだろう。フランス文化の黄昏、初めて会ったエマニュエルやアンリアンヌやジェロームが口々に言っていたような現象なのだろうか。

少なくとも、ラシーヌとコルネイユがひとつも観られないパリの秋に出会うとは思っていなかった。コメディ・フランセーズでは十月三十一日夜に『桜の園』が初日なので、行きたいけれど迷っている。パリ最後の夜にコメディ・フランセーズに行くのは願ってもないことなのだが、次の日の飛行機は早いし、体力が少し心配である。だが、それもチェーホフだ。

文化は西から東に流れて行くのだろうか。そして日本は?

たかこさんとやりとりしてから、今度はオペラ座に電話してみた。名前が登録してあるのだが、その綴《つづ》りが私の下手な発音ではなかなか通じなくて、係のムッシュを手こずらせてしまった。でも、ようやく、二十七日夜のオペラ座一階桟敷のチケットが取れた。そこでまたいろいろチケットを取る算段をする。ヴィユーコロンビエ座でのコメディ・フランセーズのジョルジョ・サンドの戯曲上演『ガブリエル』や、『シラノ・ド・ベルジュラック』の作者のドラマ、パレロワイヤル座の『エドモン』

など。これはどちらもストレートプレイである。三十一日のコメディ・フランセーズの『桜の園』は、とても観たいが、翌日の長いフライトを考えると、多分無理だろう。諦める方向になっている。今回はニースを始めいろいろ残念だが、また、絶対来よう。そして住もう。それしかない。

巴里幽閉愉しからずや羽衣をうばはれしかど裸身は天女

十月九日　パリ

今日から東京のアンスティテュの授業で、待望のデプレ先生の「肖像画の歴史」が朝の六時半からである。それに備えてひとまず寝た。

ちょうど一時間前に目が覚めてパソコンを用意する。わくわくして、先生に話したいことをいろいろ考えていたが、いざ始まると、先生は普通のご挨拶だけでさらりとしていらっしゃる。ちょっと拍子抜けで戸惑っていると、以前のようにどんどんしゃべれなくて、また知らないことの質問ばかりでもあったので、柄にもなく借りて来た猫のようになってしまった。やはり病気上がりの心身が早起きでだるかったということもある。

よくあることだが、予想と現実はどうしてこうも食い違うのか。パリにいて、フランス語にもすっかり慣れたはずなのに、思うようにしゃべれないとは。だが、休憩時間の前にやっとひとつだけ質問した。先生はいい質問だと言ってくださったが、聖人の名前や発音を間違って、忸怩《じくじ》とした思いだった。

今日は前に言った十六世紀のクルエという王の肖像画家の一族についての授業で、私が既に行ったシャンティで見逃したものが出て来たので、また行かなければならないとわかった。授業のあとで先生にそう言うと、ルーヴルの肖像画の部屋も見て来なさいと言われ、木曜日はもっと朝早いから大変だけど、と言ってくださった。私がパリにいることをちゃんと考えてくださっていると感激した。次はもっとがんばろう。

今日はバスティーユで『キャピュレットとモンタギュー』だ。村上さんお薦めのベルリーニ版の『ロミオとジュリエット』である。

この間の赤いワンピースの下にスカートとTシャツを組み合わせて、ロングコートに赤いベルトをする。こうなればどうしても赤いバッグを持ちたくなる。ハンドバッグだが、持ち手が長めでショルダーにもなるので、肩にかけて抱え込めばそうそうひったくられることはないだろう。最初はエコバッグでも被せて持つつもりだったが、それではさすがにみっともないし、かえって目立ってしまう。大丈夫、大丈夫と自分に言い聞かせて、持ったところを写真に撮ってから部屋を出た。

先にバスティーユに行って、この前も入った劇場隣のカフェマルシェでキッシュとペリエとカフェオレだけの軽い食事をする。

二時半開演なので、一時半くらいに出ると、劇場入り口はもう人がいっぱいである。黒光りするレトリバーを連れたご年配のマダムがいる。犬も音楽が好きなのだろうか。そばに行って撫でたいが、犬がびっくりすると悪いので我慢である。すると小さな音がして、何か安全ピンのようなものが目の前に落ちた。わんちゃんが飲み込むと大変だと思ってすぐ拾い上げた。小さな石が付いている。並んでいるマダムの耳から落ちたピアスだった。気がついたマダムは私にお礼を言って受け取った。

黒い服のムッシュが出て来て開場になった。鞄を開けて、と容赦が無い。特別のものはありませんと言いながら開けて見せると、顎《あご》をしゃくって入りなさいと言われる。

プログラム売り場で、ネットのチケットで引き換えようとすると、印刷してからと言うので、別の窓口で印刷してもらう。日本で予約した分は全部ローソンでプリントアウトしてあったのだった。印刷が必要なら電子チケットの意味が無いなあと思うが仕方が無い。

一方、座席のチケットはアイフォンのページを見せるだけでチェックしてもらえる。オプティマでいちばんいい席だ。一階平土間のちょうど通路に面した角のところで私好みである。この前の席ではクロークがなかったが、今日はちゃんとクロークがあるのでコートとベルトを預かってもらう。邪魔な荷物が無いとそれだけでおしゃれな気分である。

始まる前にご挨拶があって、今日はハンディキャップのある方や動物を連れた方などみなさんに楽しんでいただくので、上演の途中でも拍手をしたくなったらいつでもなさってトイレも自由にいらして楽しんでくださいということで、拍手が起きる。道理でわんちゃんが何匹かいたわけである。

ロミオとジュリエットと言っても、この曲はシェークスピアの原作とはだいぶ趣が異なっていて、より古いイタリアの伝統に基づいている。解説によれば、コルネイユの『ル・シッド』ばりに、愛と義務とに引き裂かれた恋人たちの悲劇なのである。さすがにフランス的な解釈だが、この舞台にはシェイクスピアのロミオとジュリエットの無垢ながら愚かしいまでの子どもっぽさは感じられない。敵対するキャピュレット陣営に乗り込んで来るロミオは最初から死を覚悟して悲壮である。この役が女性によって演じられるのも新鮮で今日的だ。ちなみに今日は指揮者も女性だった。

ジュリエットも、息子を殺したロミオを許さない父と、愛するロミオの板挟みで苦悩している。二人ともシェイクスピアの恋人たちよりずっと大人なのである。

そして、墓場でロミオが毒をあおると、呼応したようにジュリエットが目覚める。そこからロミオの死に至るまでの二人のやりとりは、例のシェイクスピアのバルコニーの対話の裏返しのように悲痛で、それでいながら甘美である。

今日の演出は、赤と黒の衣裳で両家を分け、それぞれが血と死のメタファーになっているように思われた。また舞台の階段が恋人たちの世界とその向こうの世界との境界を示して効果的だった。

パリでオペラを観るのはこれで三回目だが、『トスカ』では兎にも角にも『トスカ』を初めて観て、次のロッシーニ版の『シンデレラ』ではオペラ座初体験というように、初物の感激が先立っていた。今回はやっと自分固有の演劇体験として楽しめたような気がする。

実はまた火曜日の夜にもこれを観るのである。感想がどう深まるか楽しみだ。


ロミオより丈高かりしジュリエット白きピエタと言ひなば闇か

十月十日パリ
朝起きていつものお薬を服《の》む時に、間違えて睡眠導入剤も服んでしまった。仕方がないので、シャワーを浴びてまたベッドに入る。もう一度目が覚めると十時半だった。

今日はどうしようかなと思ったが、とりあえず朝ごはんなので、コスモに行ってみる。もうクロワッサンは無いので、タルティーヌ（バター付きパン）とトースト、白チーズ、オレンジジュース、カフェ・アロンジェのメニューでとても美味しかった。ルーヴルに行ってみよう。

今日も並んでやっと入ると、この前途中だったリシュリュー翼に進んだ。古代メソポタミアの遺構にひたすら圧倒される。この末裔が今のイスラム世界なのか。

フランスとは、ルーヴルとは何なのだろう。これらの世界の宝物は、やはりここにこのままあるべきなのだろうか。旅でいささか疲れた心身に勝手な重い問いがのしかかってつらい。

人一倍無条件にフランスに憧れる一方で、疑いや反発も強い。だが、それも無知ゆえかも知れない。世界の悪は無知から生まれる、とカミュも『ペスト』で言っていた。本当のフランスを知ること、それは本当の私を知ることに近づくかも知れない。

それから上に行ってフランス絵画をたくさん見る。フランソワ一世の肖像画の部屋にまた行って、デプレ先生が教えてくださった肖像画家のクルエ一族とリヨンのコルネイユ一族とを確認する。明るいクルエ一族と陰翳のあるコルネイユ一族の作風の対比が面白い。

どんどん歩いているうちに、今日のお目当てだった、ルーベンスによるマリー・ド・メディシスの生涯の大連作の部屋に辿り着く。思わず喚声が洩れる。何というスケールか。神話を縦横に踏まえながら、マリーがフランス王妃となるまでの清純な前半生、そして夫アンリ四世の没後、摂政としてフランスを治めたマリーの栄光と、息子ルイ十三世との紛争と和解までの波瀾万丈の後半生が劇的で華麗なバロック絵画として描かれている。

日本でこれができたとすれば淀君だろうが、彼我のスケールの違いが如何ともしがたい。私もルーベンスほどの一代の巨匠に生涯を描いてもらいたいが、何も中身が無いからどうしようもない。しかし、本当に贅沢は素敵だ。

本日閉館のアナウンスがあったので、帰ろうとすると、その部屋が何とレンブラントの部屋だった。ソロモンの手紙を持ったバテシバの、言うに言われない肉体の存在感に釘付けになる。画家の自画像にも吸い込まれた。全くここは伏魔殿のようである。

やっと脱出して、帰って来ると部屋はきれいになっていた。ありがとう。

ではまたコスモへ。

今夜はなぜかお馴染みのギャルソンたちがいなくて、二十歳くらいかなと思う爽やかなマダムが迎えてくれた。元の店主のムッシュはいて、元気？　と声をかけてくれた。

久しぶりだし、朝ごはんから何も食べていないので、野菜のスープと平茸入りオムレツを頼む。ステーキにしようかとも思ったのだが、オムレツの方がお腹に優しいし、きのこは大好きだ。実際これが大当たりで、ニンニクが効いて平茸が香ばしく、秋らしい一皿だった。パンも食べたので、ここまででかなりお腹がいっぱいになったが、デザートはいつものコーヒーアイスクリームそしてエスプレッソ。

ムッシュは若いマダムともう一人新しい若いムッシュに、いろいろお店のことを教えている。うちは安くしなければ、高級レストランじゃないんだから、と言っている。たしかに下町の庶民的なブラッスリーだが、私にはじゅうぶん高級だ。

でも、今日はお客さんの出足が悪くて、中はほとんど私しかいないので、大丈夫かしらと思い、なかなか帰れない。新しい人たちが入るのはいいが、古い人たちはこんなに勤務日数が少なくても食べて行かれるのだろうか。日本人が働き過ぎだから、これでちょうどいいのだろうか。元店主のムッシュはいったいどういう立場なのだろうか。

などなど、気になる秋の夕暮れであった。

大蒜《にんにく》は忍辱《にんにく》にして夕映におのれ灼かれていのちをあたふ

十月十一日　パリ

迷っていた三十一日のコメディ・フランセーズの『桜の園』だが、パリにしばしのお別れをするには絶好の舞台なので、やはり行くことにして申し込んだ。八時半開幕だから、コスモで食事して、みんなに挨拶して行くのにちょうどいい。これでもう、リヨンの旅以外のほとんどの日は舞台を観に行くことになった。旅の初めは旅行、美術館、そしてソルボンヌと続いたが、締めはやはりパリで観劇である。

それにしてもロシア語は全く勉強しなくて申し訳なかった。二十三日の日曜日にレッスンしていただくが、李先生は私の体調のことも心配してくださり、本当に恐縮である。フランス語訳の『白痴』や『カラマーゾフの兄弟』も買ったことだし、日本に帰ったらがんばろう。

そろそろ日本に帰ってからの仕事などが入って来て、ありがたいような寂しいような気持ちである。旅はいつか終わるのか。そのあとに何があるのだろう。

人生の前半と後半のパリ滞在は、それぞれ私をどう変えたのか。変えなかったのか。

ゆっくり考えることにして、コインランドリーのあと、お昼はコスモに行った。昨日の夜と全く同じ、野菜のスープと平茸入りのオムレツだが、スープには白いクリームが流してあり、オムレツにはニラが入っている。こういうちょっとした心遣いがうれしい。

ホテルに帰ってしばらく机に向かったが、五時になると着替えて再びコスモへ。今日はパッチワークのジャケットに黒のカシュクールとスカートを組み合わせて、下に赤いシャツを着た。久しぶりにベテランのギャルソンに会う。

この人はとてもいい人だが、少し短気でイライラしやすい。もう一人の今日はいない若い方のギャルソンはもう少し落ち着いている。見ていると面白い。

お昼にたっぷり食べたからと言って、タルト・オ・ポムとカフェ・アロンジェをもらう。さあ、これでバスティーユのオペラだ。

もう三回目でバスティーユもすっかり慣れた。オペラは前回通り素晴らしかったけれど、席が平土間の少し後ろだったせいもあって、真っ暗な中で小さな字幕の文字を追っていると、だんだん疲れて気分が悪くなって来る。寝不足のせいか。残念だが一度観た舞台なので、次の休憩で帰ろうと思った。

思いきって外に出ると、まだ終演時間ではないので、タクシーが一台もいない。仕方がないのでメトロに乗るが、バスティーユといえば例の大革命で襲撃された王家の監獄のあったところである。夜は何となく人気が悪くて怖い。赤いバッグを必死で抱え、メトロですぐ近くとは言っても、甘く見てはいけないなと思い知った。
カルディナル・ル・モワンヌの駅に降りると、まだ明るくて安心である。ホテルでは最初に出会った受付の男性が出迎えてくれた。今度夜のオペラや芝居に行く時は、よほど気をつけて、絶対タクシーを見つけなければ。学生時代も夜は必ずタクシーに乗っていたのを思い出す。タクシーからパリの夜景を楽しみたいものだ。

巴里の夜は砂糖を持ちて歩まむか悪霊いでなば投げやる砂糖

行きたかったニース

十月十二日　パリ
今日は一日明日のホメロスの予習の予定。部屋にいると眠くなるので、コスモにお茶を飲みに行く。ホットチョコレートを頼んで身体を温めてから、絞りたてオレンジジュースを頼む。これはとても美味しい。トビイが出て来て撫でさせてくれる。仔犬ながらも分別があって、一人とひとしきり遊ぶとまた別の人に挨拶をしに行く。疲れさせると悪いので、私もしつこくしないように控えている。

今朝たかこさんとやりとりしていたのだが、フランス語がうまくなるにはどうしたらいいのだろうか。一応のコミュニケーションはできるけれど、なかなかそれ以上に進まないのがむずかしいところである。パリにいればいいというものではなくて、カフェやホテルでの会話などは限られているので、やっぱり学校で鍛えないといけないのだろうか。ソルボンヌをやめた決断には後悔は無いが、もっともっときちんと論理立てて話せるようになりたいし、聴き取りもできるようになりたい。

お昼は何か軽いものと思ってお魚を頼んだが、結構ヴォリュームがあった。お勘定の時に、ここは本当に居心地がいいと言うと、これから映画に行くのかと言われて、思ってもいなかったけれど行きたくなった。お天気が良くてぽかぽかである。

ホテルに寄ってから、シネクラブに行く。『あばよ警察官』という、名優リノ・ヴァンチュラと若くして自殺したパトリック・ドヴェールの映画を観た。これは本当にホモソーシャルな警察もので、『太陽にほえろ』を連想してしまったが、役者がいいので面白い。リノ・ヴァンチュラは、ジェラール・フィリップの『モンパルナスの灯』での非情な画商の役が印象的だった。パトリック・ドヴェールは知らなかったが、繊細な演技でとてもいい。なぜ死んでしまったのだろう。

終わってからホテルでお昼寝し、またコスモへ。今度はスープと、ずっと食べたかったステーキを頼む。さっぱりして美味しかった。コーヒーアイスクリームを食べて帰る。

木曜日は午前三時から東京のアンスティテュの授業なのですぐ寝ることにした。あと二十日を切ったが、ここは私の部屋だ。また帰って来たい。

また巴里に來む日のあらば七色の髪靡かせて消えぬ虹なれ

十月十三日　パリ

今日はオンライン三コマのハードな日。昨夜は八時頃に睡眠導入剤を服んで寝た。目が覚めたのは午前二時頃。寝ぼけ眼をこすりながら着替えてパソコンの用意をする。

家にいる時はコーヒーを飲みながら出るのだが、今日はペリエと共に参加である。三時前に入ると、デプレ先生がもういらしていて、元気？　と訊いてくださる。はい、先生にお会いしてうれしいと答えると、僕もだよと言ってくださった。このお言葉のために、大変でも出なければならない。

だが、それから二時間後のラウル先生の現代文学の時間はやはり疲れた。先生はエネルギッシュに話してくださっているので、がんばろうと思うのだが、眠気に打ち勝つのは大変だ。

終わると地下食堂に急いでクロワッサンとカフェオレの朝食を取りに行って、次は堀尾先生のホメロスの授業である。カフェオレのせいか眠気は無くなったが、今日の受け持ちはむずかしくて困った。でも先生やお仲間に会えるのはうれしい。

やっと全部終わると、また睡眠導入剤を服んでしばらく仮眠する。お掃除のノックで目が覚めたのは二時だった。お掃除のあともう少し寝たが、お腹が空いているので、昼食と夕食を兼ねてコスモに行く。

野菜スープとステーキと食後はコーヒーアイスクリームの定番である。ステーキを食べていると、トビイが親しげに寄って来ていっぱい甘えてくれた。気の毒だが、分けてあげるわけにもいかない。やがてトビイはお店のマダムに連れられてお散歩に出かけた。

さあ、今夜はオペラ座のバレエである。

今日はやっぱりお気に入りの赤のワンピースにスカートを組み合わせて、ロングコートに赤いバッグ。タクシーで行き帰りのつもりだった。行きのタクシーはホテルでロクサーヌに呼んでもらって問題なかった。ところが帰りは待てども待てどもタクシーが来ず、ついにまたメトロで帰った。タクシー乗り場では私が最初に待っていたのに、いつの間にか違うところに列ができて、文句を言ったが押し切られてしまった。それでも結局一台のタクシーも来なかったのである。だが、バスティーユの時とは違って、オペラからのメトロは女性も多く乗っていたし、全く怖くはなかった。体調も戻ったらしく、必ず手すりにつかまっていた駅の階段を、普通に上り下りできるようになったことにわれながらびっくりする。

肝心のバレエはどうだったかと言うと、バレエとお芝居と映画を一緒にしたような新作で、私にはさっぱりわからず、折々睡魔に襲われた。これはいい舞台だったのだろうか。

しかし、ガルニエはバスティーユよりずっと居心地がいい。ここに住みたいくらいである。

オペラ座の屋根の蜂の巣わたくしを迎へくれぬか良き蜜あげむ

十月十四日　パリ

今日はのんびり寝た。シャワーと朝食のあと、メールチェックをして、コスモへ。今日はもうトビイが大歓迎である。こんなに犬と遊んだのはいつ以来だろう。ありがとうトビイ。幸せだ。

だが、もう滞在の日数が数えるほどになったことが悲しい。ホテルのお掃除担当の女性にも、もうすぐ発つのが悲しい、あなたが大好きよ、と言うと、私もあなたが大好きだと言ってくれたが。

昨日ロクサーヌにそのことを話すと、パリに住めばいいのに、と言ってくれた。本当にそうである。私には家族も定職もないのだから、どこに住んでも困ることはない。日本の友達とも今まで同じようにメールやZOOMで話せるはずだ。

それはゆっくり考えるとして、今日もコスモで仕事をする。ここはもう私の書斎だ。ホテルの部屋もいいのだが、飲み物が水だけである。コスモではホットチョコレートや搾りたてのオレンジジュースを飲みながら、ワイファイのパスワードを教えてもらっていろいろな作業をし、お昼になったら食事をする。

今日は鶏のコートレットでレモンと蜂蜜のソースが気に入って、舐めるように食べたらムッシュが喜んでくれた。これが家だったら骨をしゃぶりたいところだった。

ホテルに帰って明日のラテン語のオウィディウスを写したが、どうも勉強に身が入らない。まず日本の里子さんが明日イタリアに出発なので、電話して声を聴く。それからリヨンのアンリアンヌに国鉄のストライキのことを訊いて、大丈夫だと教えてもらう。

さて、と机に向かうが、オペラ座が気になって、二十八日にバスティーユの『魔笛』を取り、二十九日に二回目の『マイヤーリンク』を何度も挑戦してやっと取る。三階の天井桟敷の見えにくい席だが、村上さんが教えてくれたスターのガニオ様のルドルフなのである。オペラもバレエも全く知らないのに、パリに来てここまで夢中になるとは思わなかった。これでリヨンの旅以外はほとんど毎晩劇場通いである。道楽者の血は母方からか父方からか。

と書いてから、大変なことを思い出した。昨日は父のお命日だったのである。オペラ座から無事に帰れたのも、父や母が守ってくれているのかも知れない。ごめんね、パパ。

今夜はシャンゼリゼ劇場で英国ナショナルバレエの『ジゼル』である。外は氷雨のようだ。だが、行って来よう。パパ、ママ、今日もお願いします。

五時を回るとお薬を服んで着替える。パッチワークのジャケットに黒のベロアのハイネックのトップに黒のパンツ。この組み合わせで外出するのは初めてだ。

コスモに行くと、元店主のムッシュが迎えてくれて、そのジャケットきれいだねと言ってくれる。だが何となく色っぽい感じは落ち着かない。お店が気に入っているだけで、別に、あなたが目当てで来ているわけではないんですけど、と言いたくなるが、まあ仕方がない。一日二回も来るお客さんは滅多にいないし、特に下心のない普通のおじさんでも、これがフランス人の標準感覚なのかも知れない。女性と見れば、ちょっとお世辞を言わないとかえって失礼だと心得ているのだろう。それにしてもいつもの仲良しのギャルソンたちはどうして出て来ないのだろう。あなたたちに会いたいのに。

とりあえずいつもの平茸入りのオムレツは美味しかった。デザートはまだ食べたことのないババにする。

ギャルソンに言われた通り、真ん中から縦に切ってリキュールのようなソースをかけて、生クリームをたっぷり乗せる。とても美味しいが、これは酔っ払いそうだ。いける口だった母方の祖母がサバランが好きだったことなどを思い出す。私も昔は酒飲みだったのである。学生時代はパリで、一人でもお昼から必ずワインを飲んでいた。何と美味しかったことか。

六時頃にコスモを出た。七時半開演だから充分余裕を見たつもりだった。だが、シャンゼリゼクレマンソーまで出るのに、乗り換えなどで意外に時間がかかってしまい、しかも降りても標識も何もなく、劇場の場所がわからない。ちょうどお巡りさんがいたので訊いて見ると、このすぐ裏手だと言う。ところが、後ろから来た女性の二人連れもシャンゼリゼ劇場に行くのだそうで、お巡りさんが教えたのはロンポワン劇場だと言って、道を探し始めたので私も便乗してついて行った。すると後ろからバレエを習っているというお嬢さんとお母さんが来て、先に立って教えてくれた。これが遠いこと遠いこと、フランス人は実に健脚だと思う。だが、ここで脱落しては元も子も無いので、私も歯を食いしばってがんばった。

やっと着いたのは良かったが、今度は私の名前のチケットがオンラインに無くてひと騒動だった。チケットは原則的に電子チケットだから、間違えたり失くしたりという心配はないのだが、私は劇場はすべてジャンヌ・シオン・ミズハラで登録しているので、シオンからを苗字とするか、ミズハラからにするか、劇場のコンピューターによって違う。そのために齟齬《そご》が起きてしまうのである。

チケットをもらって見つかった席は三階の天井桟敷の奥の補助椅子だった。乗り出したら真っ逆さまという怖い席である。視界が遮られるのも条件に入っていた。モーリス・ドニの天井画が間近く見られるのが一徳と言えようか。

ところが、始まって見ると、そうした開幕前の諸々が一気に吹っ飛ぶような凄い舞台だったのである。群衆のモダンかつフォークロア的な動きで村人たちとそこから浮き上がる王子アルブレヒトとジゼルを表現する前半は、斬新ではあっても予想はついた。だが、後半、ジゼルが死んでから、ウィリーという妖精になって亡骸が引きずって行かれるまで、そして、裏切られながらも死後も愛するアルブレヒトに巡り合い、慕情を通わせる美しい二人の踊りは、新しさだけではない踊り手の底力を感じさせるものだった。けれど最後に、ジゼルは異界の者として永遠に隔てられ、アルブレヒトがいかに抗おうとしても叶わない。その結末の鋭い強さ。

アンコールもご祝儀ではない熱心さだった。これは観て良かった。コメディ・フランセーズの『ガリレイの生涯』、バスティーユの『キャピュレットとモンタギュー』もとても良かったが、演劇的な感動という点では今までの中でこれがいちばんかも知れない。

ジゼルはアクラム・カーン、この人は覚えておこう。

帰りは例によってタクシーが拾えず、メトロで普通に帰って来た。路線にもよるが、私の行動範囲なら、用心すればまず大丈夫そうである。父や母に感謝だ。

隕石のごときジゼルに打たれけるモンテーニュ通り落ち葉もわれも

十月十五日　パリ

堀尾先生のラテン語を忘れて寝過ごしてしまい、たかこさんが心配して起こしてくれた。本当に恥ずかしい。途中から何食わぬ顔で出席した。

お腹が空いているので終わるとすぐコスモに駆けつける。絞りたてオレンジジュースにカフェオレ、クロワッサンにバター付きパンで救われた。

今日は暖かいようだ。ダウンのロングコートに最初の頃買った黒のワンピースを着て来たが、ちょうどいいかも知れない。アメジストのネックレスもそっとつける。

コメディ・フランセーズに着くと、まず売店に入ってブレヒトの『ガリレイの生涯』やシェイクスピアの『リア王』やDVDなどを買う。それから近くのハーゲンダッツでアイスクリームを食べる。少し待って開場になると、カフェでレモンジンジャーエールを飲んだ。今日はクロークにコートを預けたので安心である。

フランス、いえヨーロッパみなそうなのかも知れないが、至るところに大きな鏡がある。鏡に蓋をする日本人の感覚とはずいぶん違う。いつも見られている感覚である。それはたとえば神になのだろうか。

先日も観た芝居なのでだいたいわかっているつもりだったが、実はほとんど理解していなかったことを思い知らされる。それに、場内が真っ暗なのが私は苦手で、何となく気分が悪くなってしまう。そういうわけで前半は冴えなかったが、後半はだいぶ回復して楽しめた。

あくまでも論理で押して行くというのか、ブレヒトは日本人的な情緒では全く手も足も出ない作家だという気がする。ガリレイの「転向」にしても、肉体的な苦痛に堪えられなかったからという端的な理由では日本人は落ち着かないのではないか。あえて汚辱にまみれたとか、何か格好をつけないと芝居にならないのではないだろうか。

二時から始まって五時頃に終わり。これからお茶を飲んだりお買い物をしたりするのにいい時間だ。コスモに行くのはまだ早いので、久しぶりにサン・ジェルマン・デ・プレに行ってみることにした。というのも、ショートブーツを買って満足なのだが、できればジョナックでロングブーツも買いたいと思っているのである。ロングブーツはもちろん暖かいし、組み合わせもしやすい。でも、これ以上お買い物をするのは気が引けるので、今日はとりあえず見てみよう。

いつの間にか足の具合も良くなったらしく、サン・ジェルマン・デ・プレの駅の階段もさほど苦にせず昇り降りできるようになったのがうれしい。

土曜日の夕方のジョナックはいっぱいだった。ショートブーツを買ったのでロングブーツも欲しいと説明すると、若い店員さんがロングブーツを出して来てくれたのだが、何とどれも脚が入らない。

上までファスナーがあればまだいいのだが、途中までしか無いものやそもそもファスナー無しのタイプなどが中心で、これは駄目だと諦めた。

隣のアウトレットショップのピシンヌを覗くと、ここで買ったコートを見たマダムが愛想良く声をかけてくれたが、どうしても買いたいというものは見当たらなかった。今までにいっぱいお買い物したのだから当たり前である。今日は大人しく帰ることにした。

コスモに行くと、素敵なマダムはいたが、旦那さんのムッシュがいない。年上のギャルソンもいない。おまけにトビイもいない。どうなっているのであろうか。

今日は仔牛のソテーのトマトソースパスタにした。仔牛の肉は美味しかったが、パスタは茹で過ぎである。フランス人はアルデンテが嫌いなのだろうか。お腹が空いていたのでそれでも全部食べて、コーヒーアイスクリームをもらった。

あと二週間。明日はデプレ先生の授業とまたコメディ・フランセーズで、明後日からはアンリアンヌの待っていてくれるリヨンだ。そこでまた新しい出会いがあるかも知れない。


巴里がわれにわれが大氣となる秋か定家の紅葉ながれゆくなり

十月十六日　パリ
デプレ先生の肖像画の歴史の授業が六時半からなので、心配したたかこさんが起こしてくれた。幸い今日はアイフォンの目覚ましのおかげで起きられた。いつも同じピンクのセーターでオンライン講座へ。

デプレ先生は綿密な講義をなさるので、ノートをしっかり取って聞き漏らさないようにしないと大変だ。日本に帰ったらフランス史を一から勉強しなければ。フランスに来る前にもっと勉強していれば良かったのだが。授業は今日も充実して楽しかった。以前は美術史など全然興味がなかったのだが、たまたまデプレ先生の振替授業で取ってその面白さに目覚めてからパリでの美術館通いにも繋がった。

朝食に行って、今日もコメディ・フランセーズなので、外出の支度をしようかという時、アンリアンヌのメールが来た。今日はパリ市内で大々的なデモがあるから、良く情報を集めて危ないところに行かないようにということである。何も知らなかったのですぐ折り返し電話すると、反政府デモらしい。石を投げてガラスを割ったりもすることがあるとアンリアンヌが教えてくれた。

ホテルでは私同様みんな知らなかったが、慎重を期して、今日はコメディ・フランセーズはやめて、近所のシネクラブで、ジャン＝ルイ・トランティニャンとロミー・シュナイダーの映画『列車』（邦題『離愁』）を観ることにした。連日の外出で疲れ気味だったし、明日はリヨンに行くのだから、体力を温存することも大切だ。

今日は珍しく日本から持って来た黒のワンピースを着た。コスモでハムエッグスを頼むと、卵が三つもついて来た。それにフレッシュオレンジジュースとカフェオレである。

映画は午後二時からなので、しばらく街をお散歩する。パン屋さんに迷彩服の兵士たちが屯《たむろ》していた。何があるんですか？　と訊くと黙って笑っている。やはり異様な雰囲気だ。だが、兵士がいたのはそこだけである。

パンテオンの角を曲がって、久しぶりにサン・テティエンヌ・デュ・モン教会に来た。日曜日のミサが終わったところらしく、神父様が外で人々と話している。今がチャンスだと思った。

人が少なくなってから、中で神父様を見つけて話した。私は日本人の観光客ですと言うと、ようこそと言ってくださったので、私は仏教徒ですが、神様が呼んでくださるのを待っていますと言うと、神父様は頷いた。そして、もしも私が改宗したら、私の両親や犬とは同じ天国に行かれないのでしょうか？　と訊くと、仏教の教えは私はわからないけれど、神様はすべての被造物を迎えてくださる、人間でも動物でも変わりはありません、と神父様はおっしゃった。それを伺って安心しましたと言うと、なおも神様の心をいろいろに説いてくださったが、もうこれで希望が灯ったような気がした。さくらと一緒に行かれる天国があるなら、喜んで行こう。改宗するかどうかはわからないけれど、とにかく今度の旅の目的のひとつが達せられたようだった。

ホテルに戻ってからシネクラブに行く。『列車』ははるか昔に観た映画だが、歳月を経ていっそう重く悲しく身に迫った。ドイツ軍の攻撃でフランス北部から南部に列車で避難する家族。夫と妊娠中の妻と七歳の娘。それが夫と妻子が別々の車両に引き裂かれたところからドラマが始まる。夫は妻を気遣いながらも、同じ車両の神秘的な美しい女性に惹かれていく。二人は当然のように恋に落ちる。女はユダヤ系のドイツ人だった。男は女を庇って自分の妻だとして偽の旅券を作る。だが、やがて男の妻は男の子を出産し、女は姿を消す。再び家族との平穏な日々を過ごしていた夫が秘密警察に呼び出され、レジスタンス活動をしていた女と再会する。初めは知らないふりをしていた男は、帰りがけに振り向いて女の頬に触れる。女はその手の中に崩折《くずお》れる。そのまま二人は破滅するのだろう。本当に何十年ぶりかで泣きそうになる映画だった。

ロミー・シュナイダーは元々大好きだし、ジャン＝ルイ・トランティニャンの誠実な男の雰囲気がとてもいい。端正な風貌だが、これがジェラール・フィリップだったら美し過ぎて現実離れしてしまうところが、そうならない現実味がある。

いかにもフランス的な愛嬌と思うのは、最後に、国鉄の大変友好的なご協力を得ましたという謝辞が入るところで、日本だったら通りいっぺんのクレジットだろう。

ホテルに戻って少し勉強しようかなと思ったが、何か疲れていて駄目だった。ひと休みしてコスモへ出かける。今日も仲良しだったギャルソンたちはいない。明日リヨンに行くのをしおに、河岸《かし》を替えてしまおうか。今日は海老の串焼きとオマールソースのリゾットに、グリーンサラダを食べたが、まあまあだった。朝か昼だけトビイに会いに来るという手もあるだろう。別に義理はないのだから。

デザートを見ていると、元店主のムッシュがニヤニヤと寄って来るのがどうも気色が悪い。商売上のお愛想ならいいのだが。とりあえず今日はフォンダンショコラにした。

ところが熱々のこれがとても美味しかった上に、地下の階段からトビイが連れられて来た。彼も店員なのか。ドッグカフェと思えばいいのかも知れない。

夜は旅の支度でわくわくした。アンリアンヌ、そして短歌の友人百合絵さんにも会える。フランスお名残りの旅である。


悲運また幸運にして眩暈《げんうん》のロミー・シュナイダーねむれねむらざれ

リヨンへ友を訪ねて

十月十七日　パリからリヨン

目覚ましで六時に起きた。着替えて朝ごはんを食べて出かけよう。いざ美食の都へ。

受付のペドロにタクシーを呼んでもらって、もう二週間しかパリにいられなくて悲しいと言うと、なんと彼も十一月にブラジルに帰るのだと言う。一時帰国かと思ったが、違うらしい。だが、私と同じわずか三ヶ月足らずで、フランス語を完璧に操り、ホテルの受付業務をこなすとは素晴らしい。若さと能力と努力と、そのすべてだろう。

全く足元にも及ばないが、やっとパリにも慣れたところで帰るのは本当につらい。せめて半年か一年いられればいいのだが。だが、今日はこれからリヨンで幸運が舞い込むかも知れない。果報は寝て待てか。

来てくれたタクシーは、ドアが上に開く新しいモデルだった。日本ではお目にかかったことがない。生活の中のネットの普及なども含めて、残念ながら日本は遅れているなあと思う点も多かった今回の旅だが、これは度肝《どぎも》を抜かれた。

でも運転手さんは普通の態度で、私が並木が黄色くなったことを言うと、今年は夏の異常熱波の乾燥で、紅葉が遅いと話してくれた。いつもならこの季節は、赤、黄、オレンジと美しいらしい。

パリのドライブを楽しみたかったが、リヨン駅はあっけなくすぐ着いた。十時発のリヨン・ペラッシュ行きは二番ホールだった。犬連れのお客さんもいつもの通りいる。

九時半を回ったくらいで十一番線と表示が出たので、そこへ行ってアイフォンを開いてチェックしてもらう。七号車の百一番である。男性が通路側にいたので、窓側に詰めてもらった。

TGVの中でも恐ろしく速い列車らしいが、乗っているとほとんど揺れを感じない。

検札が来て、チケットだけでなく、身分証明書を見せてくれと言う。なぜかと思ったが、あとでアンリアンヌに話すと、六十歳以上の割引券を使っているからなのだった。それはいいが、パスポートは洋服の下に付けているので、見せるのに往生した。身体を捻《ひね》って必死に出すと、車掌は体操をさせてしまいましたね、マダムと言う。これが生粋のフランス人相手なら、もっと色っぽい洒落た軽口を叩くところだったろう。

とにかく二時間後には終点のリヨン・ペラッシュ駅に着いた。降りるとアンリアンヌが待っていてくれた。一回会っただけだが、ああこの人だと思う。

リヨンで生まれて育ったというアンリアンヌに案内してもらって、まずホテルに行く。外は改装工事中だが、中はきれいである。ベッドもバスルームも広くて清潔だ。

それからすぐお昼を食べに行ったのだが、リヨン独特のブッションという料理屋が並んでいる通りで、ここがいいと言われた、ラ・メール・ジャンというお店に入った。ごく小さなお店で、奥の相席だったが、相客のムッシュがとても親切でアンリアンヌと話が進み、私が日本から来たと彼女が説明すると、私にも話しかけてくれた。日本では生活が厳しくて大変なんだって？　とムッシュ。貧乏というのではなくて、一分一秒の遅れも許されないような日本人の几帳面さを言っているらしい。本当に日本人は四角四面で大変ですと私は答えた。でも、一方で説明しきれなかったが、残業時間の長さや、遅い電車は酔っ払いが多いことなど、独特のルーズさは意外に知られていないと思った。日本人が几帳面なのは建前で、本音はまた違うのである。けれど、日本の話はそこだけで、生粋のリヨン人であるアンリアンヌとの間でいろいろ盛り上がっていった。

お料理はどれもリヨン独特で、私が頼んだのは十八ユーロのセットだったが、アンリアンヌのアドバイスで、最初がリヨン風サラダ、次がソーセージの温めたもの、デザートがプラリネのタルトだった。サラダを青い葉っぱにベーコンとクルトンが和《あ》えてあり、ヴォリュームがあって美味しい。ソーセージは、人参とじゃがいもとレタスが付け合わせで、これも食べ応えがあって美味しかった。ムッシュが食べていたのは臓物のおでん風煮込みで、パリのカフェのお料理などに比べると、素材を生かして栄養たっぷりの感じである。それに驚くほどお安い。パリなら普通に食べても三十ユーロは出るところである。

リヨンはゴーロワの街だよ、とムッシュは言う。ガルガンチュアなどに代表されるエスプリ・ゴーロワの野生的な哄笑の精神である。たしかにお店もラブレーが描きそうである。

大食いでは自信のあった私だが、このランチで夕飯が要らないほど、お腹いっぱいになってしまった。

それからアンリアンヌに街を案内してもらう。今まで、トゥールやアヴィニョンなどの地方都市は行ったが、リヨンとなると本当にパリに匹敵する大都市であって、長い歴史と文化を持ちながら現代にも存在感を失っていない。パリ独特の攻撃的な先鋭さは無く、整然と秩序立ったうちに快適な心地よさがある。特に今日は夏日のような暖かさで好天だったので、空気までが優しく迎えてくれているようだった。

リヨンはローヌ河とソーヌ河の二大河川に挟まれた街なのだが、横浜の海に慣れている私には、大河の波が海のようで懐かしかった。

クルージングの大きな船も停泊している。どこへ行くのだろう。

それからアンリアンヌが取ってくれたフェスティバルリュミエールのジェラール・フィリップの『ムッシュ・リポワ』を観に行く。思いがけず、ジェラールの愛娘アンヌマリー・フィリップとその夫で『ジェラール・フィリップ最後の冬』を書いた作家のジェローム・ガルサンが舞台挨拶をして気分が盛り上がった。アンヌマリーはやはりどこか父の面影がある。

映画自体はYouTubeで繰り返し観たものだが、大画面はまた別の迫力である。

終わってからアンリアンヌがホテルまで送って来てくれた。何から何まで本当にありがたい。私のプレゼントの着物を彼女はとても喜んでくれた。

お昼いっぱい食べてお腹が空かないので、夜はチョコレートだけである。リヨンのきれいなホテルで眠る。おやすみジェラール、おやすみアンリアンヌ。

扇なるリヨンの街にわたくしを風となすべし友は知らじな

十月十八日　リヨン

夜中は咳が出たが、朝になったら元気である。シャワーを浴びて、朝食を取って、まだ時間があるのでホメロスを少し予習した。

でもずっと部屋にいてもつまらないので、早めに出てリヨンの空気を吸う。ホテルのそばのブティックで赤い革のジャケットを見つけたのが気になる。バーゲンで百三十九ユーロ。悪くないと思うけれど本当の革かしら。それが問題だ。

アンリアンヌとは十時半にカテドラルサンジャンで待ち合わせである。最初間違えてソーヌ河沿いの道を行ってしまったが、若いマダムたちに訊いてだいたい方向がわかってから、アンリアンヌにも電話してもう一度よく教えてもらった。カテドラルはかなり見て来たが、このカテドラルは威圧的ではなく、人間の身の丈にあった優しい感じがする。

アンリアンヌと落ち合うと、一緒に中をゆっくり回ってくれた。ちょうど現代作家の工芸展も開かれていたので、伝統と融合したモダンな作品を楽しめた。

前から気づいていたことだが、アンリアンヌは保守的なブルジョワのマダムであるらしい。フランス人がフランス文化を大事にしないことを嘆いていた。今の政治家には教養が無いという言葉が出てびっくりしたが、超エリートのマクロンも伝統的な教養人とは違うようだ。たしかにミッテランやシラクまでは、フランス大統領といえば超一流の文化人だったものだ。サルコジやオランドあたりから俄《にわか》に品下る人材がトップになったような気がする。

アンリアンヌの友達は多くが左翼のインテリで立場が違うと言うのである。そして、フランスで言ってはいけない話題は、政治と収入だと教えてくれたのが面白かった。政治がむずかしい話題なのはわかるが、自分はいくら稼いでいると言うのも問題らしい。元より下品な話題だから口にする方がおかしいと思うが、自分で言う人もいるのだろうか。

それから教会を二つ回って、お城のように立派な市庁舎を見て、ミューズが八人しかいない、ちょっと変てこなオペラ座を見て、リヨン旅行のもうひとつの目的だった、歌人で研究者の百合絵さんとの待ち合わせのサロンドテに向かった。アンリアンヌを紹介して二人にフランス語で話してもらい、二時半にオペラ座前でアンリアンヌが私を迎えに来るということで話が決まった。

百合絵さんはお昼ごはんは食べない主義なのでお茶だけで、私はキッシュにレモネードを頼んだが、どちらも巨大で驚いた。

博士論文を執筆中の百合絵さんは、日本の大学に就職が決まられたそうでおめでたいことだ。このまま永住されるのかと思っていたが、母語の中に飛び込むことにもまた研究や創作の上で意味があるのだろう。いつも優雅な百合絵さんの作品の佇まいに魅了される。

お話が終わると、百合絵さんはメトロに乗り、私は、オペラ座前は危ないとアンリアンヌに聞いたので、警察署の前に行って座っていた。ここならスリも来ないだろう。

アンリアンヌに会って、今度はいよいよフェスティバルリュミエールのお目当て、ジェラール・フィリップのドキュメンタリー映画を観る。アンステュテュリュミエールはあまりに立派で、フランスでの映画の地位の高さを思い知った。

売店でジェラール・フィリップのＤＶＤをありったけ買ってしまい、カードでないと払えないので、アンリアンヌに隠してもらって洋服の下のカードを取り出してやっと払った。これでホテルの近所の革のジャケットは諦めることにした。

今日は眠くならないように、気付のコーヒーを飲んで会場へ。この前パリのシャトレで会ったオーレリアンや、アンリアンヌのツイッター仲間のティエリーがとても親切で感じが良く、こういう若者がジェラール・フィリップをどんどん語ってくれるといいと思う。

ドキュメンタリー映画は遺族の秘蔵の映像などジェラールが美しく見応えがあったが、彼が信奉していた共産主義国家の現実や次代のヌーヴェル・ヴァーグとの葛藤というような、彼の内面に深く切り込むものではなかったのが少し残念だった。それはぜひオーレリアンたちがやってほしい仕事である。

上映後のサイン会で、アンリアンヌが助けてくれて、私がわざわざ日本からジェラール・フィリップの百年祭のためにフランスに来たのだと説明すると、ジェローム・ガルサンもアンヌマリー・フィリップも喜んでくれた。アンヌマリーの目鼻立ちがジェラールとそっくりなのが胸に迫った。

さて、今日は素晴らしい一日だったのだが、なぜかお腹をこわしてしまって、夜は絶食した。喉の痛みや咳も出るが、匂いもわかるし、まさかコロナではないだろう。

コメディ・フランセーズからはコロナで休演の通知が来た。いったいいつまで続くのか。


死の床のジェラールかくもすこやけきほろびの姿シネマならずや

十月十九日　リヨンからパリ

今朝はだるくてなかなか起きる気にならない。困ったなと思ってアンリアンヌに電話すると、気温の変化が激しいから風邪をひいたんじゃないの、今日はビズをしなければいいわよと言ってくれた。それでちょっと元気が出て朝ごはんを食べに行く。昨日食べていないので、小さなクロワッサンと小さなパン・オ・ショコラ、それにジャム付きのバゲット一切れも食べた。飲み物はいつも通りカフェオレとオレンジジュース、あとはアプリコットのヨーグルト。大丈夫そうだ。マスクをして宿泊費を精算してもらい、荷物を預けてサンジャンから可愛いケーブルカーでフルヴィエールに行く。昨日アンリアンヌにもらったチケットを忘れたので困ったが、地面に落ちているチケットを拾って差し込むと運良く使えたので助かった。

純白のフルヴィエールは外からでも美しく、来た甲斐があったと思ったが、やがてアンリアンヌに会って中に入ると、ステンドグラスも天井画も、金とトルコブルーがさながら天国のようで恍惚とした。アンリアンヌと一緒にお祈りの蠟燭を灯して、これで天国でも友達ね、と私は笑った。この人なら本当にそうかも知れないと思う。三日間行動を共にして、全く疲れることがなかった。優しく思いやり深いが、さっと手を放してくれるところもある。

それから古代ローマの劇場を見せてもらって、急な石段は怖かったが、感動した。こういう劇場で

ジェラール・フィリップの『ル・シッド』が観たかったし、観世寿夫の『井筒』や『野宮』も観たかった。古代の石畳の中でも、きれいな赤い石が心に残った。

リヨンはパリより古いのね、と私が言うと、そうよ、パリだけがフランスじゃないのよ、とアンリアンヌが答えた。それでもパリが好きだけどなあという言葉はぐっと呑み込んだ。

パリにいると、自分が地球外生物であるかのような異物感があって、そのひりひりする感じがたまらないのだが、他の町では感じることができない。東京も私にとってはそうではない。強《し》いて言えば京都だろうか。

再びケーブルカーで旧市街に降りて、メトロでホテルに荷物を取りに行く。それから近所のブラッスリーでポトフをアンリアンヌと一緒に食べた。肉汁を吸い込んだ大根や人参がとても美味しかったが、お肉は食べきれなかった。私にしてはごく珍しいことである。

ホテルのみんなにお菓子のお土産を買って、駅に着いた。チケットのメールが見つからず、最後までアンリアンヌにお世話を焼かせたが、なんとか見つかって列車に乗れた。付いて来てくれた彼女は、大丈夫よと最後にビズしてくれた。ありがとうアンリアンヌ、さよならリヨン。

パリのリヨン駅に着くと、タクシーが長蛇の列で、仕方なく重い荷物を持って、トイレを我慢してメトロに乗る。シャトレとオデオンで乗り換えたが、だんだんにわが家に近づく感があるから不思議だ。汚くて人々がいらいらしていて、居心地の悪いパリの街が、こんなにも懐かしいのはなぜだろう。

ホテルに帰り着くと、お馴染みのペドロがささやかなお土産を喜んでくれた。リヨンはどうだった？　と訊かれたので、歴史のある美しい町だけれど、パリの方が刺激があってずっと好きだと答えた。

ペドロもパリは活気があって好きだと言う。全く状況は異なるが、共に異国人として意見が一致した。

それから部屋に上がって、まずアンリアンヌに電話すると留守番電話だった。疲れてしまったのだろうか。気になるが、メッセージを入れた。

そして三日ぶりのコスモへ。いつものマダムがいるので、リヨンに旅行したけれど、ここが懐かしくて特にトビイが恋しかったと話した。トビイは残念ながらいなかったが。

思いきってステーキとペリエとあとでサラダをもらった。デザートはババとカフェ・アロンジェ。パリに帰るとこんなに食べられるのが信じられない。疲れていたのか。気を遣っていたのか。

再三言う通り、警察車両が狂気のように爆走して行くパリの街。乾いた早口の会話と煙草の煙が行き交うテラス。これらが好きだ。

アンリアンヌからはメールが来て、疲れて眠っていたけれど元気になったと書いてあった。申し訳ない。お互いに楽しかったけれど疲れたのだろう。セラヴィである。

部屋に戻って電話すると、いつもの声でちょっと安心した。本当に優しい人である。またフランスに来て会おう。


古代ローマ劇場に立ち詠むべくはつばさ妙なる一首ならずや

十月二十日　パリ

木曜日は大変だ。午前三時からデプレ先生、七時からラウル先生の、そして十時から堀尾先生のホメロスである。日本にいる時も三コマはハードだったが、時差が加わるので、本当に体力勝負である。

今日はさすがに風邪気味で疲れているので、ホメロスは受け持ちを飛ばしていただいた。それでもホメロスは楽しくて、見学のくせにいろいろしゃべってしまった。

最初はイーリアスが読みたかったのだが、先生とお仲間とオデュッセイアを少しずつ読み進めて行くと、イーリアスの青春性に対して、これぞ大人の文学という感じがする。乞食姿に身をやつしたオデュッセウスが、只者ではない台詞を吐くのがいちいち面白い。

勉強が終わるとコスモだ。早く行かないとトビイがお散歩に出てしまうかも知れない。

お店に入って、いますか？　と訊く間もなく、トビイが飛んで来た。もうすぐこの子ともお別れである。忘れられないように、絶対帰って来なければ。

牛肉のブルギニョンのお米添えとサラダを頼む。ちょうどハヤシライスのような感じで、私好みだったので、舐めたようにきれいに食べてしまった。

雨も上がって暖かくなった。サン・ジェルマン・デ・プレに行ってみよう。

アンリアンヌにサン・ジェルマン・デ・プレはみんなお高いとさんざん悪口を言っていたのだが、実はやっぱり好きなのである。

ジョナックに三度目の正直でロングブーツを探しに行くと、今日は何とか入るのが見つかって、革も柔らかく気に入った。歩いてみてこれでいいと思ったが、念のためにサイズを調べてもらうと、三十八なので、私のサイズの三十七を出してもらうとその方がぴたりと足が収まった。サイズの緩いブーツの怖さはじゅうぶん経験済みである。奥からマダムも出て来て、機嫌良く見てくれた。三十七で決定である。このまま履いて帰ることにする。

このお店で可笑しかったのは、入って来た若いお客さんが私を店員だと思って、注文の品について話し始めたことである。黒いワンピースを着ていたので、制服と間違えたらしい。

それにもうひとつは、お店の会員になるために生年月日が必要なのだが、私が年は秘密だと言ったら、店員さんがでは二千年生まれにしておきましょうと言ってくれたことだ。マダムがそれを見て笑ったが、感じは悪くなかった。

二百二十五ユーロ。最後の大きな買い物を終えて、サン・ジェルマン・デ・プレ教会に入る。神様は何とお思いだろうか。

ホテルに戻ってからコインランドリーに行って、帰りにシネクラブを覗くとあと三十分で『タクシードライバー』だった。アンリアンヌに電話してから出直して観始めたが、ちっとも好きになれない。アメリカの映画は嫌いだ。好みじゃないからごめんなさい、と受付のマダムに言って出てしまった。

コレージュ・デ・ベルナルダンに寄ってから二回目のコスモに行く。いつものマダムもトビイもいなかった。今までに食べたことのないものを食べようと、サーモンのタルタルを頼んだが、あまり美味しくない。鮮度が悪いのだろう。もっとレモンをかけなければ駄目だ。コメディ・フランセーズの前にカフェ・リュックで食べたサーモンのタルタルがとても美味しかったことを思い出す。何

か落ち着かないので、チーズとハムのオムレツも食べる。これはまあまあだった。

旅行会社に電話して、帰国の日のタクシーを頼むと、またシネクラブに行って、今度はゴダールの『男性・女性』を観る。この方がずっといいわよと若いブロンドのマダムが言ってくれた。ずっといいかどうかはわからないが、わからないなりに楽しめた。外に出ると雨で、雨宿りの人がいっぱいである。マダムは向こうを向いていて、感想は言えなかった。

いろいろなことがある一日だったが、やはりハイライトはロングブーツだろうか。

ゴダールに飽くことなきは不思議なり海に新しき波など無きを

オペラ座バレエのスター、ガニオ様

十月二十一日　パリ

夜中にオペラ座のバレエの『マイヤーリンク』の最上席の戻りが出たので、何度も苦労して漸《ようや》く入手した。もう既にチケットは別の日に桟敷を買ってあったのだが、今日のは村上さんご推薦のスター、ガニオ様の出演日である。ガニオの皇太子ルドルフは、十一代目團十郎の与三郎のような嵌《は》まり役だと言うから、くれぐれも居眠りなどしないようにコーヒーをがんがん飲んで、心して観なければならない。

たかこさんと話して笑ったのだが、もうあとパリも十日だし、日本に帰れば耐乏生活でもいいのだから、心おきなくお金が使える。むしろ後悔しないようにほしいものは買うべきであろう。ミニチュアのパリが買えたらいいのだが。

たかこさんは犬が怖いので、いつか一緒にコスモに行くときはトビイを抑えていてくれと言う。何もパリに来て二人でコスモに行かなくても、もっと素敵なお店がいくらでもあるが、私が通ったお店が見たいと言ってくれた。そして、わんわんに、もうすぐいなくなるけれどまた来るよと言っておきなさいと言う。もっともである。

里子さんはイタリアで楽しそうだ。イタリア語をもう一度勉強して旅行して、本場のパスタやピザが食べたいものだ。パリでまずいのはパスタと、場合にもよるがお魚と思い知った。

でも、風邪にはちょっと困っている。熱もないし、嗅覚も普通だし、コロナではないと思うが、咳がひどくて、酸素濃度は正常だが多少息苦しい感じがある。気管支炎だろうか。よほど困れば、ホテルにも旅行会社にも相談できるので心配はしていないのだが。

パリに来るまでは、パリに来る前に死んだらどうしようという思いがあったが、今はもう何があってもここがパリなのだから、死んでもいいのである。まあ死なずにまた来たいものだが、明日のことはわからない。

コスモに来ると、トビイがいっぱいお腹を出してくれた。私はもうすぐ帰るけれど忘れないでね、と言い聞かせた。通じたといいが。

薬局でコロナウィルスの検査キットを買ってテストしてみると、幸い陰性である。アンリアンヌの言う通り、気温の変化がひどいので季節の変わり目の風邪をひいたのだろう。旅行会社のアリスさんもそう言っていた。イタリアの里子さんにもちょっと電話してみると、元気そうねと言われた。ミラノに行くところだと言う。

受付のペドロに頼んで、ホテルのお友達のロクサーヌと出かける約束は延ばしてもらう。夜のお芝居は行きたいが、どうしたものだろうか。

お掃除担当の女性に思いきって名前を訊くと、ジゼルと教えてくれた。美しい名だ。私はジャンヌよと言って別れた。

ただ部屋にいるのも退屈なので、昨日のお気に入りの黒いワンピースを着て外に出た。

お散歩に行って来るとペドロに言うと、日光浴はいいからねと言ってくれた。でもひょっとしたら、夜まで出かけるつもりなのだが。

駅に行く前に、ふと思いついて前も来た不動産屋に入ってみる。この辺りで一部屋のステュディオは無いかと訊くと、ちょうど一件だけあると言って、すぐに案内してもらうことになった。ポール・ロワイヤル通りで、一階で中庭に面しているという。だが、行ってみると、学生の下宿にはいいが、老後の住まいとしてはちょっと侘しい感じがした。

金額も、内装の直しがかかるので、予算を大きく超えてしまう。

またいい物件があったら情報をくださいと言って別れ、公園でホテルのオーナーのドニに電話した。

ドニがずっと前から言っていた物件を見せてもらうことにしたのである。たとえ買えなくても、見ることで考えが固まるかも知れない。明日の三時に近くのモンターニュ街のステュディオを訪ねることになった

さて今夜はどうするか。ぐるりと大きく回って、パンテオンからホテルの前を通ってコスモに出た。今日は朝のタルティーヌしか食べていないので、豚肉のローストとマッシュポテトにして、あとでコーヒーアイスクリームとカフェ・アロンジェをもらう。

さんざん迷ったが、このまま寝るのもつまらないのでメトロに乗ってしまった。パレ・ロワイヤル・ミュゼ・デュ・ルーヴルで降りて、まずコメディ・フランセーズのチケット売場に行き、コロナで中止になった『リア王』のチケットがもう無いことを確認して、感じのいいムッシュに『桜の園』でまた来ます、と言った。それからモンテスパン街三十八番地のパレロワイヤル劇場を探して辿り着く。パリと言うより、村の芝居小屋のような雰囲気である。新宿コマ劇場をうんと小さくしたような感じだろうか。面白いといいのだが。

と言っていたら、中に入ると立派なレッドカーペットを敷き詰めた古風なイタリア風の劇場でびっくりした。ごめんなさいである。

私の席は一階いちばん前の桟敷で、歌舞伎座でもいちばん好きな席である。案内係にみんなチップを渡していて、ポケットが硬貨でちゃりんと鳴っているのにあとから気がついた私は、あわててさっきの係にもう一度席を訊くふりをして二ユーロを渡した。オペラ座やコメディ・フランセーズでは誰も渡していないようだったが、本当はあげる方がいいのだろうか。悩んでしまう。

それはともかく、芝居はとても良かった。コンピュータの原型を考えたアラン・チューリングという天才数学者が、第二次世界大戦中にドイツの暗号を見破っていながら、それが誰にも知られず、同性愛のために逮捕されて自殺するという生涯を、チューリングと相手役の二人芝居で描いたものである。役者は適役で熱演だったし、さすがにナチスの脅威も日本で扱う時とは違う切迫感があった。だが、同性愛を含めて、素材から予想がつくドラマではあった。ウェルメイドプレイと言おうか、演劇としての新しさにはいささか不満が残った。

終わると次の舞台のために観客が並んでいた。私が三十日に観る『エドモン』である。この分なら期待できそうだ。

そして運良く、緑のランプの空いているタクシーが見つかって、九時ちょうどにホテルに帰って来ることができた。

当直のマルコは、日本が好きだと前も言っていたが、今日はわざわざ細野晴臣が好きだと言いに来てくれたので、彼は日本でもとても立派なアーティストと考えられていますよと言ったら喜んでくれた。いろいろ日本びいきがいてそれは素直にうれしい。

コンピュータにクリストファーと名づけたるアラン・チューリング星の形見に

十月二十二日　パリ

今日はコメディ・フランセーズの『リア王』がコロナで中止になったので、一日空いているが、昨日ホテルのオーナー、ドニのステュディオを午後三時に見せてもらう約束をしたので今それがメインである。あとはヤマトさんが二十六日に来てくれるので荷造りだ。

ホテルで珍しくたっぷり朝ごはんを食べてから、コスモにトビイを見に行ったが、彼は来ていなくて、熱いココアを飲んで帰って来た。

アンリアンヌに昨日と今日のステュディオ探しのことを電話すると、パリの中はとにかく高いから、郊外か地方都市に住んだら、より安くて安全だと言ってくれた。たとえばシャルトルとかアミアンとかに住むということである。一理あるが、それでは連日の芝居通いは無理だ。

郊外に住んで都心の劇場と行き来する大変さは、横浜住まいの私には良くわかっている。まして年を取ったら不可能に近い。そのために、家を建てる時も、土地をすっかり売って東京にマンションを買おうかと思ったものだ。

とにかく見るだけ見て良く考えるということにしよう。

お腹がまだ治らないので、さすがにお昼にコスモのステーキはきついと思って、シネクラブの近くのベトナム料理屋さんで、温かいフォーを食べた。ところが、これが美味しかったには違いないが、スパイスが効いていて、荒れた喉にしみて涙が出た。

昨日もお芝居の最中に咳を我慢しようとして涙が出たのである。風邪は意外に手強《てごわ》い。だが、今日はずっと観たかった『軽蔑』がちょうどシネクラブで五時からなので、それを観て、コスモでステーキを食べるとしよう。ああ、やっぱりパリの真ん中に住みたいものだ。

ところが、三時になってドニに電話すると、今日は差し支えができたから来週にしてくれと言う。早く言ってくれればいいのに。

でも、時間ができたので、パリに来てすぐに行ったクリュニー美術館に久しぶりに行ってみた。古代ローマの浴場跡の建物が不思議に生々しい。ありがたいことにソルボンヌの学生証で無料になった。まっすぐに二階に上がって、『貴婦人と一角獣』のタピスリーの部屋にしばらく座った。今日は土曜日なので、小さな子どもたちも来ているが、どんな感じにこのタピスリーの記憶が残るのだろうか。うらやましい環境である。

それからシネクラブで、とうとう念願の『軽蔑』を観た。ブリジット・バルドーとミッション・ピコリが素晴らしくて今度は最後までじゅうぶん楽しめた。下敷きになっているのが、東京古典学舎で読んでいる『オデュッセイア』なので面白さも一入である。しかし、なぜ最後にブリジット・バルドーを死なせないといけないのだろう。ゴダールの悪癖である。

ペネロペを愛せざるゆゑかへり來ぬオデュッセウスか海に憑かれて

十月二十三日　パリからトゥール日帰り

今日は朝の六時半から、大好きなデプレ先生の肖像画の歴史があって、トゥールのカテドラルに、シャルル八世とアンヌ・ド・ブルゴーニュの幼い皇太子とその弟のお墓があるので、ぜひ見なさいということになった。午後からヴィユー・コロンビエ劇場で、ジョルジュ・サンド原作の芝居を観る予定だったが、急遽トゥールに向かう。今回の滞在の最後の旅だ。最初と最後がトゥールというのもご縁である。

運よくホテルのそばにタクシーが来たので、モンパルナス駅まで乗る。だが、チケットを買うのに思いのほか苦労して、現金で買おうとしたら金額が足りず、いつもの黒いワンピースの下からカードを取り出して払った。ハムとチーズのサンドウィッチにオレンジジュースを買って、待ち時間に駅で食べる。

十二時過ぎにTGVのinouiに乗ると、朝早かったのでうとうとしてしまう。一時間ほどでサン・ピエール・デ・コールに着き、そこから程なくトゥールである。勝手知った駅からカテドラルに向かうと、途中に良さそうなカフェがあって、帰りは寄ろうと思った。

カテドラルで幼い王家の兄弟の墓を探すと、すぐに見つかった。今までは気にも留めなかったが、習ったばかりの、亡骸を包む端正な大理石のゴシック様式とその下

の部分の豊麗なルネサンス様式の融合が際立って美しく、亡き子に寄せた王妃アンヌ・ド・ブルゴーニュの悲哀が胸を打つ。中原中也が子どもを亡くした時の詩を思い出した。本当に幼い子どもの死ほど悲しいものは無い。中庭の柱廊にも入って螺旋階段を昇り、上でも写真を撮った。

デプレ先生にメールしてからさっきのカフェでお茶にする。ロワール風のアイスクリームを頼もうとすると、もうアイスクリームの季節ではないと言われて、ケーキとコーヒーとそれからペリエをもらった。凄い勢いで風が吹いている。春のように暖かいけれど、落ち葉が舞っている。確かに秋だ。髪にも落ち葉が絡みつく。『源氏物語』の夫に愛されず屈辱を味わう皇女、落葉宮《おちばのみや》のことなどを思う。

さあ、帰ろう。

駅でチケットを早い時間に替えてもらうので、何か割引のパスを持っているか訊かれて、シニア優待パスを持っていると言ったら、係の女性は冗談でしょうと笑い出した。いえ、パスポートを洋服の下に持っていますと言うと、前のチケットを見せてほしいと言われて見せた。アジア人は骨格が平たいので、彫りの深い欧米人に比べると二割方は若く見られそうだが、見かけと本質はまた別である。作品においても、年を忘れて生きたいものだが。

大理石の下なる子どもの亡骸は夜夜に泣くべしおもちやあらねば

十月二十四日　パリ

あと一週間である。寂しい。悲しい。

朝起きてもう九時だったので、ホテルの朝食はやめてコスモに行った。クロワッサンとバターたっぷりのタルティーヌとカフェオレと搾りたてオレンジジュース。とても美味しい。そして、二日ぶりのトビイが途中でお散歩から帰って来て甘えてくれた。幸せだ。

お勘定をして、チップをあげそびれたので、しばらくしてまた戻り、どうしたの？　と訊かれたので、これはトビイ、これはマダムとマダム、と言って、二ユーロずつ渡した。なかなかスマートにあげるのがむずかしい。

ホテルに戻ると、部屋係の仲良しのジゼルにも挨拶して二ユーロあげた。

いよいよ荷造りを始める。ペドロにガムテープと鋏を貸してもらった。そして、ドニとは今日の午後見に行く約束をする。今夜八時からバスティーユで『サロメ』だから時間はちょうどいい。

ホメロスの予習も進まないし、アンリアンヌに電話してちょっとおしゃべりしてから、お洗濯のついでに行ってみよう、と出かける。何と、ドニのアパルトマンはいつものコインランドリーの上だった。警察署の真向かいである。

十九世紀の建物だというが、エレベーターは付いている。今日は八階のステュディオの鍵を持っていないということで、ご自分が一家で住む予定の七階のアパルトマンを見せてくれた。五、六部屋あったろうか。広い上に日当たりが良くて気持ちがいい。先日の侘しいステュディオとは全然違う。明日は鍵を持って来て、売るつもりの上を見せてくれるというので楽しみだ。買いたいものだが、高いのだろう。まあ、見るだけはただだから、ぜひ拝見しよう。

お洗濯して乾燥機にかけようとすると、マダム、私が今この機械を使ったばかりだからここになさい、熱いから、と教えてくれるマダムがいる。ありがたくそこを使わせてもらって、あとで彼女が洗濯物をバッグに入れるのに苦労している時は手伝った。お互い様で楽しい。

この辺りは本当にパリの下町のひとつなのだろう。私は横浜の新興住宅街に育って、下町人情というのに馴染みがなかったが、人懐っこくて優しい。ここに住みたいものだ。

今日は一昨日のベトナム料理にしようかなと思ったが、食事の間の時間で閉まっていた。やっぱりコスモだ。今日は久しぶりに南瓜のスープと、初めてのアンディーヴのサラダにしてみた。最近はムッシュも別に変な目つきはしないし、馴染みの店はいい。アンディーヴのサラダは初めて食べたが、少し塩辛いけれどとても美味しかった。デザートはコーヒーアイスクリーム。お勘定が二十二ユーロと六十サンチームだったのを聞き違えてしまった。数字はどうしても苦手である。

ホテルに戻って、まだ時間があるので、シチリアの里子さんに電話して、パリに住みたいことを聞いてもらった。彼女はとにかく、ちゃんと準備をして行きなさいと言ってくれた。母が生きている頃からずっと家を出てパリに住みたかったのに、自分の力不足で今まで実現できなかった。もうあとどれくらい健康な持ち時間があるか、ぎりぎりなのだから、どうしても夢は叶えたい。

今日は『サロメ』なので、赤いワンピースにスカートを組み合わせて、ロングブーツにした。ロングコートを着るとちょうどいい気温である。

席に着くと、前列と私の隣のマダムお二人がお友達らしく、仲良く話しているので、席を代わりましょうかと言うと、とても喜んでくれた。私は一人だし、ひとつ前の列になって得をしたようなものである。

今回は刺激的な演出と聞いていたが、あまりにも性的で笑ってしまうようなところもあった。ヨカナーンに愛を拒まれたサロメが自慰をするとか、サロメの七つのヴェールの踊りの場面で、ヘロデ王とサロメが性行為そのものをするとか、気持ちはわかるがそれは意味があるのでしょうかと言いたくなる感じだった。お隣のご年配のマダムなど、まあ嫌だこと、とムッシュにおっしゃっていて、それはそれで可笑しかったが。サロメは処女を犯されたためか、生理のためか、下半身血まみれでヨカナーンの首を要求する。ヘロデ王は他のものなら何でも遣《や》るがそれだけはやめてくれと言うが、サロメは聞き入れない。

そこから、二人サロメの趣向になり、吹き替えのサロメは床を這い回り、一方本役のサロメは、鳥籠のような座敷牢の中に入って、実は生きているヨカナーンと愛し合う。そのまま鳥籠は中空に昇り、ヘロデ王は兵士に撃たれて幕である。

最後のアイデアは面白いと思うが、性を扱うのは非常にむずかしいと痛感した。

行きはタクシーがあったのに、帰りはなかなか来ないので、思いきってメトロで帰って来たら、女性もいっぱいで今日は全然怖くなかった。ホテルに帰る前にコスモを覗くと、ムッシュと二十歳くらいのマダムが店番をしているが、お客さんはまばらである。以前、お馴染みのギャルソンたちがいた頃の繁盛ぶりが嘘のようだ。潰れないといいが。

エメラルド遣らむといへるヘロデ王、エメラルドは血の補色なるゆゑか

十月二十五日　パリ

昨夜は十一時過ぎに、待ちきれずに東京の村上さんに電話してしまった。『サロメ』のことを話し、東京の新国立の『ジゼル』のことを伺い、もろもろの舞台のことを話す。

やはりオペラやバレエは、私のような初心者が技法を知らずに芝居として楽しむだけでは核心に近づくことができないようだ。まず音楽であり舞踊なのである。歌舞伎やお能と似ている。

そして、パリに住みたいことを話すと、経済的に到底無理、まだ背水の陣を引く年ではないと言われた。彼は横浜の家の建築家さんを紹介して、私の危機を救ってくれた大事なお友達である。だが、パリは諦めきれない。またゆっくり考えよう。

ヤマトさんに荷造りのことで電話して詳しく教えてもらい、やり直しているとお昼になった。

コスモへ。いつもの声の上品なマダムがいて、トビイが飛んで来た。喜んで撫でながら、ふと見上げると、前のお馴染みのギャルソン、つまりマダムの連れ合いがカウンターに座っている。ずいぶん会わなかったたね、と言うと、だって俺は隠れていたんだよ、と答える。何が何だか事情がさっぱりわからないが、どうも店をやめたようだ。大丈夫なのだろうか。

とにかく、ポークソテーのカリーソース、お米添えを頼む。来たのはカレーライスそのものだった。

お味も悪くない。ペリエを飲みながら食べていたが、やがて、元ギャルソン氏は挨拶もしないで行ってしまった。そばにやって来てくれるのはトビイ。君は裏切らない。

日本に一緒に来るか訊いてみたが、黙って撫でられている。ケージのある小さなおうちがあるんだよと話してやる。一瞬本当にトビイを盗んでしまいたくなった。

熱はないけれどだるくて血圧高めである。風邪なのか。何なのだろう。時々お腹がしくしく痛くなったりする。さっぱり勉強する気になれなくて、ベッドでごろごろしている。

四時半にはドニのステュディオを見に行く約束だ。それまでに元気を出そう。

ドニのアパルトマンの下に入って電話すると、あと十分で行くから待っていてくれと言われた。途中親切な年配のムッシュが出て来て、外のドアの中に入れてくれたが、中から出て来た別のムッシュに疑わしそうな目つきで見られたりして嫌なので、外に出て、向かいの警察署を眺めていた。若い男女の警官が市民の応対をしている。それもお国柄で、誰もいない時には、職務上の話かどうかはわからないが、楽しそうに会話していた。

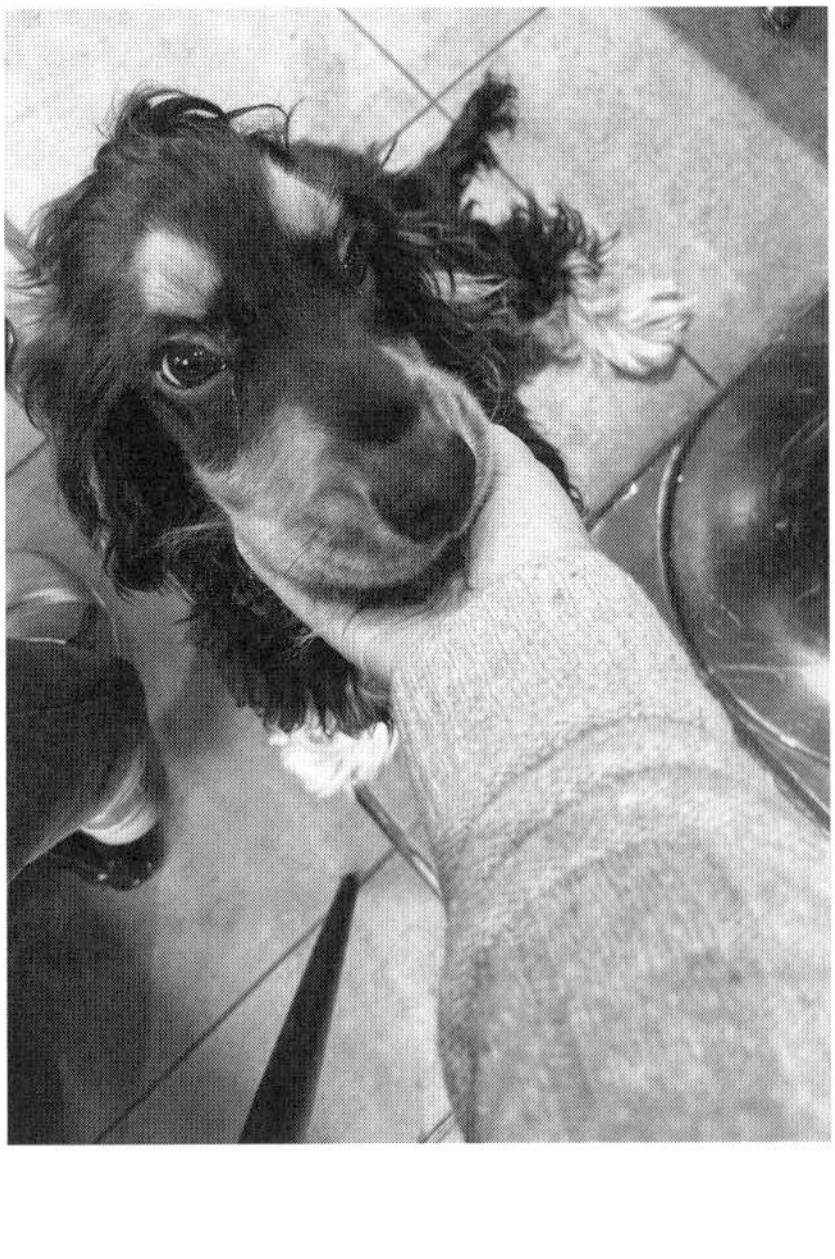

やがてドニが戻って来て中に入れてくれた。ドニのアパルトマンは五階でとても広いが、見せてもらったのは七階の屋根裏部屋で、思ったほど狭くはないが、屋根が傾斜していて少し圧迫感がある。だが、窓からはパンテオンが見えるし、日当たりもいいので、横浜の家を売って引っ越すのは無理だが、家と別に持っている分には悪くない。あとは予算である。内装も工事しないといけないし、家具も無いのでかなり大変だ。

何と、ドニは八十七歳だという。まだまだ未来はある。

今日は体調いまひとつなので、夜のコメディ・フランセーズはパスしようかと思ったが、行ったらどんどん元気になって、おまけに舞台が泣くほど素晴らしかった。

モリエールへのオマージュのバックステージ物で、モリエールと彼の一座の役者たちの日々を描いている。一幕目はお得意の喜劇『女房学校』が大成功した一方で悲劇役者たちが文句を言う場面、二幕目は『女房学校』『女房学校批判』に続いて王の前で新作を演じなければならないと言うので、急遽作った芝居を半ば口立てで役者たちに振り付ける場面である。

ところどころに、芝居は他者の心に叶うように作るもの、礼節や規則を守ることよりも人間の真実を描くものだという、モリエールの演劇哲学が散りばめられている。また、ライバルの劇詩人コルネイユの名前が折々登場して、その詩句が朗誦されたり、彼の劇団オテル・ド・ブルゴーニュとの対立やそこの役者たちの物真似が出て来たりして、芝居好きには堪えられない面白さである。

だが、これは歌舞伎で言えば、河竹黙阿弥の伝記芝居をやっているようなものなので、黙阿弥の芝居や関わりの深い役者たちを知らないと面白くないように、フランスの演劇史を知らないと楽しみも半減する。

この秋の開幕のコメディ・フランセーズのレパートリーにはフランス古典劇がひとつもないので私はがっかりしたが、こういうところでコアなファンに応えて埋め合わせをしているのかも知れない。

感動的ではあったが、これもまた芝居作りとしては手堅い保守的な手法である。フランス演劇はどう動いて行くのだろう。次は出発前夜の『桜の園』だ。

巴里に住む未來ははかなモリエール血を喀《は》く像はいづこにも無し

十月二十六日パリ

今日は寝坊したのでシャワーを浴びてからコスモで朝ごはんを食べる。昨夜受付に預けた荷物は、朝のうちにヤマトさんが持って行ってくれた。

今朝はトビイはいなかった。マダムに訊いてみると、飼い主がまだ来ないからということだったが、では、声の綺麗な素敵なマダムが飼い主で、コスモの新しい主人なのだろうか。だが、彼女は例のギャルソンの奥さんだから、そうなるとわけがわからなくなる。とにかく、朝ごはんは美味しかった。

それから、ホテルに戻ってちょっと勉強してから、昨夜ネットで見つけておいたサン・ジェルマンのステュディオを見に行く。タクシーで早く着いたので、近所のカフェでひと休みしてプルーストを少し読んだ。この辺りは、カルチエラタンとはまた格が違って上品で洗練されている。お隣の建物には秋の色の洋服を美しく並べたブティックがあって、待ち時間にちょっと入ってみたが、お値段もさることながら細身のサイズが合わなさそうで退散した。

時間になってやって来たバイイ氏はまだ若い男性で、すぐに案内してくれた。気持ちのいい中庭があって、ちょっと怖い螺旋階段を四階まで上がると、ステュディオがある。元々古い建物だから新しくはないが清潔で、家具も揃っているので明日からでも生活できる。パリでも一、二のおしゃれな界隈である上に、工事の必要がない。ここにしようかなと思う。問題は狭くて怖い螺旋階段だが。

そのあとまたタクシーで帰ったが、このタクシーの運転手さんが女性で凄いおしゃべりで、でも面白いので、さんざんしゃべってしまった。彼女はパリの人々はいつも不機嫌で感じが悪いのに対して、アジア人は静かで上品で、特に日本人は礼儀正しくて大好きだと言う。

日本人はそんなに結構な人々だろうか。そこで、日本では、四十、五十を過ぎたら、女はおばあさんと呼ばれるが、フランスではそんなことはないからフランスの方が居心地がいいと言うと、彼女も笑い出して、それはフランスはそういう国で、みんないつまでも若いと言った。

ホテルに戻ってアンリアンヌに部屋探しの報告をすると、パリには屋根裏部屋や女中部屋がいっぱいあるから、帰国してからゆっくり考えなさい、パリの外でもいいじゃない、とアドバイスしてくれた。私としてはパリの中心部に住みたいのは譲れないところだが、ゆっくり考えよう。

でも、たとえば今日のサンジェルマンのステュディオなら、ぎりぎり横浜の家を売らずに何とかなりそうだ。日本に拠点を置いて時々パリで暮らすのなら、仕事にも大きな支障は出ないし、ビザなどもあまり関係がないだろう。旅行会社と契約して医療保険に入っておけば安心である。さて、今日はとりあえず勉強しよう。

とはいえ、夕方になるとコスモに足が向く。今日は行って良かった。座ると地下から、お馴染みのベテランのギャルソンが上がって来たのである。わあ、久しぶり、寂しかったよと言うと、彼はお腹を撫でながら、ここにステントを入れたんだよと言った。心筋梗塞とかだろうか。それは一大事だ。お大事にと言うと、もう大丈夫だと、それでも大儀そうに彼は言った。

帰る前に会えて本当に良かった。若い方のギャルソンと奥さんとトビイの謎はまだ解けないが。

今日のパリは初夏のように暑い。明日はもっと暑くなるらしい。日本は真冬の寒さのようだ。どこもかしこも壊れている。

花の名のわれはたれにも手折られず巴里の空高く咲きたきものを

十月二十七日　パリ

今日は最後のハードな一日。午前三時からデプレ先生、七時からラウル先生、そして十時から堀尾先生のホメロス。三時からの授業は必死で出たが、七時からの授業は寝過ごして八時過ぎに参加。そのあと食堂でカフェオレとクロワッサンをもらって来て、部屋で食べる。ホメロスは何とか間に合った。

あとは土曜日のオウィディウスと日曜日の肖像画の歴史で終わりである。デプレ先生にはトゥールのことを訊かれて、カテドラルの柱廊に行ったかと言われたので、はい、昇りましたと答えると先生は満足そうだった。デプレ先生の授業もフランスに来る大きなきっかけになった。感謝してもしきれない。

三コマ終わると、ホメロスの感想のツイートを書いてから、この前行ったモンターニュ街のヴェトナム料理店でフォーを食べる。昨日のオペラのフォーはお汁が澄んであっさりしていたが、ここのはもう少し濃厚で、日本で食べるフォーとは違う。とにかくお汁がたっぷりの麺類はいい。

コスモは夕方。トビイはいるだろうか。

受付のロクサーヌと明日の約束。午後二時に彼女がホテルに迎えに来てくれる。楽しみだ。明日の午前中はオペラ座近くのヤマトさんで手続きをしなければならないが、なるべく早く戻って来よう。

今夜はいよいよオペラ座の『マイヤーリンク』である。村上さんお薦めのガニオ様の日ではないが、わくわくする。暖かいし、何を着て行こうか。
パリもあと五日だが、もしかしてサン・ジェルマンの部屋を持てる希望が高まったので、さよならという気持ちは無い。必ず帰って来る。
でも、部屋探しで、村上さんのようなお友達の忌憚《きたん》ない意見や忠告が、身に染みてありがたいと感じたのも事実だ。横浜の家は本当に小さいけれど、一応庭もあるし、ご近所も昔から知っていてとても親切だ、パリで同じようなアパルトマンを見つけようとしたら大変だし、私はあの家に守られているという村上さんの言葉は正しいに違いない。

私は、家に縛りつけられているように感じて逃げ出したかったのだけれど、守られていることも私の運命なのかも知れない。むしろ幸せだと思うべきなのだろう。

そのことをじゅうぶん心得た上で、パリに小さな小さなお部屋がほしい。秘密だが、これも本にして読んでいただくのだから、みんなにわかってしまうけれど。

コスモでレモンのタルトとカフェ・アロンジェとペリエをいただいて、ホテルに戻って着替えてオペラ座に向かう。今日も暖かいので、黒地のワンピースにダウンを着る。

オペラが始まる前に、そばのランセルでお世話になった方々のお土産に小物を買った。免税にするためにパスポートを見せてくれと言われて、またいつもと違うカードが必要だったこともあって、お手洗いを貸してもらって、ワンピースの下に付けているパスポートとカードを出した。そのあと、思いついて袋を何枚か貰《もら》いに行ったのだが、私の応対をしてくれた店員さんが、ジャポネが来てさ、と大声で仲間に話している。洋服の下に付けているのが滑稽だったのだろうか。袋を貰いに行ったのが悪かったのだろうか。笑われてもいいが、どちらなのか知りたい。フランス語がお上手ですね、と彼女に言われたのだが、それは外国人ですねと言うことで、まだまだだということである。本当に上手ければそんなことは言われないし、本気を出して普通に話して来る。

それはともかく、村上さんにたっぷり予習してもらったバレエ『マイヤーリンク』は、びっくりするほど良かった。舞台に近い一階桟敷席ということもあり、苦悩するオーストリア皇太子ルドルフに、どんどんひき込まれてしまう。今日は若いポール・マルクというダンサーで、どうなのかなと思っていたら、明るく健康的なポートレートとは全然違って、酒と薬とセックスに溺れる皇太子の孤独をひりひりするように踊っていてとても魅力的だった。相手役のマリーはアジア系のダンサーで、長身の上に豊かな表現力で、皇太子の死の道連れになる運命を見事に演じていた。土曜日にまた観るのが本当に楽しみである。

帰りはもう初めからメトロに乗った。混んでいたが、全く怖くはなかった。やっぱりパリの中心部にいないと、こういう生活はできない。良い部屋が自分のものになるように祈るのみである。


共に死ぬる幸を信ぜずただ一人巴里の心を問ふ死の日まで

十月二十八日　パリ

もう秒読みの段階である。今日は午前中にヤマトさんに行って、荷物の準備と支払いをする。係の方がとても親切で、できるだけ安くて済むように工夫してくださったが、それでもとてもお高い。けれどこれで安心して帰ることができる。こういう日本的なサービスに出会うとしみじみありがたい。ここにやって来る日本人のお客さんたちは、みんなそれぞれパリの空気に染まった感じなのも面白い。きっと私もそのように微笑ましく見えるのだろう。

ちょうどお昼に終わったので、メトロでまっすぐにコスモへ。いつものギャルソンに会えた。ステーキとサラダとコーヒーアイスクリーム。とても美味しい。元店主のムッシュが来週の火曜日帰るんだって？　と言う。どれくらいパリにいた？　と訊かれたので、二ヶ月半と言うと、時が経つのは早いねと彼は嘆息した。光陰矢のごとし、と教えてあげられたら良かったのだが。

ホテルに戻ると、受付のペドロが、今日が僕の最終日だよ、と言う。抱き合って別れを惜しみ、またきっとパリで会おうねと約束する。諸行無常、会者定離である。

お掃除係のジゼルが、今朝はいなかったのね、と言うので、いたよと言ったが、考えれば早く出てしまったから会わなかったのである。今朝は食堂にブルゾンを忘れたし、本当に間抜けだ。

二時にはロクサーヌとホテルで待ち合わせて、近所のカフェで楽しくおしゃべりした。彼女はコロムビアの出身で、家族と猫が待っている。パリではボーイフレンドと暮らしているそうだ。大学に通って、ホテルで木、金、土、日と働いている。コロムビアの美しい海の写真が印象的だった。七つの青があるのだという。虹のような海だ。

日本から持って来たピンクのお扇子をプレゼントすると、ピンクは私の色、と言って彼女は喜んでくれた。日曜日の朝にもう一度会おうと約束して抱き合った。

ホテルでひと休みして二回目のコスモへ。トビイはやはりいないが、みんなにこやかに迎えてくれたし、ベテランのギャルソンもいた。搾りたてレモンジュースにクロックムッシュの軽食を摂る。今夜のバスティーユの『魔笛』は七時半だからあと二時間半ある。

お勘定の時に、ベテランのギャルソンに名前を訊くと、ヤニスと彼は答えた。初めて聞いた名前に私が不思議な顔をすると、Yから始まるヤニスだという。私はジャンヌと言い、自分で選んだ名前だと説明した。日本の名前は何て言うのかと訊かれ、苗字と合わせて教えると、発音のややこしさに呆《あき》れていた。ジャンヌ、住所やアドレスを教えてくれ、息子が日本に行くんだよ、とヤニスが言った。思いがけないご縁である。喜んでお世話をしよう。また会えるけれど、ヤニスとも抱き合って挨拶した。

　それからバスティーユのオペラ座に行った。劇場の隣のマルシェというレストランに入ったが、誰一人注文を取りに来ないばかりか、顔を覚えているマダムが私の隣の椅子を貸してくれと言ったので、そのまま出た。まもなく開場で、お土産を買うために売店に入ると、初めてガルニエのオペラ座の売店に行った時に応対してくれた親切なムッシュがいて、もしかしてガルニエにいらっしゃいませんでしたか、あなたにお会いしましたと言ったら、向こうも覚えていてくれた。旅の終わりは物語の終わりのように、いろいろな線が繋がってゆく。

　だが、今夜のオペラは事件があった。オペラ初心者の私は『魔笛』も初めてなので、一生懸命舞台に集中していたのだが、幕間のあとしばらくして、白いシャツにデニムパンツの若い男が舞台に上がり、何事かを訴えた。最初は演出かと思っていたのだが、観客からブーイングが上がり、すぐに幕が降りたので、お隣のマダムに訊くと、やはり事件だった。

　最近美術品を襲撃する環境問題の過激な一派が話題だが、これもその一人らしい。

　オペラは程なく再開され、みんな大拍手だった。スクリーンに森の四季の風景を映して、自然の運行と物語を重ね合わせる美しい演出だった。終わったのは十一時で、ホテルに帰るともう十二時近かった。パリの夜は長い。


　魔笛欲る巴里の夜長くはしけやし無明長夜といはばいふべし

十月二十九日　パリ

うっかり寝過ごしてしまい、目が覚めたら九時だった。あわてて支度をして堀尾先生のオウィディウスに参加する。実は今日は全然予習していないのだが、出るだけで必ず面白い。

今日は狩猟の女神ディアナ、ギリシャだとアルテミスの物語で、森を彷徨っていたカドモスの孫アクタイオンがディアナの一糸まとわぬ水浴の場面に出会ってしまい、水をかけられる。このあとアクタイオンは鹿に変えられ、犬たちに噛み殺されてしまうのである。

先生は、オウィディウスが自分をアクタイオンになぞらえて、無実の追放の身を嘆いたということを教えてくださった。

アクタイオンはともかく、オウィディウスの天才は絶対権力の側からすれば非常に危険であったのではないか。彼は政治は語らないが、作品に溢れるエロティシズムが社会秩序を破壊するエネルギーを秘めているような気がする。

独裁体制ができる時、まず検閲されるのがエロスであることも注目していいと思う。

楽しい授業が終わると、コスモで朝ごはんである。昨日ヤニスに約束したので、日本の住所や連絡先を全部書いて持って行ったが、彼はまだ出ていなかったので、ムッシュに渡してもらうことにする。どちらにしても午後もまた来るだろう。

今夜はいよいよガルニエのオペラ座でガニオとリュドミラの『マイヤーリンク』である。本当は持って来た着物を着たいところだが、真夜中のパリで着物を着てメトロに乗るのはかなりの冒険である。危ない目に遭《あ》わないとしても、階段もいっぱいだし、洋服が無難だろう。着物は黒の絞りの葡萄唐草模様の付け下げ訪問着、帯は村上さんお見立ての金の松林の模様である。せっかく持って来たのに一度も着ないのも残念だ。ましてオペラ座の特等席である。今日はもう他に用は無いので、それだけを考えて悩んでいる。

ホテルに戻って、一応タクシーを頼んでみた。帰りのタクシーさえ確保できれば着物を着て行こう。コインランドリーに行く。これも今回最後だ。大袈裟に言えばプルーストの最終巻のように、すべての時間が繫って、この世の謎が垣間見えるような不思議な気持ちである。

ホテルに戻ってから、先日のサン・ジェルマンのステュディオを月曜日にもう一度見るために、ユゴー・バイイ氏に電話する。午後一時に現地集合に決まった。もう一度あの螺旋階段と部屋の狭さを確認したい。

受付にロクサーヌが来てくれたので、早速タクシーのことを相談する。彼女はすぐにタクシー会社に訊いてくれたが、結局帰りのタクシーも予約はできなくて、着物は諦めることにした。第一、着物を着ていたら、自分でも気になるだろう。せっかくの名舞台を心ゆくまで味わうのには、気楽なワンピースがいいかも知れない。赤いワンピースで決まりだ。

あのマダムのお店でいろいろ洋服を買っておいて本当に良かった。こんなに劇場に行くとは思っていなかったから、黒いワンピース一枚でいいと思っていたが、黒と赤の両方が大活躍である。

オペラ座のクロークはバッグも預けられるので、今日は日奈子さんのプレゼントの紫のアンティークのビーズバッグをトートバッグに入れて行って、劇場ではそれだけを持つことにする。

同じ国立劇場でも、微妙な違いがあって、コメディ・フランセーズはチップも受け取らないし、クロークでは袋類は預かってくれない。オペラ座ではクロークでチップも受け取ってくれたし、袋も預かってくれた。そう言えば歌舞伎座や国立能楽堂にクロークが無いのは残念である。コインロッカーがあるから実用面ではいいが、エレガンスの点で劇場にクロークは必須だと思う。

さて、そろそろお腹が空いたのでコスモへ。ヤニスはとても喜んでくれたが、彼の息子さんはオーストラリアで恋人と暮らしていて、日本にも来たいと言っているという漠然とした話なのだった。でも、息子はアクセルという名前なんだ、とヤニスがうれしそうに言ってくれたのでじゅうぶんだ。

昨日はビーフステーキだったので、今日はポークソテーとサラダにしたら、さっぱりしてとても美味しかった。食後には少しヴォリュームのあるものが食べたいと思い、例のドゥーマゴで食べられなかったカフェ・リエジョワを頼む。大きなパフェで、いっぱいのクレーム・シャンティすなわち生クリームはちょっとびっくりするが、中のコーヒーアイスクリームは大好きなので満足である。

パリもあと三日になって、却って落ち着いた感じである。オペラ座とコメディ・フランセーズに行って、部屋をもう一度見る。とりあえずそれができればいい。

アンリアンヌに電話すると、着物を着ないことにして良かったわよ、目につくと危ないから、と心配してくれる。そして、リヨンに、広くてお手頃な物件があると教えてくれた。リヨンに住む気は無いが、気持ちは本当にありがたい。

出発前にまた電話する約束をした。

さて、赤いワンピースに革ジャンとブーツで、紫のビーズのオペラバッグを持ってオペラ座に行くと、売店にはまた昨日のムッシュがいたので、ご挨拶をした。二月あまりで四回会ったことになる。

本当に親切で良い人だった。

今日は二階奥の桟敷で少し距離はあるが、正面である。噂に聞くガニオ様はどうかと思ったが、これが筆舌に尽くし難い素晴らしさだった。一昨日のポール・マルクも良かったが、あくまでルドルフ皇太子を演じているのであって、マチウ・ガニオはルドルフその人が現前する感じなのである。身体の動きや形のひとつひとつが、優雅で繊細でしかもドラマチックで官能的だ。これは村上さんのお眼鏡に叶うのも当然である。

お隣に通人のマダムが座られて、いろいろお話ししたが、やはりガニオは生まれついた優雅さを持っていて、それが滲み出るということだった。マダムはピアノとバレエを幼少時に習い、今も各地の劇場巡りをされているらしい。ヨーロッパの有産階級とはそういったものなのだろう。イタリアには絶対行かなければいけませんよ、建物も庭園もすべてヨーロッパのお手本です、とマダムはおっしゃった。ちょうどイタリアにいる里子さんのことを思った。彼女がツイッターに上げる写真は、どれも重厚で明るく華麗なフランスとは一味違う。

イタリアにもギリシャにも行きたいが、先立つものは元より、英語ができないので、言葉も心配だ。ヨーロッパの人たちのように、多言語が習得できたらいいのだが。

カーテンコールのあと、メトロに乗るつもりで外に出たら、運良くタクシーが止まってくれた。車内には、何か全くわからない言葉の放送が流れている。世界はつくづく広い。

今日からヨーロッパは冬時間だという。時差が広がって日本はますます遠くなるのだろうか。

たましひの冬時間暗くあかつきを知らざるままに飛べる鳥たち

十月三十日　パリ

五時に起きてデプレ先生の肖像画の歴史の授業に出る。内容は素晴らしいのだが、途中で何度も眠りそうになった。ブルターニュ公国の姫アンヌ・ド・ブルターニュが、パリのサンドニのカテドラルで夫のシャルル八世と共に眠りながらも、その心臓だけは父母の眠るナントに送らせたというエピソードが壮烈で心に残った。私は両親や祖父母の魂から離れて愛犬さくらとだけ眠りたいのだが。

授業のあと仮眠しようとしたが、眠れないので、コスモに行って、朝ごはんを食べ、そのまま国立図書館の新しいリシュリュー館に行って、モリエール展と常設展を見た。モリエール展は、有名なラ・グランジュの帳簿の現物を見て感激した。十七世紀だから、昔と言っても史料はあるわけである。しかし、飾ってある舞台衣裳を見ると、能衣裳や能面を見慣れた目にはいささか単純に映ると言っては失礼だろうか。これは日本人の偏見なのかも知れない。

むしろ常設展の中世の本の方が私には面白かった。デプレ先生の授業で習った豪華な装飾を施した時禱書や、王が直々に使ったという聖書もあった。

それからやはり国立図書館のフランソワ・ミッテラン館で開かれているプルースト展に回ろうかと思ったが、ホテルに電話してロクサーヌに何時までいるか訊いて見ると、十三時半と言うので、急いでタクシーで帰って来た。眠くてとても疲れていたせいもある。

ホテルのオーナーのドニがやって来て、ステュディオについて話すことができた。とてもいいけれど、予算が合わないと言うと、残念だとドニは言ったが、ゆっくり考えればいいよと付け加えた。気が変わることはないだろうが、もしまた買いたくなったら話し合いはできるだろう。今日もし暇だったら着物を着て見せようと言うと、今日は用があるらしいので、明後日出発の日に着て、コスモにも行ってみんなに見せよう。それでこそ持って来た甲斐があるというものである。

部屋でごろごろしていたが、少し元気が出ると、シチリアの里子さんに電話する。夢中で一時間近く話してしまい、どきどきである。パリに家が買いたいという夢について、村上さん同様親身に忠告してくれる。家は住まなくてもとにかく持っているだけでお金がかかるのだから、ギャンブルのようなものだということである。それはそうなんだろうなあと思いつつ、なかなか諦めることができない。高くて住みにくい部屋を買うくらいなら、部屋を借りるだけにするとか、今回同様ホテルに泊まるほうがましなのかも知れない。でも、どんなに小さくてもパリに自分の家と言えるものがあったら、どんなにいいだろうという思いも抑えることができないのである。

もう八時過ぎだ。今夜のパレロワイヤル劇場の芝居『エドモン』はパスしてしまった。もったいないけれど、毎晩のように出かけて、朝も早かったので身体は正直である。冷蔵庫に入っている葡萄を食べようかと思ったが、パリの夜もあと二日なのだからと思って、今日三回目のコスモに行った。今夜は賑わっている。良いことだ。

久しぶりのクレーム・ブリュレとカフェ・アロンジェが美味しい。トビイには全然会わない。どうなっているのだろうか。気になるけれど、今いるメンバーには訊くことができない。

パリに住んで犬を飼えばいいのに、とロクサーヌに言われた。私に何かあった時にその子を見てくれる人がいればだが、むずかしいだろう。ロクサーヌは柴犬が好きだと言い、忠犬ハチ公の映画を観たと話してくれたので、それは秋田犬で、「犬」という字は、イヌともケンとも訓《よ》むのだと説明すると、不思議な顔をしていた。

パリに来て、意外に日本に憧れを持っている人がいるので驚くが、その多くが幻想のようである。かつての黄金の国ジパングとまでは言わないが。

幻想無しでは人間は暮らせないが、現実を見つめなければ生きることはできない。私のパリもフランスも、やはり幻想だろうか。

幻を見ることなくてうつそみは鬱素美となるつまどひたまへ

十月三十一日　パリ

滞在の最終日である。ゆっくり寝て、シャワーを浴びて疲れが取れた。地下食堂に行って、朝ごはんを食べ、部屋に戻る。午後一時のステュディオ訪問までしばらく勉強するつもりだ。

夜はコメディ・フランセーズの『桜の園』の初日なので、黒のカシュクールにスカートとロングブーツという組み合わせにした。これで、パッチワークのジャケットを羽織る。

デプレ先生が昨日のメールのお返事をくださって、とてもうれしい。

ジェラール・フィリップの家に連れて行ってくれたアンヌマリーに改めてお礼とご挨拶のメールをする。そうだ、エマニュエルにもご挨拶しなければ。

明日も会えるけれど、仲良しの部屋係のジゼルと抱き合って挨拶してから、勉強道具を持ってコスモへ。綺麗な声のマダムがいたが、トビイはいなかった。今夜来るのだという。出発までに会えるといいのだが。

タクシーでサンジェルマンに行ったら、まだ二時間ほどあって、モノプリでご近所のお土産にトリュフ入りの岩塩を買ったり、コーヒーを飲んだり、アップルのストアを覗いたりしていた。アイパッドやマックブックの小さいモデルがあって、見ているとほしくなってしまう。

ここはたしかにいいカルチエである。住むことができればいいが、螺旋階段はどうだろう。やがてやって来たバイイ氏には、この前よりもう少しゆっくり見たいと言った。中庭は気持ちがいいが、狭い螺旋階段はやっぱりちょっと怖い。慣れて出入りはできても、スーツケースや重い荷物を運び入れるのは大変である。

それ以外は、自分一人のヴァカンスの部屋としては全く問題無い。バスルームもシャワーだけかと思っていたが、小さな浴槽もあって、あまり高さが無いので、私でもお風呂に入ることができるだろう。トイレも使ってみるつもりだったが、トイレットペーパーがなかったので、諦めた。

他のお客が買おうとしている時は知らせてほしいと言うと、ちょうど水曜日か木曜日に、ニースの若い女性が見に来るという。フランス人でしかも若ければ、螺旋階段も気にならないだろう。私は手を引くべきかとも思うけれど、なおもう少し考えてみよう。もしも先に売れてしまえば、すなわちご縁がなかったということである。あとは毎年このホテル・カルチエラタンに来るというのも一案かも知れない。

またタクシーでホテルに戻り、ちょうど掃除に来たジゼルに、洗顔料などがほしいかどうか訊くと、引き取ってくれると言う。これで助かった。

コスモに行って、ステーキとコーヒーアイスクリームを食べる。この二ヶ月半でステーキをどれくらい食べただろう。間違いなく一生の新記録である。

素敵なマダムが、パリを離れるのがそんなに寂しくなくなったかと言うので、いいえとても悲しいと答えた。でも、また来るでしょうと言われて、絶対来ると言ったが、どうやって来るかが考えどころである。

さっきもモノプリやタクシーで感じたけれど、外国人で言葉が充分でないことで、親しくない人にはしばしば失礼な扱いを受けることがある。それも承知の上でなければここにはいられない。ずっと住むならそれを跳ね返すだけの力が必要だろう。

そして、もうひとつ五区に見つかったので、急遽アポイントメントを取って行ってみたが、値段はともかく浴室を新たに設えなければならないので、まだ断ってはいないが、気持ちの上では選外ということになった。

そうなると、サンジェルマンの物件の良さがもったいないので、また連絡して帰国するまで保留にしてもらった。

そしてもう一度コメディ・フランセーズへ。今日は移動は全部タクシーだったが、オペラ座は知っていても、コメディ・フランセーズを知らない運転手さんが多いことに愕然とする。フランス人以外の移民労働者が携わっていることが大きい要因なのだろう。

またびっくりしたのは、コメディ・フランセーズの係員も、どこにどの作家の像があるか知らないことである。私はラシーヌ像が見たいと思って訊いたのだが、最初に係員さんが教えてくれた、モリエールと並ぶ入口の像はコルネイユで、わが愛するラシーヌは上のカフェにちんまりと鎮座していたのである。これは係員さんもまずいと思ったらしく、私の質問を受けて、自分で走って見に行ってくれた。ラシーヌの位置くらい覚えていてほしいものだ。

だが、最後に素晴らしいプレゼントもあった。『桜の園』は時間が十一時までと遅いので、かなり眠くなったのだが、お隣のマダムととても仲良くなって、連絡先を交換して別れたのである。クレールという名前だった。私がジャンヌと言うと、お祖母様の名前と同じだと懐かしがってくれた。

舞台自体はごく古典的な演出だった。日本の舞台のように、滅びの情緒が主になるわけではないが、激しい感情の起伏を見せるラネーフスカヤの人物像は、従来とそう変わったものではない。時代を超えた舞台だと、クレールは言ったが、良く言えば不易流行という感じだろうか。舞台奥に桜の園の絵が掛かっていて、最後にそれが落ちて来るのが技巧と言えば技巧だろうか。

帰りはまたタクシーで、美しいパリの夜景を堪能しながらホテルに着いた。

ありがとう、パリ。ありがとう、フランス。

あかねさすクレールの名よふらんすのやみはひかりのまたの名ならむ

十一月
さよなら待っていてねトビイ

十一月一日　パリ

出発の日。洋服やブーツをスーツケースに押し込んで受付に預ける。

何もすることがないので、朝ごはんのあとコスモでカフェ・アロンジェ。もう一人の方のマダムと少しお話しした。パリの郊外に住んでいて、通勤には一時間かかるという。私がステュディオを探していてとても高いと言うと、パリの中は高いし、特に五区や六区は大変だと言っていた。二十区などはちょっと安いけれどいいわけではないとも。そこがむずかしい。

今日はすることがないから何度も来るわ、ビズはあとでねと言ってホテルに戻る。トビイにもヤニスにも会わなければならないし、着物を着て見せなければならない。着物を着るのは久しぶりなので、ゆっくり時間をかけて着付けをしよう。

とは言っても、着付けも特にむずかしくないので、すぐに着られる。着物は本当に楽だ。身体の中心が支えられるので、心身が安定する。

アンリアンヌに電話して、お礼やフランス旅行のいろいろを話す。家はとても大事な買い物だから絶対に焦っては駄目よ、日本に帰って冷静に考えないと、部屋を借りることもできるんだから、と親身に言ってくれたので、里子さんからもそう言われていることを話した。

部屋を出るとちょうどジゼルが来たところで何度も抱き合って別れを惜しむ。

それからトビイはいるかなと着物で出かけたが、仔犬なのでまだ寝ているそうだ。オレンジジュースをもらってからお散歩に出た。パリの人は観光客に慣れているので、じっと見られることなど無い。ごく自然に歩いて行かれる。これならオペラ座に行っても良かったと思ったが、安全第一だから仕方がない。

ラシーヌやパスカルが眠っているサン・テティエンヌ・デュモン教会に行くと、今日十一月一日はすべての聖人の日であるトゥーサンなので、パイプオルガンが鳴り響き、ミサがあるようだ。こんな日に来るのもご縁である。

それからホテルに戻るとオーナーのドニと奥さんのドミニクにご挨拶して一緒に写真を撮ってもらった。またパリに来たら連絡してねと、ドミニクが言ってくれた。本当にまたこのホテルに泊まるのがいいのかも知れない。神のみぞ知るである。

もう一度コスモに行くとトビイに会えた。マダムが呼んでくれるとすぐに走って来て飛びついてくれる。幸せだ。

今日は久しぶりにエスカルゴを食べて、いつものコーヒーアイスクリームをもらう。とてもいいお天気だ。まだお昼過ぎである。着物を脱いでお気に入りの黒のワンピースを着た。さてどこに行こうか。

最後に映画でも観ようかなと思ったが、あまり観たいものがなかったので、パンテオンまで歩いて、そこにやって来たタクシーにサクレクールに行ってもらうことにした。ところがなかなか着かない上に、だんだん街の様子がのんびりしたカルチエラタンとは違って、荒っぽい感じになって来るので不安になって運転手さんにそう言った。彼はわははと笑って、それは全然感じが違うと言った。心配なので、着いたら待っていてもらうことにした。私はそれまでの運賃を払うと言ったが、彼は、いいから身分証明書を置いて行けと言う。そんな怖いことはできないので、払うと言ったが、どうしても最後でいいと言うので、ダウンジャケットを脱いで、車の中に置いて行った。

　サクレクールは壮麗だが、年代が新しいだけあって、ステンドグラスや天井画などはいささか大味である。でも、いかにも善男善女が集まる所という感じで、浅草の観音様を連想した。人が多いので、臆病な私は、最後の最後でスリに遭ったらどうしようとどきどきしていた。空港で出す必要があるので、パスポートや航空券のコピーなどを全部手持ちのバッグに移したところだったのである。

　出て来てタクシーを探すと、帰りはまっすぐ帰るのではなくて、パリの名所を回ってほしいと頼んだ。どこが見たいかと訊かれたので、月並みだが、アンヴァリッドと凱旋門とシャンゼリゼと言うと、彼はすっかり乗り気になって、いろいろ考えてくれた。まずモンマルトルからムーラン・ルージュの前を通って、アンヴァリッド、凱旋門、シャンゼリゼ、エリゼ宮、そして高級ブティックが並ぶ通りを次々に行って、ルイ・ヴィトンのクリスマスの装飾などを見せてもらった。またサン・トーギュスタン教会の金色の屋根も眺めることができた。

その間に彼とおしゃべりしたのも面白かった。ルイ・ヴィトンの装飾がどこか太陽王ルイ十四世のイメージだと彼が言うので、ルイ十四世は今でも人気があるのかと訊くと、シャルルマーニュとかフランソワ一世とかルイ十四世は大変な人気だと言う。ロッシュやサンリスでも感じたことだが、革命の国でありながら、一般民衆の中に王のイメージがいまだに輝かしいものとして残っているのはなぜなのだろう。人間は個人を超えた大いなるものを求めるのだろうか。

そして、ジャック・シラクやエマニュエル・マクロンの人気を訊くと、シラクはフランス人にとって親しい感じで自分も大好きだと言い、マクロンは賛否両論だけれど、では反対の連中がもっといいことをやれるかどうかはわからない、とにかくフランスの大統領なのだからという答えだった。自分は今四十三歳でマクロンと同じくらいだが、あっちは大統領でこっちはタクシーの運転手だからねえと笑っていた。

また宗教の話になって、フランスはカトリックの国だと言うので、あなたもカトリックかと訊くと、自分はイスラム教徒だと教えてくれた。豚肉は絶対食べないし、お酒や煙草や身体に悪いことはみな禁じられていると言う。家族もみんなイスラムなのかと訊くと、他の人はみな違って、自分だけだと言う。イスラム教の方が信じられるものがあったと言う。根っからのフランス人で、シャンティのそばに住んでいるという彼が、どういうきっかけでイスラム教に改宗したのだろうか。

セーヌ河を越えて、左岸に来ると安心感がある。自分の領域に来たんだね、と彼は笑った。ホテルまでで九十四ユーロと五十だった。高かったけれど、向こうも親切でご機嫌だし、私はパリ最後の日に名所見物ができてとても良かった。

ホテルに戻って、アイパッドを持ってまたコスモへ。髪を短くしたヤニスに会えた。

オニオングラタンスープと野菜サラダで旅の最後のごはんである。悲しい。

いよいよ食べ終わってヤニスにビズすると、毎日来てくれて本当にありがとう、また息子が日本に行くかも知れないよ、その時はよろしくねと言っていた。もう一人の若いムッシュとは握手した。元店主らしいムッシュには会えなかったけれど、まあいいだろう。あまり別れを惜しんでいては、泣きそうである。

ホテルに戻ってローマの里子さんに何度か電話を試みるが繋がらず、リヨンのアンリアンヌにもう一度かけようかと思ったが、ご迷惑だし、この期に及んでフランス語をしゃべっては本当に泣きそうなのでやめた。

七時になって、ヴォワイヤージュ・アラカルトから夏目さんが迎えに来てくれた。受付のマルコとビズしていよいよお別れだ。

パリに住んで二十六年という夏目さんに、これ幸いとパリの物件や、移住することについての意見を聞いてみる。確かな目的がなかったらリスクが大きいでしょうという真っ当なご意見だった。パリの町は古いし、汚いし、長くいると嫌になりますよとも言っていた。そこまでの平常心に至るには相当の修行が要りそうである。

シャルル・ド・ゴール空港に着くと、夏目さんは荷物をカートに積んでくれてそこでさようならになった。あとはひたすら自力である。

搭乗券を打ち出したり、荷物を預けたりがとても大変なので、パリを離れる泣きの涙が吹っ飛んでしまった。どこまでも一貫性の無い私である。

小腹が空いたので、サンドウィッチを買って食べ、ついでに余っているユーロを使おうと免税店を覗いた。ふらふらとシャネルのブティックに入って行くと、優しげな男性店員が、遠慮しないでご覧くださいと言ってくれる。そう言われても遠慮してしまうが、母の形見のシャネルのオードトワレをまた買いたかったので、訊いてみると、そこが商売上手で、香水とオードトワレの中間のような商品がありますと言う。上品なフランス語に気後れしながら、ついに小さな瓶を買ってしまった。シャネルは女の子の夢ですと言うと、優男のムッシュは女性の夢ですねと言った。

荷物を放り出してお買い物に行っていたのだが、幸い盗まれることはなかった。まもなく搭乗である。エールフランスの中はまだフランスだ。

離陸と共に遠ざかるパリの夜景を眺めて感傷に耽っ

ていたが、しばらくすると食事の用意が始まった。こんな夜中にごはんを食べるのだろうか。そうと知っていたら、サンドウィッチは我慢しておいたのに。フランス人男性の乗務員さんに、お味見だけすると言ったが、お料理が運ばれて来ると、ついつい食べてしまった。フォワグラのテリーヌが美味しかった。メインディッシュは牛肉でソースがたっぷりなのをぺろりと食べて、デザートのチーズも少しいただき、マカロンはさすがに残した。

散文の邦ふらんすとおもへりやまことといのち散文となりてかへらむ

十一月二日　パリから横浜

目が覚めた時にはパリ時間の六時頃だった。エールフランスのワイファイのインターネット接続ができず、フランスへの通信ばかりか、データを見ることもできない。しかも、エールフランスのワイファイは繋がったとしてもセキュリティが不安である。今度来る時は、ワイファイルーターを用意しよう。

お腹が空いて来るが、朝ごはんが出る気配は無い。トイレに行き、フランス人女性の乗務員さんにパリを離れるのが悲しいという話をした。日本では男性に比べて女性が蔑視されているけれど、フランスでは女性が優遇されているからいいと言うと、まだまだだけれど、だんだんに変わっているから、きっと日本もそうなるでしょう、と彼女は微笑んだ。

アンリアンヌに映画を観るといいわよと言われたが、イヤホンが見つからず、周りは真っ暗でみんな寝ているので、乗務員さんを呼び出すのも気がひけて諦めてしまった。

仕方なくお土産リストなどを作っているうちに、漸く朝食になり、それからあっという間に羽田に着いた。コスモではみんなに十四時間とか十六時間とか言ってしまったが、帰りはだいぶ早かった。十二時間の飛行予定で、実際はもう少し早まった。

東京に着くと、乗務員さんたちも乗客も、それまでしていなかったマスクを一斉にしたのは可笑しかった。

この飛行機の中で、ひとつ決心をしてしまったのだが、それはまだ秘密である。

東京はもう夜だ。東京の夜景もパリとは趣が違うが、綺麗だった。海があるというのが大きな違いである。パリで海だけは恋しかった。

羽田空港では、検疫のチェックが厳しく、ワクチン接種証明書の他にアプリのQRコードが必要だった。行列が長くて、ここがいちばん大変だったが、そのあとは、税関の別送品の申告も、係員さんに訊いて、何とかできた。

残りのユーロを日本円に替えてタクシー乗り場へ。愛想のいい運転手さんが荷物を全部乗せてくれた。途中でコンビニに寄ってもらって、太巻きと稲荷寿司のお弁当を買い、わが家に帰る。

コスモのエリカートビイという名前で、無事お帰りと思いますというメールが来ていて、うれしかった。エリカというのはあの声の綺麗なマダムだろうか。トビイは次に会うまで覚えていてくれるだろうか。

アンリアンヌとエマニュエルに帰国を報告する。

ご近所のご挨拶は、もう遅いので明日にした。まだ眠くならないので荷物を開けて片づける。ついでに体重計に乗ってみるととんでもないことになっていた。フランスで三キロは確実に太っていた。それまでも太めだったのだから、減量しないと大変である。毎日お肉やデザートを食べる生活だったのだから、無理もない。これからは野菜とお魚だ。

家に着くとすぐにセコムから電話が入り、無事だったかどうか訊かれた。ありがたい。家は泥棒も入らず無事だったが、二ヶ月半風を通していなかったので、湿気が溜《た》まってちょっとかび臭い。すぐ床暖房を入れたが、まださほど寒くなくて助かった。

本当に村上さんの言う通り、自分の家があるのはありがたいことである。でも、パリはどうしても忘れられない。二十代で移住に踏みきれなかったパリ、それからずっと眠っていた火種のようなパリ。パリは燃えているか。

たまきはるいのちの螺旋われを呼ぶ巴里の螺旋階段その朱《あけ》

うた索引

†あ行

† か行

† さ行

† た行

† な行

† は行

† ま行

† や行

† ら行

† わ行

あとがき

学生時代以来の、長いパリの旅が終わって茫然としています。失敗だらけでしたが、自分にとって新しい未来を開いてくれるものになりました。年齢と夢は関係ないと信じています。最初にパリに来た時、私は歌人でもなんでもない若者でした。今回またパリに来て、日本でひたすら短歌と向き合って来た三十年を新たに見つめ直せたような気がします。

実は本文の中でもふれたサン・ジェルマン・デ・プレの物件を買うつもりで、みんなに止められながらも仮契約まで行ったのですが、三十年来の交流の四方田犬彦さんに、焦ることはないから、もっとパリを知ってからでも遅くはないと言われてこれは諦めました。世界中で仕事をして、パリを深く愛する四方田さんの言葉は胸に沁みました。

ありがとうございました。

そして、毎日のメールにつきあって、親身な励ましや助言をくださった阿部日奈子さん、村上湛さん、里子さん、たかこさん、ありがとうございました。

いつも親切な対応をしてくださった、アフィニティ・ジャパンのレ・ホアンさんにも感謝です。

来年またパリに滞在することに決めました。そして本当にパリに住むことができるかどうか、ゆっくり考えようと思います。地元横浜の語学学校エフィの個人レッスンのヴァンサン先生も応援してくれています。

マラソンのペースメーカーのように日々一緒に走ってくださった春陽堂書店の清水真穂実さん、以前から大変お世話になり、今回も美しいブックデザインをしてくださった髙林昭太さんに厚く御礼申し上げます。

水原紫苑

二〇二二年十一月二十五日　ジェラール・フィリップ忌に

■著者略歴

水原 紫苑　みずはら しおん

1959年、横浜市生まれ。歌人。早稲田大学大学院文学研究科仏文学専攻修士課程修了。春日井建に師事。歌集に『びあんか』（現代歌人協会賞）『うたうら』『客人』『くわんおん（観音）』（河野愛子賞）『あかるたへ』（山本健吉文学賞・若山牧水賞）『えぴすとれー』（紫式部文学賞）『如何なる花束にも無き花を』（毎日芸術賞）近刊『快樂《けらく》』ほか。エッセイに『桜は本当に美しいのか　欲望が生んだ文化装置』『百人一首　うたものがたり』など。小説に『生き肌断ち』『歌舞伎ゆめがたり』『あくがれ――わが和泉式部』ほか。編著に『大岡信「折々のうた」選　短歌』『女性とジェンダーと短歌』『山中智恵子歌集』など。毎日新聞歌壇選者。

【Twitter】@Jeanne45944170

巴里《パリ》うたものがたり

2023年1月30日　初版第1刷発行

著　者　水原紫苑

発行者　伊藤良則

発行所　株式会社春陽堂書店
〒104-0061
東京都中央区銀座3丁目10-9 KEC銀座ビル
TEL:03-6264-0855（代表）

印刷・製本　ラン印刷社

＊本書へのご感想は、contact@shunyodo.co.jpにお寄せ下さい。

ISBN 978-4-394-98005-6
C0095